Unnamed Memory《アンネームドメモリー》

-after the end-

IV

古宮九時

illust. chibi

Characters

＜逸脱者＞

オスカー
人より変質した逸脱者。
魔女ティナーシャと結婚した
王としても知られている。

ティナーシャ
人より変質した逸脱者。
大陸最強の青き月の魔女で
契約者のオスカーに嫁いだ。

＜虚無大陸スヴィセト＞

ナフェア
スヴィセトで一人暮らす少女。
オスカーの前に現れ、互いの
言葉を覚えつつ交流を始める。

＜檻中大陸一埋没の大陸一レイジルヴァ＞

エド
小国ティヨンの若き高級官僚。
外圧対策のため同じ小国のセ
ネージ公国への使者を務める。

マルク・オーリク
セネージ公国の宰相家の息子。
若くして宰相家の
決定権を握っている。

アレット・オーリク
セネージ公国の
宰相家の娘で、マルクの妹。
公女エヴリーヌとは幼馴染み。

ミッド・ラダフィール
南部諸国連合を作った立役者。
カリスマ性を持った軍人で、
引退後も影響力を持つ。

ミシリエ
旧ティヨンに住む老婦人。
犬猫の保護活動をしている。

Unnamed Memory

IV
古宮九時
illust. chibi
Unnamed Memory
アンネームドメモリー
-after the end-

彼ら二人は車で
各町を回りながら、
今では「運び屋」として仕事もしている。
人や物を送り届けるだけの仕事だが、
行ったことのある街が届け先なら
いざとなれば転移が使えるし、
そうでないなら新しい転移座標が取得できる。
大陸の調査をしていくのにちょうどいい仕事だ。

ナフェア

Contents

～Unnamed Memory大陸地図～

魔法大陸共通暦2303年

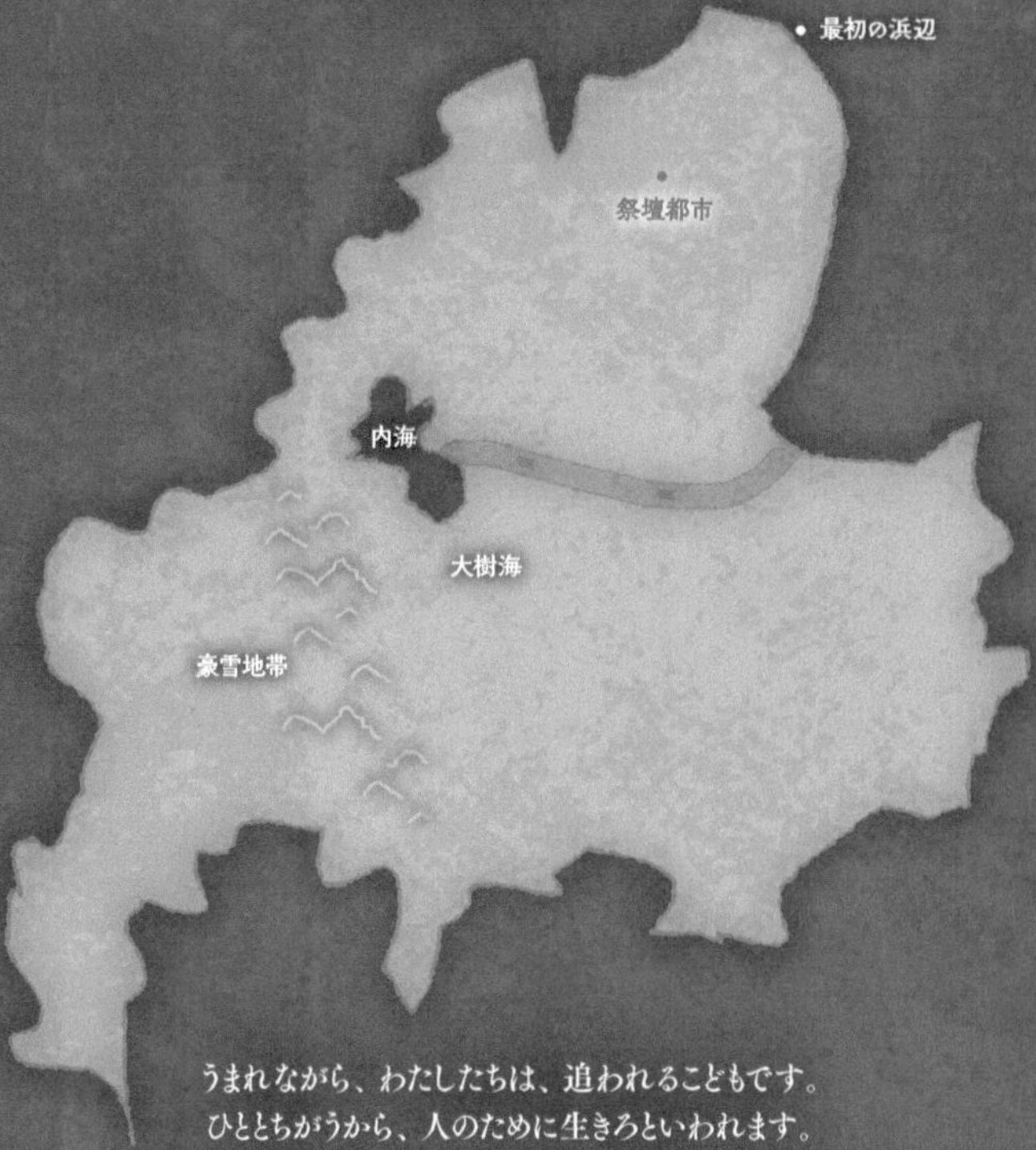

うまれながら、わたしたちは、追われるこどもです。
ひととちがうから、人のために生きろといわれます。

ある町では、たいまつをもった人たちに追いかけられました。
ある町では、石をぶつけられました。

ふつうのひとは、わたしたちを人ではないように言います。
わたしたちは、人に見えて人ではないのだと。

町から町へ。
人をさけて。安心してねむれる場所へ。
けわしい山をこえて雪ふかい森をこえて。

ああ、かみさま。スヴィセールさま。
ようやくわたしたちは家をみつけた。
わたしたちは、人間なのです。

Unnamed Memory

浜辺にて過日を想う
〈虚無大陸〉-2303年-

1. 海の向こう

この旅路は、全てを語るにはあまりにも長すぎる。

覚えておくことさえ時には痛みを伴う。

それでも、忘れてしまおうとは思わない。

「私は……消滅史の記憶を……ほとんど汲《く》み出《だ》しませんからね……」

魔法大陸アイティリスの西部、深い森の中には一軒の屋敷《やしき》が建っている。

辿《たど》りつくための道も存在していないこの屋敷は、人ならざる夫婦のものだ。

かつては大国の王であった男と、彼に嫁いだ魔女。その魔女は寝台に仰臥《ぎょうが》したまま、遠い記憶を探るように視線を室内にさまよわせる。

彼女が人であった頃、この世界には時間を巻き戻す世界外の呪具があった。

人の手を渡り歩いたその呪具が繰り返した歴史は、時代によっては恐ろしい数に上る。

それら全ては、呪具が壊された今となってはもはや存在しない消滅史だ。誰の記憶にも残っていない。呪具の力を受け継いだ夫婦二人を除いて。

彼ら二人だけは、繰り返された歴史における己の記憶を汲み出すことができる。特に魔女であった彼女の記憶は膨大だ。一度の人生でさえ永きを生きていた彼女だ。消滅史まで加えれば、その生は尋常ではない年月になる。

だから彼女は普段、消滅史の記憶を汲み出さない。精神の摩耗を防ぐために、必要な時に必要な分だけ記憶を取り出す。

その代わり、消滅史以外の記憶は全て覚えている。

最初に生まれてからは約千百年。何度か死を経てはいるが、生きていた間のことを彼女は全て覚えている。決して忘れない。それらは全て、彼女が愛するものだからだ。

平穏に生きた時間も、戦いに明け暮れた時も、どんな出会いも、どんな夫も、皆愛《いと》おしい。

これら記憶は、彼女が確かに人であった証《あかし》だ。人らしい感情を抱いていたということの証明。

忘れることはできないし、しない。この愛情こそが彼女を支えている。

「……オスカー」

呟《つぶや》いた名は、乾いた花弁のように寝台に落ちた。やせ細った手が敷布をきつく握る。

この想《おも》いが、彼女を彼女たらしめている。

ただ同時に、やはり年月は重みだ。特に喪失を抱えて過ごす年月は。

彼にそんな思いを味わわせたくない。だがより脆《もろ》いのは自分の方だろう。

だからこれから先彼女は、考えなければならない。

己をいつまでも長く戦わせるためにはどうしたらいいのか。

たとえ永遠に限りなく近いこの旅路で、一人になる日が来ようとも。

※

転がり落ちるように砂浜へ降りる。

そうして白砂を踏みしめた女は思わず叫んだ。

「地面だあぁ！」

感慨の声は喜びより疲労が色濃いものだ。気分的にはそのまま砂浜に転がりたかったのかもしれない彼女は、けれど長い黒髪に砂が絡むのを自重したのか、両腕を大きく挙げて喜ぶに留《とど》めた。

そんな彼女に、隣に降り立った夫は労《いた》わる目を向ける。

「大変だったな。ありがとう」

「オスカー！」

黒髪の女は夫の首に飛びつく。その体を抱き取って長身の男が頭を撫《な》でると、彼女は闇色の瞳を心地よさそうに細めた。二十歳前後の類稀《たぐいまれ》な美貌がそうしていると幼く見える。

両足をばたつかせている彼女はやたらに元気があるように見えるが、実情は逆だ。疲れきっていて妙に興奮しているだけだ。妻に飛びつかれても微動だにしない鍛えられた体軀《たいく》の男は、苦笑して彼女の背を軽く叩《たた》いた。

「半年くらいかかったか。よく頑張ったな。苦労させた」

「思ったより距離がありましたね……。距離があったから今までこの大陸が見つからずに交流がなかったんでしょうけど」

彼女は広がる海を振り返る。闇色の双眸《そうぼう》が果てない水平線を見つめた。

——世界外からもたらされた呪具を破壊する、その役目を負った一対の男女。

事情を知る者からは「逸脱者」とも呼ばれる彼らは人から変質して以来、世界外への対抗呪具として長い旅をし続けている。その旅は彼らが死しても終わらず、生まれ直しの権能を以《もっ》て全ての呪具を破壊しきるまで続く。

まるであてどない、気の遠くなるような戦いだ。分かっているのは呪具の数と、それが別世界の法則で動いているということだけ。その途方もなさを埋めるために、彼らは終われない生を生きて戦い続けている。

そんな二人が未《いま》だ知られていない新しい大陸を探して、魔法大陸アイティリスを出発したのが約半年前のことだ。

外部者の呪具は、この世界に点在しているという。なら残り五つの呪具が、未だ到達していない大陸のどこかにも存在しているのではないか。

魔法大陸と東の大陸の二つは、七百年かけて捜索しているが、新しい呪具はなかなか見つからない。これは一度、別大陸にも調査の手を伸ばそうということで遠征に乗り出した。

彼らはまず小さめの帆船を買って魔法で改造し、長期移動の準備を整えた。備蓄食料を充分に用意し、一年ほどは船上で暮らせる態勢を整えると、アイティリスから旅立った。

移動は、海面での航海と空中での移動を使い分けだ。空中にいた時間の方が八割近い。

船の制御を魔法で行っていたのは、七百年近く昔に魔法大陸で最強と呼ばれていた魔女だ。『青き月の魔女』ティナーシャは、夫の首にしがみついたまま宙を見上げる。そこにはこの半年間、二人を乗せて移動してきた帆船が浮いていた。この船は普通に海上を航海することもできるが、海の方が危険で風や潮流に流されやすい。だからティナーシャが起きている時は常に空中移動だ。彼女が眠っている間は海上に下ろしてオスカーが操船したり釣りをしていたが、この体制のおかげでティナーシャの睡眠時間は常人の半分くらいになっていた。普段の彼女を知る人間からすれば青ざめる短さだ。神経に相当の負担がかかっていたに違いない。

「到着したから先に寝とくか?」

「大丈夫です。今なんかこう、妙に元気なんで!」

「それを人は空元気と言うんだ」

オスカーは妻を気遣うが、ティナーシャは「元気元気」と言うままだ。これは緊張が解けた後、どっと寝込むことになるだろう。

彼女は夫から離れると、白い指で前髪をかきあげる。

「事前調査で座標が取得できていたのはまだ救いでした。残る二つの大陸はそれさえ分からないんで、この先が恐《こわ》いですよ」

「他の大陸か。本当に現存しているんだろうか」

オスカーの素朴な疑問は、今のところ頭の痛い問題だ。魔女は細い腕を組む。

「大陸分割神話は事実っぽいんですけど、沈んでたりする可能性も無じゃないですよね」

——遥《はる》か昔、この世界には大陸が一つだけしか存在しなかった。

けれどそこを治めていた五人の兄弟神が、増え続ける人間をどうすべきか意見が割れ、結果として大陸を五つに分割し、それぞれ別れていったという話が、大陸分割神話だ。

まるで荒唐無稽な御伽噺《おとぎばなし》だが、それが事実であったことを二人は今までの旅路から知った。

ただ彼らが実在を確認している大陸は、末弟アイテアが治めた魔法大陸アイティリスと、その東にある次兄ディテルダの大陸ディスカルダだけだ。それ以外の大陸を探してティナーシャは長年、魔法具による海洋探査を行っており、ようやく見つかったのがこの大陸だ。

「でも、探査に出した魔法具がここを見つけたもの以外、帰ってこなかったってのも変なんですよね。自然の魔力を利用するように作ってあるんで魔力切れもないですし、事故で壊れたとしても千近い数ですよ。さすがにおかしいです」

「大きいイカに食べられたかもな」

「迷惑すぎる！」

ティナーシャは叫ぶと、軽く指を弾《はじ》いた。宙に浮かせていた船がゆっくりと砂浜に降りてくる。

「船はここに固定して結界を張っておきますね。視覚隠蔽も施しておきます」

「現地の人間に『見えない何かがある』って言われないか？」

「ぶつからないようにしておきますよ。『なんとなくそこを通りたくない』って風にさせるんです。昔、ファルサスでそういう風に街一つから住民を消したことがあります」

「それ俺の治世だろ。覚えてるぞ」

「何の話ですかね……忘れちゃったな、昔過ぎて……」

視線を逸《そ》らすティナーシャに、オスカーは呆《あき》れた目線を向ける。

だが、彼女が規格外なのは出会った頃からそうだった。その力があるからこそ、こうして新しい大陸にまで来られているのだから、過去のことでちくちくやる意味はない。ないのだが、たまに釘《くぎ》を刺しておかないとティナーシャは無茶をやるので、それを止めるのも夫の役目だ。

オスカーは空中にいる妻を抱き取る。

「お前が大丈夫なら人里を探すか」

浜辺や近海には漁船の気配や人の生活の形跡などはない。集落から遠い場所なのだろう。

呪具を探すにしても、まずは町や村を見つけてからだ。あれらの呪具は、人間を実験対象にしている。人がいないところでは存在していても埋もれてしまって見つけることは難しいだろう。結局のところ使われていなければ、呪具はそうと分からないのだ。長らく封印されていたため存在に気づかれなかった呪具も複数ある。

人里が見つかって大陸の状況が分かったら、また家を建ててそこを拠点にすればいい。

「宿が取れる感じだったら久しぶりに延々と寝かせてやるからな」

「寝たいですけど……それより広いお風呂があるといいな……でもきっと言葉が通じませんよ……」

「ああ、そうか。まずはそこからか」

魔法大陸と東の大陸は共通言語が使われていたが、共通言語の出所を考えるだに他の大陸では違う言語が使われているはずだ。オスカーは妻を抱いたまま歩き出す。

「複数言語がある大陸だといいな。怪しまれにくい」

「別大陸から来たってばれたら面倒くさそうですもんね」

「服はどうする？　見かけが違うかもしれない」

「現地の人の服装を見てから調整ですね。最初は異邦人扱いされるのは仕方ないですし」

二人の服装は魔法大陸で普段着ているものだ。東の大陸ではさほど差異がなかったが、これだけ離れた大陸なら、現地に合わせる必要があるだろう。

「ちなみに違う言語って、精神魔法で何とか意思の疎通ができたりしないのか？」

「できませんー。感情はぼんやり読めたりしますけど、それ以上はちょっと。こっちが思ったようなことを言わせる、みたいなことはできますけど、言語違うと上手《うま》く動くかな……」

砂浜は途中から草の生い茂る丘になり、その先には森が広がっている。

道の類は見えない。オスカーは比較的木々の薄そうな方を選んで足を向けた。

「相手を操ってどうするんだ。精神魔法は本当に極端だな」

「貴方《あなた》、精神魔法にあたりが強すぎません？」

「散々な目に遭ってるからだな」

彼は言いながらふと振り返る。気の緩みから、だらだらしかけていた妻が不思議そうに目をまたたかせた。

「どうかしました？」

「……視線を感じた」

「え？」

ティナーシャは伸びあがって夫の肩越しに砂浜を見たが、人の姿はない。

「貴方が言うなら気のせいじゃないでしょうね。探知をかけますか？」

「そうだな。頼む」

現地の人間と意志疎通できれば手っ取り早い。

ティナーシャは両手の中に構成を生むと、それを辺りに放った。人間を探すための構成が一帯に網のように広がる。不可視のそれを展開してからしばらくして、彼女は首を傾《かし》げた。

「かかりませんね。野生動物の視線か何かじゃないですか？」

「そんな感じじゃなかったんだが……」

もっと探るような意思を感じた気がしたのだが、気のせいだったのだろうか。服装を見れば外来者と分かるだろうから怪しまれるのは当然だが、その相手が見つからないというのは不思議だ。足を止めたオスカーはもう一度辺りを見回したが、先程と同じ視線はもう感じない。彼はかぶりを振ると妻を抱き直した。

「まあいいか。ならティナーシャ、陸地側に向かって探知を続けてくれ」

「はーい」

魔女は移動を夫に任せながら人を探すために構成を広げる。

その翌日、彼らは海岸から少し入った森の中に、とある集落を見つけた。

草木が生い茂っている。

※

風にそよぐ草の高さは、子供が容易《たやす》く隠れられそうなほどだ。空に伸びる木々の多くは細い幹のもので、草の上に淡い木漏れ日を落としている。

青草に埋もれて点々と存在しているのは、石積みの建物だ。

三十軒以上はあるそれら建物の中央で、夫と同じ目の高さに浮いているティナーシャは零《こぼ》す。

「うーん、発見したと思ったらこの町は滅びてますね」

「人間が探知にかからなかったから、まあ滅びてるだろうな」

森の上を飛んでいて、ぽっかり木々が薄い場所を見つけて降りてみたのだが、そこにあったのは町の廃墟《はいきょ》だ。しかも昨日今日滅びた感じではない。浮いたままティナーシャは夫の肩に座る。

「森の中でちょっと不便な場所だから滅んだんですかね。この広さから言ってそこそこ大きな町だったと思うんですけど」

「どこかに町ごと引っ越したのかもしれないな。俺たちも追って移動するか？」

「いえ、せっかくですからここを調べてから行きましょう。文字とかあったら先に見ておきたいですし、井戸が生きてたら汲み出したいです」

「分かった。じゃあ手分けしていくか。まずは声の届く範囲で調べよう」

「かしこまりました。じゃあ外周部は私が調べますね」

ティナーシャはふわりと浮かび上がると、夫の頬に口付けて空中を滑っていく。自分の方が移動しやすいのを分かっていて外周を引き取ったのだろう。オスカーはそんな妻に微笑すると、一番近い建物跡に足を踏み入れた。

小さな石の建物は中にも草が茂り、天井を突き破って木が伸びている。家具や布類は既に朽ちてしまったようで、オスカーが壁際を中心に草を掻《か》き分《わ》け石をどけて探すものの、大きなものはあまり見つからない。ただ細々とした日用品は残っていて、何軒か回ると焼き物の破片や、金属製の装飾具や道具、武具類などは見つけることができた。オスカーはそれらを少しずつ町の中心部、かつては広場だったのだろうという場所に集めていく。

建物のほとんどは住宅らしきもので、時々、倉庫や商店と思《おぼ》しき建物も見つかった。中には土台だけ石組みで木造だったのではという建物跡もあるが、ばらけた木材は一部を除いて土と同化してしまっている。せいぜい部屋の形や作りが分かるくらいだ。一際大きな建物もあり、これは集会場として使われていたか、権力者の屋敷だったのかもしれない。

日用品を前に悩んでいると、ティナーシャが戻ってきてそれらを空中から眺めた。

「ずいぶん集めましたね。遺跡発掘みたいじゃないですか」

「当時の人の暮らしぶりがうかがえてきた」

「遺跡発掘じゃないですか」

「結構面白いぞ、これ」

呆れたように言われても、建物の様子や道具一つ一つから推察できることが多くて面白い。大体が何に使うものか分かるので、そう大きく文化が食い違っているわけではないのだろう。元は一つの大陸から分割されたのだから当然かもしれないが、興味深い。次に人の間で暮らすのなら、こういう仕事をしてもいいかもしれない。

「お前の方はどうだったんだ？」

「井戸は見つけました。牧畜と畑の痕跡も。小規模ですが必要充分という感じですね。井戸はちょっと魔法で弄《いじ》ればまだ使えそうです。あとで飲み水を確保しましょう」

「分かった。転移座標を取っておけば、後が楽だな」

「本当はお風呂が残ってて欲しかったんですけど、浴槽を作る習慣がなかったみたいですね」

ティナーシャはしょぼんと首を垂れる。オスカーは苦笑して彼女を見上げた。

この大陸でも転移魔法は使えるので、船に戻れば小さな風呂があるのだが、彼女はもっと伸びながらお湯に浸《つ》かりたいたちだ。ただ滅びている集落に彼女もそこまで期待はしていなかっただろう。

ティナーシャはすぐに気を取り直すと結論づける。

「放棄されてからおおよそ数百年って感じですね。五百年以上は経《た》ってるかと」

「そんなにか？　俺が人間だった頃のトゥルダール遺跡より古いじゃないか」

「トゥルダールは吹き飛んだから残骸がなかったんですよ。こっちの町は劣化防止がかかったものもありませんし、下手したら放棄されたのは千年近く前です。既に森にのみこまれて痕跡だけかろうじて残ってるくらいです」

上から見たから「木々の密度が薄い」と分かったが、それは建物の残骸が木の根の広がりをやや抑制していたからだ。実際は森の中に痕跡が残っていた程度に過ぎない。

オスカーは腕組みをしたまま頷《うなず》く。

「おそらくだが、そこそこ歴史がある集落だったんだろうな。後から建物を増築したり、空いた土地に新しく建てたりした形跡がある。商店の大きさと数からして、人口は百人から二百人くらいか。狩猟道具が多い。狩猟で主な生計を立ててたんじゃないだろうか。獲物を解体して加工するための建物や道具もあった」

彼は次にぼろぼろな斧槍《ふそう》に視線を落とす。

「武器の類はあったんだが、あくまで護身用だな。町に戦闘らしい戦闘の痕跡はないし防具の類もない。放棄されたのも襲われて、という感じじゃなさそうだ。ただ貴重そうな宝飾品も残っていたから、ちゃんと準備して町を放棄したわけじゃないと思う」

斧槍は一度でも使えば折れてしまいそうなありさまだ。

ティナーシャは宙に座ると眉を寄せる。

「私の方は一つ気になるものを見つけたんですよね……ちょっと見てもらってもいいですか？」

「ああ」

彼の了承に、ティナーシャは軽く手招きする。

もっともそれはただの手招きではなく彼を宙に浮かせるためのものだ。荒れ果てた地上を行くより早いと思ったのだろう。ティナーシャにふわふわと操作されて、オスカーは町外れから少し離れた森の中まで連れていかれる。

「なんだこれ。陥没させたのか？」

家一軒がすっぽり入るほどの、大きい穴が地面に空いている。

底は暗くて見えない。他の場所が草木だらけにもかかわらず、穴の側面が剝《む》き出《だ》しの土になっているのはティナーシャが掘り返したせいだろう。

しかし魔女はかぶりを振った。

「穴はもともとあったんです。落盤って感じじゃなくて人為的な穴っぽかったので、中に何があるか表面に生えていた草を避《よ》けたんですよ」

ぱちん、と彼女が指を鳴らすと、小さな光球が生まれて穴の中に降りていく。

それによって照らされた穴の底を見て、オスカーは眉根を寄せた。

「……骨？」

「骨です。大量の。火葬された後みたいですね。土に還《かえ》った分も含めるとかなりの人数分かと」

光が照らす穴の底は、無数の骨が朽ちながらも乱雑に重なり合っていた。戦場跡がそのまま朽ちたのとは違う。明らかに死体か骨かをこの穴に放りこんでいったがゆえのものだ。

穴の周りに何の整備の痕跡もないこと、穴が歪《いびつ》な大穴であること、町から孤立した場所にあることなどと相まって、ひどく無慈悲な印象を受ける。

不要なものを捨てただけという残酷さ。

配慮なく見えるそのやり方にオスカーは思わず顔を顰める。

「こういう風土の場所なのか」

「いえ。墓地はちゃんと別にありました。掘り返させてもらいましたけど、一人一人ちゃんと埋葬されていましたよ。地上には石の三角錐《さんかくすい》が置かれてて、地中には名前か何かが彫ってある石板ごと膝を抱えた状態でみんな土葬にされてました。見つかったものは土の性質のせいか、どれも骨がかなり綺麗《きれい》な状態でした」

ティナーシャは空中で自分の膝を抱えて、埋められる死体の真似《まね》をする。

そんな妻にオスカーは苦言を呈するか迷ったが、結局は些末《さまつ》なことだとのみこんだ。

「墓地に葬る習慣があるなら、こっちはなんだろうな。感染症で死んで火葬した遺体とか――」

そこまで言って、オスカーはあることに気づいた。

「……ティナーシャ、頭蓋をいくつか取ってくれ」

「はい」

すぐに穴の中から比較的形を保った頭蓋骨が五つ、浮き上がってくる。その全ては多少の違いがあっても共通したところがある。

「子供だ」

生まれて間もない赤子から、五、六歳くらいの子供まで。

それら頭蓋骨は全部子供のものだ。穴の中に残る、割れて朽ちてしまった骨もみんなそうだ。

「ここは、子供の墓なのか？」

「墓地の方には子供の遺体はありませんでした。ほとんどが老年以降です」

「間の年代の遺体は？」

「見つかりませんでした」

これはどういうことなのか。

普通の町だと思っていたのに、遺体の残り方で謎ができてしまった。

子供は火葬後大穴に放り投げられ、老いて亡くなったものは一人一人土葬で埋葬される。

そして二十代から五十代の遺体は見つからない。

「……何だこれは」

「何でしょうね。そういう慣習でもあったんでしょうか」

平然と言う魔女の闇色の目は冷え切っている。彼女のそれは機嫌の悪さに見えるが、実のところは憤って傷ついている時にする目だ。長年の付き合いでそれくらいの機微は感じ取れる。

オスカーは宙に手を伸ばすと、頭蓋の一つを手に取った。残るものもそれぞれ胸に抱えていく。

夫の行動に、ティナーシャは首を傾げた。

「オスカー？」

「この穴、野ざらしだったんだろう？　せめて埋めていく」

死した人間に残るものはない。魂は既に失われている。

それでも子供たちの遺骸の有様《ありさま》に傷ついている妻の感情は、当然のものだと思う。だから元あった風習を尊重しつつ、土をかけて眠らせていこうと思う。

急な縦穴の斜面を降りていく彼に、ティナーシャの呟くような声が聞こえた。

「ごめんなさい、気を遣わせて」

「俺も放っておきたくないんだ」

穴の中に降りると、オスカーは他の骨を踏まぬよう気をつけつつ、頭蓋を綺麗に並べる。

穴に埋もれたままの頭蓋も、できるかぎり拾い上げて上側へ。ほんの赤子の割れてしまった頭蓋を撫でる。宙に浮いたまま降りてきたティナーシャが、哀切の目で百体近い骨を見つめた。

「暴いてしまってごめんなさい。これからはもう、誰の手も届かぬように――」

詠唱が始まる。オスカーはそれを聞きながら、この先に思いを馳《は》せる。

他の町を見つけたなら、遥か昔に放棄された町に何があったのか分かるかもしれない。

新しい大陸を調べるとはおそらく、そうやって失われたものの歴史にも触れていくということだ。外から来た自分たちとは違う考え方にも接していかねばならない。ある程度は線を引いて割り切ることも必要だ。

でもせめて、それが妻を苛《さいな》まなければいいと願う。

ふわりとオスカーの体が浮かぶ。それと同時に、穴が外側から塞がり始める。土がゆっくりと中に流れ出し、生い茂る草の根がそれを追う。

やがて彼女が全ての詠唱を終える頃には、穴は柔らかな土とささやかな緑に覆われていた。

二人は穴があった場所の外周に石を置いていく。後から来た他の人間によって踏み荒らされないように。もし誰かがこの町について再調査したいと願った時に、ここを見つけられるように。

「よし。水を補充して次に行くか」

「はい。畑跡に自生していた根菜類も採れたんで、どこかで夕食の準備もしましょう」

彼らはまた空に浮かび上がる。そうして空を行きながら人里を探す。

けれど結局、それからおよそ一カ月、彼らは町も村も、人間の一人も見つけられなかった。

※

「――いい眺めですね」

そびえたつ神殿の上にある朽ちた祭壇。そこから見渡せる景色は、小さな白い都市を囲む一面の森だ。樹海と言ってもいいかもしれない。

煤《すす》けて割れた祭壇に片膝をついて座っている魔女はだが、まったく景色に感銘を受けていない顔だ。その表情に消せない疲労があるのを見てとって、隣に立つオスカーは妻に分からないよう眉を寄せた。

彼は、声としては常と変わらぬ穏やかさを保って妻に言う。

「そろそろ方針を変えるか」

この一カ月強、彼らは新しい大陸の調査を行っていた。迷彩をかけ空からざっと地域全体を見回し、めぼしいところに降りて探索するの繰り返しだ。

ただそうしてあちこちを探しても、まったく人里が見つからない。集落だったと思しき場所は百以上見つけた。その中にはかなりの広さを持つ街も十数あり、そこから街道で繋《つな》がる町村や、巨大な城塞都市跡も複数見つけたが、どこにも人の姿はなかった。

それも最初に見つけたところと同様、放棄されて数年という感じではない。ずっと昔、数百年前の集落跡といったものばかりだ。異常な気もするが、まだこの大陸全土を探索したわけではないので判断がつかない。魔法大陸にもかつて、国の滅亡と同時に禁呪に汚染され、放棄された広大な土地が点在していたのだ。

今、二人がいるのは、祭祀《さいし》都市であったのではないかという廃墟だ。標高の高い地帯に巨大な石組みの神殿が建てられ、それを中心として石造りの街が存在していた、ようだ。と言っても、多くが崩れかけた廃墟になっており、何を祀《まつ》っていた都市かももはや分からない。遠目から見ても祭壇が目立っていたので、ここならば呪具があるのではと期待した結果がただの廃墟だ。

新大陸を相当の広さ探して廃墟しか見つかっていない現状は、呪具探しの旅としてはあてどがない上に、普通の旅としても辛《つら》い。

オスカーは、妻の小さな頭にぽんと手を置く。

「いったん探索を休もう。なんだったら魔法大陸に帰ってもいい。転移座標は取ってあるから、小分けに転移すればまた来られるだろう？」

「そうですけど……長距離過ぎて片道一週間くらいかかっちゃうかもですよ」

「構わない。お前が戻る方が大変だというなら残ってもいいが。ひとまず、定住する場所を決めて俺たちの生活基盤を作ろう。この大陸で二人だけでも暮らしていける土台を固めた方がいい」

ティナーシャは顔を上げる。その目に宿るのは寄る辺ない不安だ。

人里を探す間、二人はその場その場で生活をやり過ごしてきた。ティナーシャが自然物を操るに長《た》けた精霊術士であることは幸いだ。水を浄化して飲み水には困らない。食事に関しても、船に残っていた備蓄と現地調達でなんとかなっている。森や廃墟を行きながら食べられる果物や野菜を採取し、狩りをして調理加工している。

ただそれらはあくまで、移動し探索することを主目的としたおざなりなものだ。「とりあえず数日をしのぐ」の繰り返しで、あまり続くとティナーシャが疲弊していってしまう。彼女は永く生きているが、不可能がほぼない魔法士とあって自然の中での不自由な生活に慣れていない。もともと家という定点に落ち着きたい性格の人間だ。文明が生きていない場所を移動しながら長期間生活するのは、能力的には可能だが精神が向いていないのだ。

長い付き合いで妻のそういう性質を理解しているオスカーは、「ここが限界だろう」と見積もる。

「人が住んでいる街が見つかれば話は早いが、あと何日かかるか分からないからな。明日かもしれないし三カ月後かもしれない。なら、ひとまず優先順位を変えてもいいだろう。一度こちらに拠点を築いてしまえば、後の探索が楽になる」

東の大陸でも、途中から同じ理由で家を建てて休息と旅を繰り返していた。ティナーシャはじっと夫を見上げていたが、不意にしょんぼりと肩を落とす。

「足を引っ張ってますね。すみません」

「お前がいなかったらそもそも大陸探索ができないだろう。ここに俺一人で放りこまれても生きていくだけで精一杯だ」

「貴方はそれができるから強いんですよ」

ティナーシャは祭壇から飛び降りると、両手を挙げて伸びをする。

「気を遣わせてしまいましたね。お言葉に甘えて、先に生活できる拠点を作ります」

「魔法大陸に物資を取りに戻るか？」

「いえ」

青き月の魔女は、夫に向けて片目を瞑《つぶ》って見せる。彼女は広がる樹海の只中《ただなか》に取り残された、眼下の都市を指さした。

「まず先に、この廃墟を使わせてもらいましょう。一度作られた人間の財産は、千年程度じゃ無にならないものですよ」

※

以前ティナーシャは「魔法士がいないと土地開拓が大変」などと言っていたが、魔法士、それも精霊術士のその言葉は過言ではなかった。

ざっと都市の廃墟を見て回った彼女は、神殿の外に残っていた建物を選ぶと、そこを中心に環境整備を始める。まず行ったのが住居の確保と上下水道の設置だ。

「見事なものだな。石造りにしたのか」

丸二日かけて修復された建物は、大きめの平屋で部屋が数部屋あるものだ。壁も屋根も半壊していたのだが、今は綺麗に塞がれている。以前も彼女はそうやって魔法で家を建てていたが、どちらかと言えば好みは木造の家だったはずだ。

一階のもっとも広い部屋、おそらく居間になるであろうがらんとした空き部屋でティナーシャは笑った。

「元あったのが石造りの家ばかりでしたからね。風土的にその方がいい理由があるのかと思って踏襲しました」

遥か昔は建物の建築と維持を使い魔に任せていたティナーシャだが、別大陸で動くことも多いとあって魔法建築を学び直した。今ではすっかり失われた魔法技術だが、ティナーシャなら建物自体は魔法で建造できる。オスカーはまだ何もない部屋を見回した。

「俺は家具を作ればいいのか？」

「それをしてもらえるとありがたいですけど、まず掃除しちゃわないとですね。野ざらしだったのと、石材を弄った影響で砂埃《すなぼこり》だらけですから。だーっと風で吹き飛ばした後、箒《ほうき》をかけちゃいます。寝室とお風呂を優先するんで他の部屋は後回しですけど。貴方は狩りの方を任せていいですか？」

「分かった。他に何かあったら言ってくれ」

「調理は私がやりますから！　できるだけ食材を調理しやすい状態に近づけてくれれば、後はこっちでやるので！」

「どうして俺の料理が進歩ないと思っているんだ……」

「貴方は『食べられればいい』の人だからです」

きっぱり断言されると否定しようがない。そもそも一度生活を立て直すための拠点なのだから、彼女に従った方がいいだろう。オスカーは妻に向かって軽く手を振る。

「じゃあ行ってくる。日が落ちるまでには帰ってくる」

「お気をつけて。あ、水道は都市全域にわたって稼働させてあるんで、好きに使ってください」

「……本当にお前は規格外だな」

オスカーは建物を出ると、滅びた街を歩き出す。

樹海に囲まれたこの都市跡は、外周部が木々に侵食されつつある。それでも中央部が残っているのは、そこが一段高く作られていることと、地下深くに至るまで人の手が入っているからだろう。ティナーシャはこの都市の文明進度を「暗黒時代中期くらい」と見積もった。その上で「魔法技術の痕跡が見られない」とも。

ただそれでも、雨水や湧き水を利用し濾過《ろか》するだけの地下設備と、下水設備を作るだけの技術はあったようだ。ティナーシャはそれを利用し上下水道を再稼働させたのだろう。精霊術士としてはお手の物で、かつてオスカーの治世にも妃《きさき》であった彼女はファルサス城都でそれをやっていた。

彼は土に埋もれた道を行きながら、その片脇の側溝に澄んだ水が流れているのを見て苦笑する。

「あいつ、こういう都市再生が好きだったんだな」

移動ばかりの野営生活は苦手にしていたティナーシャだが、一つところに落ち着いてそこの住環境を整えるとなると、途端にいきいきとしている。忙しく立ち働いているというのに楽しそうだ。

もともと家を作ったり改造したりの作業は好きだったのだ。これもその延長線上なのかもしれない。

ただそうして都市と周辺を丹念に調べていくと、この都市が廃墟になった明確な理由が見つからないのが気になる。樹海にのみこまれてはいるが、都市の周辺には他の集落と比べても大規模な畑や牧畜をやっていた形跡もあった。千人近くが生活できる規模の都市だ。よそと交易をしなくても充分に住民の暮らしを賄えただろう。

だがここには人がいない。この都市だけなら放棄されたのだろうとも考え得るが、今まで見つけた百近い集落全てに人がいなかった。これはそれぞれ違う原因によって無人になったのだろうか。

——拠点を作りながら、もう少し踏みこんで調査してもいいかもしれない。

そんなことを考えながら歩いていたオスカーは、ふと数歩先にあるものを見つける。彼は身を屈《かが》めると土に埋もれたそれを拾い上げてみた。

「……硝子瓶《ガラスびん》か」

緑がかった硝子《ガラス》の四角い瓶は、小ぶりな酒瓶くらいの大きさだ。

持ち帰ればティナーシャが硝子操作で再利用できる。彼女の魔法は万能に近いが、無いものを生み出すことはできない。建物内に硝子製のものは見当たらなかったので重宝されるだろう。オスカーは帰りがけに持ち帰れるよう、瓶を道の端に横たえて置き直す。

「さて、じゃあ罠《わな》から見に行くか」

狩りの手順は身に染みついている。得た獲物をどれだけ無駄なく使いきるかも。

彼には猟師として育った少年時代があるのだ。そしてこの大陸は、もとは一つの大陸だったせいか魔法大陸と生態系が似通っており、更には家畜だったものが野生化したと思われる種もいる。狩りには困らないし、草木の見分けもある程度はつく。調理は妻に任せるとして、できるだけ材料は多くの種類を確保しておきたい。

足下の緑が徐々に増えてくる。祭祀都市が位置するのは標高がひときわ高い山の上だが、その周囲は麓にわたって樹海が広がっている。植生もそれに合わせたものがほとんどだが、人が都市を築いていた名残で、森が相当切り拓《ひら》かれ、畑が作られていた痕跡がある。そこには今でも豆類や根菜類が無秩序に茂っており、これは先住民が気候に強い作物を植えていたおかげだろう。

オスカーはそこに残っていた動物の足跡を昨日調べ、森の中に罠を仕掛けておいたのだ。猟をするのに長剣は不向きだ。だから彼は、弓と短剣を手に樹海へと足を踏み入れる。気配を探りながら昼でも薄暗い中を進む。目的の場所に近づくにつれ、獣臭さが鼻をつく。

「お、運がいいな」

罠を仕掛けたのは、獣の通り道だろうという木々の合間だ。

そこに今は、一頭の牡鹿《おじか》が足止めされていた。牡鹿の後ろ脚の片方には麻縄がからみついており、縄の反対端は近くの木の幹に繋がっている。逃れようと暴れ回ったのだろう、近くの地面はあらかた掘り返されていた。

弓矢でもしとめられるが、相手が罠にかかっているなら短剣の方が早い。

オスカーは短剣を抜くと、気負いなく鹿の前に歩み出る。牡鹿は気づくと頭を下げて警戒態勢になった。大振りの角が彼の方へ向けられる。罠にかかって消耗しているだろうに抗《あらが》う気を捨てないのは、一回り大きな体格がそうさせるのか。

彼は鹿から目を離さぬまま、ゆっくりと歩いて距離を詰めた。短剣を持った手は下げたままだ。接近を拒むように鹿が鋭い角を突き出す。

その角を、オスカーは左手でひょいと摑《つか》むと引き揚げた。恐るべき膂力《りょりょく》によって、大柄な鹿の両前脚が宙に浮く。

そうして剝き出しになった心臓へ、オスカーは素早く短剣を突き刺した。

鹿の体が大きく跳ねる。ぼたぼたと血を零しながら暴れ続ける鹿の首に、短剣を差しこんでぐりと切る。血を抜いているうちに、鹿はぐったりと後脚を折った。オスカーは縄を切ると鹿の頭が下になるよう枝に吊《つ》り上《あ》げて更に血抜きをする。それが終わると彼は肩に鹿の大きな体を担ぎ上げた。そうして他に仕掛けた罠を見に行く。

あちこちを回った彼が、鹿とたまたま見つけた大蛇を持ち帰った時には、家はティナーシャの手によって大分人の住む場所として整えられていた。

「お、綺麗になってるな」

「結構血を浴びましたね、オスカー」

家を汚さないよう戸口から声をかけると、ティナーシャはすぐに出てきてそう言った。

彼女の肩越しに見える室内は、日が落ちかけているというのに照明の灯で明るい。暖色の灯《あか》りはそれだけで家らしさを感じさせる。室内の床も壁もきちんと掃除されていて、石造りのテーブルと椅子が置かれていた。

ティナーシャは、夫が鹿と共にぶらさげているものに気づく。

「あ、蛇だ！　やった！」

魔女は猫のように飛びつくと、夫の肩からまだかろうじて息のある大蛇を引き取った。小さく詠唱しながらその首を折る。

「先に解体しちゃいますか。貴方はお風呂入ってていいですよ」

「いや、一緒にやろう。お前一人でやるのは大変だろう」

「はーい」

獲物を持ったまま外庭部分に回ると、そこには石の作業台と水道、吊るしのための鉄棒と掛け具が設置されていた。狩りに行った夫のためにティナーシャが作ったのだろう。この廃墟には石材が溢《あふ》れているので、ティナーシャが形を変えて加工し放題だ。オスカーは鹿を吊るして解体を始める。

その間に彼女は大蛇を作業台の上に固定すると、慣れた手つきで捌《さば》き始めた。するすると皮を剝いて内臓を取っていく魔女を、オスカーは感心の目で眺める。

「お前、蛇は平気なんだな」

「子供の頃は苦手だったんですけど、昔、蛇を普通に食べる人と暮らしたことがあって……私に剣を教えた人なんですけど、それに付き合ってるうちに慣れたというか」

「お前の経歴は本当によく分からないな……」

「蛇美味《おい》しいですよ」

「それは分かる」

これだけ連れ添っていて、まだ知らない相手の一面があるのは面白い。

そもそも二人で一緒にいる時間は長いが、そうではない時間も充分に長いのだ。

オスカーは時間をかけて鹿を解体し、可食部と他に使うものに分ける。

「よし、こんなものか。燻製《くんせい》と塩漬けもいいが……ティナーシャ、凍らせられるか?」

「られます。こっちも一段落したんで、先にお風呂入りましょうお風呂。お風呂作ったんですよ!」

「それは知ってる」

「あ、お風呂には裏口作ってあるんで外から行きましょう」

「裏口……?」

何故《なぜ》そんなものがあるのか、と問いたいが理由は分かる。外で派手に汚れた時に、汚れを家の中に持ちこまないためだろう。壁沿いに裏へ回ると本当に小さな扉がついていて、そこから入るところじんまりした脱衣所になっていた。脱衣所の隅にはお湯の湛《たた》えられた洗濯槽がある。

「脱いだものはそこに入れてくださいね。後で血抜きと消毒かけるんで」

「ありがとう。あと相変わらず浴場が広い」

ティナーシャが作ったのだからそうだとは思っていたが、脱衣所からそのまま繋がっている浴場は、予想以上に大きい。十五人くらいが同時に入れそうで、けれどこれはティナーシャが自分と夫のために作ったものだ。塔の浴場も、魔法大陸の屋敷も、東の大陸に建てた屋敷も皆これくらいあったので、土地を制限されずに作るとこうなるのだろう。

ティナーシャは、彼がつけている革の軽装備を外すのに手を貸す。

「裸になったら全身を一応確認してくださいね」

「お前の？」

「貴方のです！」

ぴったりと足に添うタイツを脱ぎながらティナーシャはぴしゃりという。普段は足を見せていることもあるが、最近は虫や毒草を警戒してずっとこうだ。無防備な白い肢《あし》を見るのは久しぶりな気がして、つい触りたくなる。触った。

「もう！　汗かいてて汚いんですよ！　それより脱いで背中向けてください。虫がついてないか見ますから」

彼女がそう言うのは、一度森を探索中にオスカーが血吸い虫に食いつかれていたことがあったからだろう。途中で気づいて引き剝がしたが、ティナーシャは慄《おのの》いていたし、彼もその後軽く熱が出た。自然毒は魔法で治癒できないので致し方ない。

山に入って狩りをする以上、そういうこともあるだろうなとオスカーは思っているのだが、ティナーシャはあまり山猫ではない。普通に嫌そうだ。

オスカーが言われた通り背を向けると、彼女はぺたぺたと触りながら確認してくる。

「髪の毛の中とかに入られてるとやだなあ。熱波打っていいですか？」

「それ、俺の髪が死なないか？」

「死ぬかもしれないけど、嚙《か》みついてる虫を生かしておくよりいいかなって。あ、別に髪がどんなになっても愛してますよ」

「付け足すみたいに言うな。普通に洗い流そう」

背中に手を回して、オスカーは妻の頭を撫でる。

そのまま洗い場に向かう彼に、ティナーシャは後ろから抱き着いてきた。

大きな浴槽には壁の穴からお湯が注がれ、溢れた分は浴槽の外に流れ出ている。おかげで床にはお湯が常に流れている状態だ。洗い場にも同様に、壁の高い位置からお湯が勢いをつけて流れ落ちている。今までの浴場と比べて勢いと湯量がありすぎる気もするが、水の豊富な土地なのかもしれない。

「これ、洗い流し用のお湯も常に出っ放しなのか？」

「止められます。今日は作ったばかりなので稼働確認も兼ねて出しっぱなしにしておきますが、後で貴方にも操作できるように弄っときます」

「助かる。お礼に猫でも洗ってやろうか？」

「嫌です。髪洗ってあげます」

オスカーは浴びた血をざっと流してしまうと、あとは妻が楽しそうに髪を洗っていくに任せる。

彼女は動物を洗うことに興味はないが、夫にはこうして手をかけたがるのだ。

「何が面白いんだ？」

「大きい動物を洗うの楽しいです」

「俺が猫を洗いたいのと何が違うんだ……」

「貴方、猫の毛が濡《ぬ》れてしょんぼりしているのと、乾かしてふわふわさせるのが好きなんでしょう？　私は洗っている過程が好きなんで。猫の嫌そうな顔を見たがる人とは違います」

「そういう言い方をすると、俺がとんでもなく非道な人間に聞こえるんだが」

「一度普通の猫を洗って引っかかれるといいですよ」

冷ややかに言い捨てられるが、オスカーが猫の彼女を洗うのはせいぜい五年に一度だ。そこまで根に持たなくてもいいと思うのだが、ティナーシャからすると「五年に一回だと百年で二十回じゃないですか！」ということらしい。そういう数え方をされると何も言えない。悠久を生きる弊害だと思う。

ティナーシャは鼻歌を歌いながら夫の髪と自分を洗ってしまうと、先に広い浴槽に入る。小柄な彼女が肘をついてうつぶせに伸びているところを見ると、相当浅いようだ。オスカーは自分の体を洗いながら問う。

「その浅さ、俺は入れないんじゃないか？」

「深さは段差つけてあるから大丈夫です。一番向こうは貴方が頭まで沈みますよ」

「それは深すぎる」

「魔法実験にも使えるようにです」

「ああ、なるほど」

確かに最初にティナーシャが住んでいた塔の浴場も「時々実験に使う」と言われていた。水盆で魔法実験をしているところも見たことがあるので、水は魔法実験と親和性が高いのだろう。

オスカーが血と泥を丁寧に流していると、妻の声がかかる。

「循環用に軽い水流を設定してあるんで、入る時は気を付けてくださいね」

「風呂で流されるのか」

「貴方は重いから関係ないです。念のため」

ティナーシャは浅いところで伸びながら、ふわあと欠伸《あくび》をした。洗い終わったオスカーは、妻がいるのと反対側、一番深いと言われた方に寄って覗《のぞ》きこむ。

「本当に深い」

「潜水遊びができますよ」

試しに入ってみるとぎりぎり足がつかない。沈めばつく。泳ぎ回るには狭いが何となく泳ぎ始めるオスカーに、ティナーシャは呆れた目を向けた。

「体力ありあまってますね」

「つい反射で。寝室はどうなってる？　手伝えることはあるか？」

「今はとりあえず部屋だけ作って掃除して、船から寝具を運びました。寝心地次第で駄目だったら寝台を作って欲しいです」

「分かった」

三往復ほど泳いだオスカーは、真ん中の深さに移動する。そこは彼が座って肩が出るくらいだ。

「ここがちょうどいいな。ティナーシャ、こっちに来ないか？」

「伸びていたいんでまた今度で」

振られてしまったが、彼女が足をぱしゃぱしゃと動かしくつろいでいる姿を見られて満足だ。

二人はほどほどにお湯を堪能《たんのう》してから出ると、食材の調理に移る。あるもので作った夕食は野趣が強めではあったが、テーブルに皿を並べるだけで気分が違う。彼らは焼いた鹿肉と蛇肉のスープ、根菜を混ぜこんで焼いた薄いパンを食べながら、これからの方針を打ち合わせた。

「畑を復活させるか？　長期的に考えるなら必要だろう」

「そうですね……私が手を出せば半年後くらいには安定するかと」

「昔もよく城で変な魔法実験をしていたよな。植物を巨大化させたり大繁殖させたり」

「あれは魔法薬実験の一環だったんですけど、あれやると土地が傷むんで、やりすぎるのはまずいんですよ」

「お前……城の土地で結構好き放題やってなかったか？　城の土地死んだんじゃないのか？」

「城内に畑を作ることはないだろうからいいかなと思って……」

ティナーシャはすっと視線を逸らす。そういうところはまったく変わっていない。宮廷魔法士たちの筆頭になって、時折反省文を書いていた時のままだ。

振り返ると、オスカーが達成者として願い、塔を下ろしてからの彼女の暮らしは、紛れもなく充実した一時代だったのだろう。あの頃の彼女は、優秀な魔法士たちに囲まれて魔法技術の研鑽《けんさん》にいつも楽しそうだった。魔法士たちに魔法技術を伝えつつ、彼らから出てくる新たな発想に驚き喜んでいた。もう遥か昔の話だ。あの時一緒に生きた人間は誰もいない。

人でなくなった彼女が、魔法士たちと一緒に魔法技術を研究することはない。時代を超えて生きる彼女の魔力と技術は異質だ。素性を明かせない以上、その力の全貌を見せることはできない。

ただ魔法大陸にいる時は定期的に魔法論文を読《よ》み漁《あさ》っているし、新しい技術に触れる時の彼女はそれなりに楽しそうだ。少しだけ寂しそうにも見えるのは、オスカーの目に勝手にそう見えているだけかもしれない。

彼女は船から持って来た酒を、夫のグラスに注ぐ。

「畑の管理は私がしますよ。この都市の調査もしたいと思っていましたし」

「都市の方は俺も気になってた。どうして滅んだんだろうな」

「この都市だけなら放棄されたのかなって思いますけど、他の街も全部ですからね」

この大陸がどれだけの広さがあり、全てを探索するのにどれくらいの時間がかかるのか。それはまだ分からない。他の大陸と同程度の大きさだとしたら、呪具の有無を大雑把に調べるだけでも数十年はかかるだろう。ただそれも、人間が暮らしていればの話だ。人がいないのでは呪具も見つけようがない。

「俺たちがまだ探索してない地域へ避難するだけの理由があったんだろうか」

「んー、怖い話ですね。だとしたら私たちはその『住めない場所』に住もうとしてるわけですから」

「今のところ異常は？」

「ないです。蛇がおいしい」

串を打って焼いた蛇は脂がよく乗っている。それをご機嫌で食べる妻はどことなく黒い子猫を連想させて、オスカーは微笑した。やっぱり無理をして移動と探索を続けなくてよかったと思う。これだけ魔法が自在に使える彼女は、無人の場所でも住居を作っていける。そしてそれが苦ではないようだ。思えば出会った頃も、彼女は旅を辞めて塔を建てて一人で住んでいたのだ。そういう定住での暮らしの方が時をわたるのに安定していられるのだろう。

オスカーは手を伸ばして妻の頭を撫でた。

「お前は家猫だってことを忘れないようにしないとな」

「なんですか、それ」

怪訝《けげん》な顔の彼女に断ってオスカーは席を立つ。水を汲みにいこうとしたのだが、この家の水道は壁の口から小さな滝となって水受け甕《かめ》に注いでいる。そこから溢れた分は甕の下の排水口に吸いこまれる仕組みだ。常に水が流れているのはティナーシャが循環機構を完成させているからだろう。

オスカーは甕から水を汲もうとして、その下に転がっているものに気づく。

「この瓶……」

「ああ、見かけたので拾っておいたんです」

流れる水に洗われているのは緑がかった硝子瓶だ。オスカーが路上で見つけたのと同じもの。ただ彼は、鹿と蛇に手を取られて拾って来られなかった。だからここにあるのは二本目だ。

「同じものを道端で見つけたぞ。お前が使うかもと思って避けといた」

「んー」

酒杯に口をつけるティナーシャは思案顔だ。細い指が顎にかかる。

「その瓶、今まで見つけた別の集落にもあったんですよね」

「え？　気づかなかったぞ」

「手分けして探索してましたからね。他の集落だと割れてたり他のものに埋もれてたりしましたし。でもこの一本は石の箱に入れられて保管されてたんで、気になって取っておいたんです」

オスカーは身を屈めて瓶を拾い上げる。綺麗に洗われた瓶は、よく見ると側面に楕円《だえん》と四角を二つ組み合わせた印があった。滑らかな表面といい、そこそこの加工技術を感じさせる。

「ここから他の集落って相当離れてたと思うんだが。ろくな道もないし」

「道は朽ちちゃった可能性もありますけど、距離はそうですね」

「その中に毒が入ってたりしてな」

半ば冗談として口にした言葉だが、言ってからオスカーは全く現実味がないわけでもないことに気づく。今のところ無人の集落に共通しているものは、数百年間は放置されているだろうことと、残っている建造物に破壊された痕跡がないことだ。その共通点に硝子瓶は加わるのだろうか。

「ティナーシャ、中身は残ってたか？」

「空でした。一応調べましたが、魔法解析にも引っかかりませんでした。なので貴方が見つけたものも持ってきてください。他の城や街も転移座標はとってあるんで、おいおい回収します」

「分かった」

オスカーは、妻が余った石材で作ったカップに水を汲む。

そうして二人は食事を済ませると、新しく作られた寝室で久しぶりに昼過ぎまで眠った。

そこからの日々は、探索の速度は落ちたものの穏やかな毎日だった。

2．少女

朽ちかけた祭祀都市は、半年も過ぎる頃にはすっかり綺麗に整備された。

屋敷として整えられた家には生活用品が揃《そろ》い、畑には青々とした作物が茂り始めている。ティナーシャは「さすがに大陸外の植物を持ちこむのは問題があるので」と、もともと栽培されていた種を突き止めて、それを育てている。今までの長い人生において、長期的に農耕をするという経験は彼女にもないらしく、それ用の魔法を研究するのが面白いらしい。オスカーが力仕事を手伝ったのも最初の頃だけで、今では専用に作られた土製の使い魔が畑仕事をしている。

たまに彼が見に行くと、小さな子供くらいの背丈の土人形が何体も立ち働いていて楽しい。彼らは雨の日には近くの小屋の中に避難して、部屋の隅で膝を抱えて待機している。一度見に行ったがとても可愛《かわい》らしい光景だった。ティナーシャに「一体、屋敷で働かせないか？」と聞いたら「家の中が泥だらけになるので」と断られた。

生活が安定してくると、必要なものと、その中でどうしても自活できないものや、現地調達では実用品の域に達しないものも分かってくる。おかげで二人は一度、長距離転移を繰り返して魔法大陸に戻り、必要な物資を揃えて屋敷に戻ってきていた。

「現状、足りないのは本くらいですかね。貴方は読書家ですし」

「お前に着せる服が足りない」

「それはいいよ!?　魔法着は普通にあるし！」

屋敷の中の、調査資料を保管してある小さな会議室。そこの長机に自作の地図を広げながらティナーシャは叫ぶ。

嗜好品《しこう》の類は不足していると言えばそうなのだが、言い出すときりがないし無いと困るわけでもない。魔女にとっては広い風呂に毎日入れて昼まで眠れるという状態が保てればいいようだ。

一方調査の方も少しずつ進んでいる。明らかに無人だと判明した地域には転移陣が設置され、放棄された集落を調べ直している。同時に未踏領域にはティナーシャが使い魔を送って人間を探しているが、未だ見つかってはいない。ただ大陸地図だけができあがりつつある状況だ。

「この辺りから南西は完全に雪国ですね。万年雪って感じです。あとここにはかなり大きな湖が。内海って言ってもいいかも。ここにはすごく大きな滝があります。こっちは大樹海ですね。あとこの辺は険しい山脈で人は住めなそう。ここからここまではかなり広い川です」

「……面白いな」

まったく知識のない大陸を調べていくというのは面白い。初めて見る壮大な景色がそこかしこにあるようだ。オスカーは自分がナークに乗って飛び回りたい気分になったが、現在ナークは休眠中だ。「冒険に行こう」と言って起こすにしても、現状の無人の謎を解いてからだ。

「人が住めない土地なら無人なのも納得なんだが、問題は他の地域も無人という……」

「最初から人がいないならともかく、人が暮らしていた形跡はありますからね。不可解不可解」

「不可解なところは他にもいくつかあるしな。子供の埋葬とか」

「あれは……そうですね」

ティナーシャの表情が目に見えて曇る。

放棄された集落群において、町中に遺棄された死体は一つも見つかっていない。自分で自分の死体が埋葬できない以上、何らかの原因で滅びたなら、埋葬されていない死体もあったはずだ。ただそういった痕跡はまったく見つからない。年月で朽ちたのだとしても、ここまで綺麗に痕跡が消えるということはないだろう。

一方、墓地らしきものはちゃんと残っているが、気になるのが最初の集落跡で見つけたように、子供の遺体は火葬後に集団埋葬されていることだ。あれから見つけたどの町にも、大小の違いはあれどそのための場所がある。

この祭祀都市では、街外れに地下へと降りるための建物があり、その地下に深い縦穴を掘って子供の骨を投げ捨てていたようだ。他の集落も似たり寄ったりで、この大陸にはどんな文化が広まっていたのか余計に謎が深まった。墓地にはどこも子供らしき遺体は見つからなかったので、幼くして亡くなることは特殊な扱いだったとでもいうのだろうか。

二人は今まで、野ざらしになっていた分の穴は全て土をかけて埋葬していたが、その穴を見つける度、ティナーシャの表情は同じように沈む。もしあれらの集落に人が生活している時代に来ていたなら、彼女はもっと煩悶《はんもん》し、人間を嫌悪していたかもしれない。そうでなかったことを幸運だったと言うべきだろうか。

オスカーは自身も苦味をのみこむと、少し前から考えていたことを口にする。

「いずれ地下都市がないか探索範囲に含めるべきかもな」

「ああ……」

今現在、彼らが調べているのは地表だけだ。地下は探索範囲外だが、いつかは地表の探査も終わる。ティナーシャの作りかけの地図も、大陸の三分の一を占めると思われる箇所が埋まっているのだ。彼女は軽くこめかみを掻いた。

「地下探査って魔法でやるのは技術的に難しいんですよね」

「そうなのか」

「深度が分からないわけですから。広範囲を横薙《な》ぎにとか調べられないんですよ。一カ所一カ所を地下深くまで調べることはできますけど……」

「ベモン＝ビィでやったやつか」

「そうです」

あの時オスカーは地下調査に立ち会ったわけではないが、ティナーシャが魔力の糸を地下深くまで垂らして空洞を探ろうとしていたというのは聞いた。つまりはそれくらい手間のかかるものなのだ。だからベモン＝ビィの地下遺跡の存在は、最初の調査の時に明るみに出なかったのだし、それを大陸全土にわたって、はさすがに現実的ではない。

「怪しい場所が絞れるなら絞って調査、という形になるか」

「時間はありあまってるんで、全域をのんびりやってもいいんですけどね、三百年くらいかけて」

「迷うところだな……」

それも手ではあるだろうが、あてどない話だ。

オスカーは壁際に視線をやる。そこには今までに見つかった緑がかった硝子瓶が並べられていた。数は百を超えている。

「あれが気になると言えば気になるんだが」

「大体の集落で見つかりましたからね。見つからなかったところもありますけど、広く共通して残っているものとしてはあれが一番ですね」

拾い集めてきた硝子瓶は、皆同じ大きさで同じ紋様が入っている。中身は何だったのか分からない。ただこの大陸を調べる鍵になるのではないかと怪しんでいる。

「あとは見つかった文書の解読ですか。こっちも時間かかりそう……魔法大陸の学者に持ちこみたい……」

石板や文書の類はあちこちで見つかっている。文字の種類はざっとわけて五種類。そのうちティナーシャは、壁画と一緒に記されていたものから解読を試みているが、別大陸とあってほぼ暗礁に乗り上げている。専門の学者に見せても無理かもしれない。何しろ魔法大陸は、神代の時代に外的な力で言語統一が為《な》されたのだ。読めない言語を解読するという経験が誰にもない。

オスカーは素朴な疑問を口にする。

「こっちの大陸に魔法大陸から人が渡ってくる可能性とかはあるのか？」

「んー、ほぼないと思います。ほら、結構昔に大陸間戦争があったでしょう？　私たちが死んでた時」

「お前は相変わらず言い方がひどいな……」

だが何のことを言われているかは分かる。ベモン＝ビィが滅んだ後しばらくして、東の大陸の一部の国が魔法大陸に出兵したのだ。

それは東の大陸では激減していた魔法士を攫《さら》うためのもので、結果として七つの国が入り乱れる戦争になった。裏で介入していた国はその倍近くで、この戦争の後、魔法大陸は東の大陸に魔法具を売ることをやめ、両大陸を行き来する交易船は激減した。オスカーも東の大陸からティナーシャを探して魔法大陸に渡るための渡航手段がなくて苦労したのだ。

「あの戦争以来、魔法大陸って大陸外に出ることを忌避する空気が当然のものになっているんですよね。自大陸だけで完結した方がいい、っていうか……実際それが可能ですし」

「魔法士を含む自分たちが希少種だと気づいた感じか。他の大陸に出向いて得られるものがないならそうなるだろうな」

「新しい大陸を探してみたい、って個人の出航はあるんですけどね。潮流の関係からしても、ここに偶然辿りつくっていうのは無理じゃないですかね。私たちは空を飛んできましたし」

「ああ……それは厳しいな」

将来的に、アイティリス人が渡航してくる可能性があるなら、探索を後世に委ねることもできるが、その可能性がほぼないのでは自分たち二人でやるしかない。

オスカーが考えこむうちに、ティナーシャは「あ、パンが焼けた」と小走りに部屋を出ていく。扉の隙間からは食欲を誘う香ばしい匂いが漂ってきた。あるものと手に入ったもので工夫して食事を作る生活を、彼女は楽しんでいるようだ。オスカーは食事で呼ばれる前に彼女の手伝いをしようと会議室を出る。

厨房《ちゅうぼう》ではティナーシャが平たいパンを石窯《いしがま》から出していた。隣には鍋が二つ並んでいる。

二人は未知の動植物については毒を持っている可能性があるため、慎重に選別しているが、ティナーシャは重ねてなんでも念入りに火を通している。彼女は夫に気づくと言った。

「できるまで時間かかるんで、別のことしてていいですよ」

「手伝いは？」

「まだいらないですー」

「分かった」

下手に手を出すと雑なことをして怒られるというのは分かってきた。オスカーは窓から夕暮れ時の外を眺める。素通しの窓は、硝子や水の代わりに結界が張られている。窓枠に刻まれている魔法紋様が外部から埃や風が吹きこむのを防いでいるのだ。

この大陸に来てからティナーシャは、魔法で維持していなければならないものが格段に増えたため「魔法具作りが上手くなりました……」ということらしい。魔法紋様は魔法を介さなくても決まった図形を彫ればいいので、オスカーも試しに石板に彫ってみたことがあるが、力加減が分からなくて石板を割ってしまったり、線が太すぎて繋がっては駄目なところが繋がったりして上手くいかなかった。ちょっとやってみたかっただけなのに、妻からは「貴方は貴方の得意なことをやってくれればいいんですよ」と慰められたのはいい思い出だ。そういうことは割とよくある。

オスカーは食卓に使うテーブルを片付けながら言った。

「ティナーシャ、相談なんだが」

「なんですか？」

「明日、船を置いてある浜辺を調べてくる」

そう言うと、ティナーシャはきょとんとした顔で振り返る。

「え。なんでですか？　何か気になるものがありました？」

浜辺に固定している船には何度も行っている。船内に転移陣を書いておいて、運んできた物を取りに行っていたからだ。

「この大陸に初めて来た時に、視線を感じたって言っただろう」

「あ」

「今思うと、何かの意思を感じたのはあれが最初で最後だ。もう一度ちゃんと調べに行ってもいいと思ってな」

あの直後に周囲一帯に探知をかけて、人間は引っかからなかった。

ただこれだけ人間が見つからないのなら、もう一度調べてみる価値はあると思う。ティナーシャは「あちち」と言いながら最後のパンを皿に置く。

「分かりました。私も行きましょうか？」

「いや、大丈夫だ。とりあえず様子を見てくる」

「ん、結界強化しときますね」

かつてただの人間だった頃、オスカーは彼女から魔法と物理のほぼ全てを無効化する結界をかけてもらっていたことがある。

だが、変質した今ではそこまでの結界は過剰で、ティナーシャの負担とつりあわない。あれだけの防御結界も彼女が純潔の精霊術士であったからこそ可能だったものとして、今では通常の威力減衰効果がある防御結界をかけているだけだ。これでちょっとした攻撃は無効化できる。

「今のままで充分だと思うんだが、分かった」

「後悔するのも嫌ですからね。この大陸に一人で取り残されるの、さすがに嫌ですよ」

「そうしたら俺が戻るまで魔法大陸に帰っていてくれ。死亡確認は取れるようにするから」

「死なないように手を打つんですよ！」

当たり前と言えば当たり前の苦情に、オスカーは首を竦《すく》めたくなる。けれどそれをするとより一層怒られることは分かっているのでしない。

「オスカー、その鍋運んでください」

「分かった」

いつの間にか日は落ちて、空は彼の瞳の色と同じ澄んで深い青になっている。

オスカーはそれを見ながらぼんやりと「この生活の終わりはどこにあるのだろう」などということを考えていた。

※

翌朝、オスカーは夜明け頃に目を覚ます。

隣を見ると、ティナーシャはまだすうすうと寝息を立てて眠っていた。彼が起き上がったせいで冷えたのか裸の肩を縮こませるのを見て、オスカーは妻に掛布を首までかけ直してやる。

彼は身支度をして作り置きの朝食を取ると、浜辺の船へと転移した。ほぼ倉庫となっている船内から出ると、オスカーは砂と蔓草《つるくさ》が入り混じる浜辺へ飛び降りる。

「さて、どうなるかな」

空はよく晴れて、海も凪《な》いでいる。視界は良好だ。

オスカーはぐるりと辺りを見回す。船には何度も来たが、この浜辺に降りるのは初めて来たとき以来だ。ぱっと見た感じ、何かが潜む余地はあちこちにあるが、大分時間が経った今でもあの時の視線の主はまだいるのだろうか。

自然のままの浜辺を、彼は打ち寄せる波と平行に歩いていく。

風もない。叫べば声はどこまでも届きそうで、だが口にした端からこの空気に吸いこまれてしまう気がした。

魔法大陸よりも涼しく乾いた空気。それは解放感に似て、だがもっと決定的に違う。

オスカーの脳裏に、ずっと昔に妻から聞いた言葉が蘇《よみがえ》る。

『魔法大陸に生まれる子は、全て神に愛された子なんです。人々は神の不在を謳《うた》いながらもどこかでそれを知っている』

あの時はそれがどういう感覚かよく分からなかった。ティナーシャは神の庇護《ひご》を強く持つ精霊術士だ。そのせいで鋭敏なのだろうと思っていた。

ただ、この浜辺を歩いていると、彼女が言わんとしたことが分かる気がする。

ここには何もないのだ。虚《うつ》ろで、何もない場所に放り出されたような寂寞《せきばく》がある。

白い浜辺をひたすらに歩いていく。足跡が打ち寄せる波に溶けていく。

何も残らない。突き放されているような、全てが過ぎ去ってしまっているような。

この茫洋《ぼうよう》とした空白が神の庇護から離れた証だというのなら、ここで生きていた人間たちはどのような暮らしをしていたのだろう。魔法技術の痕跡がないということは、東の大陸よりもっとずっと早く魔法士が失われたりしたのだろうか。

そんなことを考えながら歩いていたオスカーは、砂浜の終わりとなる川へ行きつく。幅の広い川の向こうは緩やかな崖になっていた。

「外れか」

見られている感じはしなかった。駄目元ではあったがやはり外れだったのだろう。

海水と淡水が入り混じる川辺を覗きこんでいたオスカーは、気を取り直して踵《きびす》を返《かえ》す。

そこで彼は足を止めた。

「な……」

数歩先に、いつの間にか一人の子供が立っている。

橙色《だいだいいろ》の大きな瞳を見開いた、八歳くらいの少女だ。

沈んだ赤色の髪は肩までの長さで、肌は浅黒い。小柄な体に細い四肢の少女だ。薄紅色の服は膝丈で、裾は擦り切れている。腰帯は何色もの染糸を編んだもので、今は色褪《いろあ》せていた。それだけで外見に変わったところは何もない。

何もないのだが、この娘は異常だ。

まったく気配を感じなかった。それだけでもおかしいと分かる。普通の子供が彼の背後を取るなどありえない。そしてそれだけでなく、他に人の見つからない大陸に健康そうな子供がいることもおかしい。

オスカーはまじまじと少女を観察する。ふっと消えられたらどうしようかと思ったが、少女の方も興味津々の目で彼を見上げてきた。

「あいぇあららでぃ、かれ？」

「……悪いが、言葉が分からない」

人が見つからずにすっかり忘れかけていたが、そう言えば言語の問題があったのだ。

少女はきょとんとした顔になる。橙色の双眸をまたたかせた。

「サー、イア、ニレレクオフィ？」

「そっちも分からない。別の大陸から来てるんだ」

言語を変えて問われたのだろうが、やはり理解できない。

少女はますます怪訝そうな顔になる。オスカーは少し考えて、自分たちが来た海の向こうを指さした。

「アイティリス、から来た」

魔法大陸の正式名。主神の名を冠したその名に、少女はぴくりと反応を見せる。

彼女は、ふっと大人びた目をした。乾きかけた唇が動く。

「アイティリス……アイテア?」

「ああ」

言葉は通じないので簡潔に。オスカーは大きく頷いて見せる。

少女は代わりに自分の足下を指した。

「スヴィセト——スヴィセール」

大陸の名と、主神の名。

それが、オスカーが初めて聞いた、この大陸についての情報だった。


少女の名は、おそらくではあるが「ナフェア」というらしい。

浜辺に座り、身振り手振りで時には砂の上に絵を描きながらはっきりと分かったのはそれくらいだ。「どこに住んでいるのか」「なぜ人がいないのか」「何者なのか」などの質問は上手く通じなかった。言葉も通じない初対面でいささか難しすぎたのだろう。

オスカーは、ナフェアを祭祀都市に連れて帰りたいと思ったのだが、彼がどんなに手振りで示しても、彼女は決して転移陣のある船に乗ろうとはしなかった。

「一人で大丈夫か？」

日が傾きかけた浜辺で、オスカーは身振りを交えてそう伝えたが、少女は何を言われているか分からない、という顔だ。

仕方なく彼が船に上がって甲板から少女を振り返った時、彼女の姿はどこにもなかった。

「——ということがあった」

「うわ」

帰って妻に報告したところ、彼女の第一声はそのようなものだった。

夕食の支度をしていたティナーシャは、美しい顔を顰める。

「その子が視線の主ですか。明らかに人間じゃないですよね」

「そうだな……。ただ魔物という感じでもなかった。魔力がなかった」

ナフェアは突然現れたり消えたりしていたが、構成があったわけでもなければ魔力を持ってもいなかった。ティナーシャはお茶を淹《い》れながら思案の声を上げる。

「可能性としては三つですね」

「聞かせてくれ」

「一つはこの大陸特有の異能者です。魔法大陸だと精霊術士、東の大陸だと絶えてるそうですが別位階の負を操る異能者がいたそうですね。ああいう特殊な人間がこの大陸にもいる、という可能性があります」

ティナーシャは彼の前にお茶のカップを置く。それは彼女が森で採取してきた薬草を焙《ほう》じたもので、ほんのり甘い。最初は不思議な味だと思ったが今はすっかり慣れた。オスカーは礼を言ってカップを手に取る。

「ありがとう。で、二つ目は？」

「未知の生物です。人間型でそういう能力を種として持っている生物。擬態能力……ですかね」

「なるほど。擬態能力で出たり消えたりしたのか」

可能性としてはありそうだが、そういう感じではなかった、と思う。擬態で見えなくなっているだけなら気配に気づけたのではないだろうか。特に、最後に消えてしまった時など。

「最後の可能性としては単純に、その娘が『外部者の呪具』だ、というものです」

「は？」

カップを取り落としそうになって、オスカーは咄嗟《とっさ》に持ち直す。

「……生き物に見えたぞ」

「生き物に見える人造物なんていくらでもあります。リトラがそうでしょう？」

魔法大陸の屋敷に居残っているリトラは、ティナーシャが作った使い魔だ。感情が薄いことと性別がないことを除けば、普通の生き物にしか見えない。

だがリトラは確かに人為的な生物だ。大別すれば魔法具の一種とも言えるかもしれない。

「そういう可能性もあるのか」

「あります。第一、私たち自身が『この世界の呪具』じゃないですか」

「ああ……」

確かに彼ら二人は、外部者の呪具の一つである時間遡行の呪具、エルテリアの破片を浴びて変質した。それを利用してこの世界が対抗呪具として生まれ直しの権能を与えた存在だ。

いわば彼らは人の形をした呪具と言える。そのことを自覚していながら頭の中から抜けていたオスカーは、軽い驚きから抜け出すとお茶に口をつけた。

「そう言えばそうだったな……」

「だからその女の子も呪具である可能性は考えておいた方がいいとは思います。ただこういう人のいない状況では、生き物の姿をしていてくれた方が見つけやすいんでありがたくはありますが」

「それは確かに」

三つの可能性のうち、オスカーが一番近いと感じるのは「外部者の呪具」ではないか、というものだ。「異能者」も「未知の生物」も、ナフェアに抱いた印象からずれている。あの少女には、生き物らしさがなかったのだ。

感情が薄いわけでも、表情に乏しいわけでもなかったが、何故かそう感じた。彼がそう返すとティナーシャは考えこむ。

「うーん、言葉が通じればもうちょっと正体が分かるんでしょうけど」

「精神魔法だとぼんやりした感情が分かるくらいなんだろう？」

「そうです。そもそも魔法大陸には『言語が違う』って状況がないんで……あと千年くらいして言語が分かれたら、それ用の魔法が編み出されるかもしれないですね」

「先が長い」

彼の治世でさえ七百五十年前だ。千年はさすがに遠い。

「ひとまず正攻法で行くしかないか。明日も見に行こう」

「私も行きますよ。外部者の呪具か見分けがつけられるかもしれません」

「頼む」

同じ逸脱者でもティナーシャの方が卓越した魔法士とあって、相手の正体の解析は得意だ。オスカーは世界外の呪具かどうか見て触れてもいまいち判別がつかず、その能力で判別するしかないが、ティナーシャは魔法解析をかけることによって、それが世界外から来たものかどうか判別が可能だ。解析が効かない、なんだかよく分からないものこそ外部者の呪具なのだと分かる。

だからティナーシャがいれば、言葉が分からなくても話が早い。


そう思って彼は翌朝、起きられない妻を何とか起こして最初の浜辺に連れて行った。

けれど結局、日が落ちるまでナフェアは現れなかった。

その次の日も、更に次の日も、少女は姿を見せなかった。

3．廃都

白い浜辺に流れつくものは、海藻や流木ばかりだ。

波に打ち寄せられた、この大陸から離れられなかったものたち。それを見ながら歩いていたオスカーは、砂に埋もれて緑色の硝子片があることに気づく。波で角が取れているそれを拾おうと身を屈めた。

「――モルセ」

横合いから声がかかる。

覚えのあるその声にオスカーは苦笑する。

「五日ぶりだな」

「ロウ？」

ナフェアは両眼をまたたかせる。オスカーは硝子片を拾わぬまま体を起こした。

――今日は、会える気がした。

それは今日が最初の日と同じ、風のない晴れた日だからではない。単にティナーシャがいないからだ。

彼女はあれから二日間オスカーについてきて、「私が用心されてるのかも」と三日目には猫に姿を変えた。四日目には姿を不可視にして魔力を最大限隠蔽して、それでも現れなかったので諦めて留守番しているのが今日だ。

浜辺に立つナフェアは五日前と同じ格好、同じ様子だ。疲れてもやつれてもいない。やはり彼女にはこの人のいない土地で生きられる術《すべ》があるのだろう。

オスカーは腰に手を当てて少女を眺める。

「さて、何から始めるかな」

知りたいこと、調べたいことはたくさんある。

だからまず真っ先に、一番問題のある可能性から潰した方がいいだろう。

オスカーは少女に向けて、何も持っていない右手を差し出す。

ナフェアはその手を見つめる。彼女はすぐに、その手に向けて自分の左手を差し出した。オスカーの手の甲に、自分の手の甲を触れさせる。

「そういう挨拶があるのか？」

「スィスィ？」

「悪いが、先に確認させてくれ」

オスカーは少女が引こうとした手を掴む。彼女が驚くのも構わず、その手から己の力を注ぎこんだ。全ての法則を拒絶し得る世界外の力。王剣アカーシアの本質であるそれを、少女の体に通す。

――もし彼女が外部者の呪具なら、これは明確な攻撃だ。

この一撃だけで壊れてもおかしくない。彼が持っている力は外部者の呪具を壊すためにもたらされた力なのだから。

けれどナフェアはびくりと体を震わせただけだ。軽く痺《しび》れた程度の反応で、何をされたのか分からない顔でオスカーを見上げた。

「ロウ？」

「すまない、試したかっただけだ」

一番嫌な可能性を、一番に潰したかった。

ナフェアから情報を得るのには時間がかかる。排すべき相手かもしれないと思いながら、その時間を過ごすのは騙《だま》しているようで嫌だ。

だから次に会ったら真っ先にこれをやろうと思っていて、結果としては疑いが晴れた。

何をされたか分かっていないままのナフェアに苦笑して、オスカーは波の届かぬ砂浜に座る。

「よし、じゃあ話をしよう」

隣を手でぽんぽんと叩くと、通じたのか少女は素直にそこに来て座った。

言葉の分からない者同士で、意思の手探りを始める。

「まずは簡単なところからだな」

最初に会った日には何の意思の疎通もできなかったが、お互いの言葉を学ぶという姿勢でいれば進みようもある。身振りや絵と、言葉を照らし合わせていく。子供が言葉を覚える時と同じだ。

オスカーは懐から絵札の束を取り出す。それは魔法大陸で幼少時の言語教育に使われているものだ。もともとは四百五十年ほど前に異世界から来た女が発案したものだが、長い間に改良を重ね単語を厳選され今に至っている。ティナーシャはそういった言語教育に使う一式を「おそらく別大陸は言語が違うから」という理由で持ちこんでいたのだそうだ。

絵札には、猫や鳥、馬などの生き物や、太陽、雨、風など自然物、そして家、服、皿、テーブル、などの人造物、色、一般的な形容詞、動詞、が網羅されている。

オスカーはそのうちの一枚、絶対これを一番先にしようと思っていたものを捲《めく》って見せる。

「猫」

「……ララサ？」

「そっちではそう言うのか。ねこ」

ナフェアは、黒い子猫が描かれた絵札をじっと見ていたが、ぱっと顔を輝かせた。

「ララサ――えこ？」

「ねこ」

「ねこ！」

はしゃいだ声を上げて絵札を受け取った少女は、それを見つめながら高々と掲げた。すぐにきょろきょろと何かを探し出すので、オスカーはインクを内蔵したペンを渡してやる。すると彼女はそこに、読めない文字で何かを書いた。オスカーは数文字のそれを指さして確認する。

「ララサ？　猫？」

「ねこ！」

つまりこの文字は、ナフェアがオスカーの話し言葉を自分の知る文字で記したものなのだろう。

妻が予見した通りの反応に、オスカーは内心感心しながら次の絵札を取る。

そんな遊びは、日が落ちるまで続いた。

「他の人間は？」

船の間際まで移動しての別れ際に、オスカーは前回と同じ質問をする。

ただ今度は、人のたくさん描いてある絵札を示してそう問うた。意味が伝わったのか、ナフェアはきっぱりと、覚えたての言葉で返す。

「ない」

「人がない……いない？」

「いない」

それはどこまでの意味で「いない」なのか。

気にはなるが、少しずつ意味を詰めていくしかない。可能な限り齟齬《そご》が生まれないように。

オスカーは少女の頭をそっと撫でる。目を細めたナフェアはその時ふっと、橙色の目に大人びた寂寥《せきりょう》を溢れさせた。驚いてオスカーは見直したが、彼女は既ににこにこと笑っている。

気のせいだったのかもしれない。或《あ》いは、まだ踏みこめない領域か。

オスカーは穏やかな笑顔を作ると言った。

「じゃあ、また明日だ」

「フィフィ」

ナフェアは胸の前で自分の両手の甲をあわせると、軽く頭を下げた。

まだすり合わせていない別れの言葉を返して、オスカーは帰路につく。


祭祀都市に戻った時、ティナーシャはそこにいなかった。

先に畑を見に行ったのだが、小さな土人形が数体うろうろと仕事をしていただけだ。屋敷に帰ると石板に書置きがしてあり「雪原地帯の探索に行ってきます。夕飯は用意してあります」と書かれている。ここ数日間の遅れを一気に取り戻そうというのだろう。

オスカーは用意されている鍋を魔法板で温める。温めなくても美味しいのだが、ティナーシャが戻ってきて見つかった時、大体「なんで温めないんですか」と膨れられる。それに、そろそろ彼女も帰ってくるだろう。

その間、オスカーは持って帰ってきた絵札をテーブルに広げて確認する。今日使った絵札のうち、ナフェアと単語のすり合わせができたものは彼女に持たせた。

今回、言語のすり合わせが必要だと分かった時、ティナーシャは「おそらく貴方が彼女の言葉を覚えるより、彼女がこちらの言葉を覚える方が早いです」と推察したが、それは事実のようだ。ナフェアはもともと複数言語を身につけているとあって、新たな言語への順応が早い。

どちらかというとオスカーの方が「これはこういうものだとちゃんと伝わっているのか、この絵はこう解釈されてしまわないか」と悩んでしまう。何百年もの間、改訂され続けた教材なのだから、そういう面での配慮もちゃんとされているのだろうとは思うが、別大陸の子供はさすがに想定外なのではないかとも不安だ。

それに、あの「人がいない」とはどういうことなのか——

「オスカー、ただいま戻りました！　蛇獲《と》れましたよ、蛇！」

「おかえり。お前は蛇が好きだったんだな」

魔法大陸では食卓に蛇が上がったことがなかったから気づかなかった。蛇の首を摑んで引きずっていたティナーシャは、軽く赤面する。

「と、特別に好きなわけでもないんですけど、見つけるとついはしゃいじゃって……」

「ああ、狩るのが好きなのか」

オスカーは、黒い子猫が蛇に跳びかかっているところを想像する。

「そう言っちゃうと身も蓋もないじゃないですか。食べられないほどは獲りません！」

「精霊術士だしな。自然の均衡に気を付けてるんだろうな」

「そこまでは気を付けてないです」

「せっかく気を遣ったのに」

「気を遣ってないですから！　揶揄《やゆ》してたでしょう！」

「被害妄想だそれは」

まるで毛を逆立ててぴょんぴょん斜めに跳んでいく子猫だ。そんな彼女そっくりの子猫のカードはナフェアに渡してきてしまった。あの反応を見ると、この大陸にも猫がいるのだろうが今のところ見かけられていない。人里がなくなってしまうと、そこにいた猫は山に帰るのだろうか。

ティナーシャは厨房に向かいながら夫に問う。

「それで、彼女は？」

「ああ、会えた。どうやらお前が避けられてたみたいだな」

「やっぱり！　途中からそんな気がしたんですよね……」

ティナーシャは厨房に置いた壺《つぼ》の蓋を開けると、その中にぽいと蛇を放りこむ。まだ生きていて後で処理をするつもりなのだろう。彼女は温められている鍋を見ると、食事の支度を始めた。

「で、どうでした？」

「外部者の呪具ではなかった。アカーシアの力が効いてなかったからな。あと確かに言葉を覚えるのは早そうだった。絵札も復習したそうだったから、すり合わせが済んだものは渡してきた」

「いいですね。それなら話を聞けそうです」

「一応聞けたものもあったんだが。人はいないそうだ。それがどういう意味かは分からないが」

「実際いないですしね。私が今日見た範囲にも人間の気配はありませんでしたよ。ああ、大きい雪猫はいましたけど」

「どうして連れて帰ってこないんだ」

「寒い地方の動物を連れて来たら可哀想《かわいそう》じゃないですか」

もっともだが、自分も見たかった、という気持ちが拭えない。きっと雪猫と言うからには白くて毛がもこもこしているのだろう。後で絶対見に行こうとオスカーは心に決める。

「人はいないんですが、ちょっと問題がありそうなものを見つけました」

「というと？」

ティナーシャが手を止めて振り返る。その表情は苦りきったものだ。

「地下に作られた隠れ里です。滅びてましたけどね。そこでは魔法技術が使われていたんですよ」


食事を取った後、二人はティナーシャの転移で問題の隠れ里に跳んだ。

雪の降り積もる山の内側に作られているという巨大洞窟の街。

洞窟と言っても人為的なものだ。息苦しさを感じないよう天井はかなり高く作られており、小さな塔が奥に建っているのが見える。広がる家々は灰色の四角い石造りのもので、オスカーに既視感を抱かせた。

「精霊術士の隠れ里に似てるな」

「そうなんですよ。魔法で作ったからでしょうね。精霊魔法ではないですけど、魔法で洞窟を削って、石材を切り出して建物を組んで、って感じみたいです」

街の入口に立つオスカーは後ろを振り返る。そこにある小さな洞窟は外との連絡口だろう。オスカーは直接ここに転移してきたが、洞窟の先は雪国に繋がっているようだ。

「人はいないのか？　温かいが」

「いません。温かいのは地熱ですね。人は絶えても魔法機能は残っているんで、地熱を上手く街中に循環させてるみたいです」

「よくできてる」

大きさから言って、五百人くらいは暮らせるだろうか。

だが確かにこの街に人の気配はない。何もない静寂は、浜辺を歩いていた時の虚無感と同じだ。

「中を歩いてもいいか？」

「どうぞ。案内したい場所も奥にありますし」

オスカーが歩き出すと妻はその隣に並ぶ。

地下のせいかじっとりとした土の匂いと乾いた腐臭がまとわりつくようだ。洞窟の岩肌はうっすらと光っているが、それでも地上の明るさには遠く及ばない。今洞窟内が明るいのは、ティナーシャが空中にいくつも光球を浮かせているからだ。

オスカーは近くの建物の中を覗きこむ。小さな家には竈と木のテーブルが残っており、そこには茶色い人骨が半ば砕けて散らばっていた。

「これは……」

「テーブルにつっぷしたまま亡くなったんでしょうね。数は多くないですが、何人かいます」

それは「埋葬されていない死体が」ということだろう。この大陸でそういう死体が見つかるのは初めてだ。うっすらとただよう腐臭はこういうところから生じているのかもしれない。

オスカーがかぶりを振って歩みを再開すると、ティナーシャが小走りについてくる。

「この街は、これまで見つかった他の街とは明らかに違います」

「死体が残っていることがか」

「それもそうなんですけど、もっと根本的なところでです」

ティナーシャは先の十路地を左に曲がるよう指示する。そうしてすぐに見えてきたのは、岩肌を更に削って作られた空間と、その中に綺麗に並んでいる石棺だ。

「墓地か」

「はい。いくつか開けさせてもらいました」

それを確かめろということだろう。オスカーは並んでいる棺《ひつぎ》のうち、蓋が横にずらされているものの四つを順に見て行く。朽ちて溶けかけてはいるが骨が残っているそれらを確認し終えると、オスカーは見たままを口にした。

「子供の遺体だな。火葬もされてない。この街は集団埋葬じゃないのか」

「ええ。それを踏まえて仮説が一つ」

ティナーシャは細い人差し指を立てて見せる。

何を言われるのか、棺の中の様子を見れば半分くらいは察しがつく。彼はそれを口にした。

「子供の遺体の扱いの違い——今まではそういう文化なのかと思っていたが、少なくともこの街では、乱雑に扱われていない」

他の街では、まるでごみのように同じ大きな穴に遺体が放り投げられていたのだ。これまでは嫌な気分になったものの、幼くして亡くなった子はそういう埋葬をすべき決まりでもあるのかと考えていた。

だがこの街では生まれて数年の子供でもきちんと埋葬されている。棺には装飾品が入れられ、遺体も丁寧に寝かされていたであろうことが分かる。この違いはどこから来るのかと考えるなら、ここは魔法技術で作られた隠れ里だということだ。

つまり——

「この大陸は、魔法を排斥していたのか」

魔力を持った子供は、魔法大陸と同じであるなら一定の確率で生まれてくる。両親が非魔法士であっても変わらない。

だがそのまま何もせず育てば魔力を制御できずに周囲を傷つける子供もいる。そのせいでかつては魔法大陸にも、魔法士排斥をしていた国があったのだ。

今は滅んだその国が、どうやって魔法士を排斥していたのかと言えば、単純に魔力を持って生まれた子供を殺していた。他の国は魔法士を受け入れていたため、家族で国外逃亡するという手段もあったが、この大陸においては逃げる先がほとんどなかったのではないだろうか。

ティナーシャの闇色の双眸が、沈みきって虚空を睨《にら》む。

「魔力は魂と肉体によるところが大きいですからね。風化して骨になってしまうと、魔法士だったかそうでないかは分かりません」

「あれは集団埋葬ではなく、見たまま捨てられていたというわけか」

「私たちが火葬だと思っていたのも、火炙《ひあぶ》りか焼却処分か……そういった類のものだったのかもしれませんね」

他の集落において、魔力を持って生まれた子供たちは人間の扱いを受けなかった。そのことに、この隠れ里に来て初めて気づいた。胸の悪くなる話だ。

オスカーは開けられた棺の蓋を一つずつ戻していく。その間、ティナーシャはずっと左腕で自分の体をきつく抱いていた。

今までただでさえ子供の集団埋葬にいい顔をしていなかった彼女だ。それが「魔力を持って生まれたから殺された」と分かって、どれだけ彼女が憤懣《ふんまん》やるかたないか、想像できるだけにやりきれない。彼女はもともと迫害されていた魔法士を守るために作られた国の女王だったのだ。

魔女になって人との付き合いを絶った後も、魔法士迫害をしていた国に思うところはあっただろう。その問題が遥か昔に解決したと思っていたところのこれだ。

オスカーが最後の棺を閉めると、彼女はようやく左手を下ろした。

「すみません、手伝わなくて」

「いや。お前一人に確かめさせてしまったしな」

正直な気持ちでそう言うと、ティナーシャは苦笑する。彼女は己の感傷を振り切るように深く息を吐いた。二人は棺が並ぶ場所を出て元の街並みへと歩き出す。

魔法士たちが隠れ住んだ町。今は死都となったそこは、ただ物悲しい。過ぎ去って失われたものがそこかしこに元の形のまま残っている。同胞たちで安寧を築こうとしたこの場所に、いつか別の誰かが訪れる日は来るのだろうか。

ティナーシャは自分の長い黒髪を軽く払った。

「でも、この大陸に魔法士排斥があったとしたら、いくつか推察もできます」

「お前がナファエアに避けられていた理由か」

オスカーが指摘すると、彼女はくすりと笑う。

「基本的に浮いてますからね。見るからに魔法士ですね」

「地面を歩け。近接戦闘弱くなってるんじゃないか、お前」

「そ、そんなはずは……ないですよ？　ないです、多分……」

視線を逸らす妻に微笑して、オスカーは町の中心に戻る。

「お前は全部の家を調べたのか？」

「いえ。四分の一くらいざっと見ただけですね。引き出しの中とかは全然」

「じゃあ俺が見とくから休んでてくれ」

「私もやりますよ。手分けしましょう」

二人は分担を決めると、家の中を丁寧に見ていく。外の集落と違い外気の流れが薄いとあって、日用品もかなり残っている。劣化防止の魔法をかけられたものもあるのだろう。オスカーは何冊か見つけた本のうち、子供向けの絵本を数冊と木の装丁がなされた大きな図鑑、そして手書きの帳面を持ち出した。

他の日用品や装飾品は、文化的に外の集落とそうかけ離れてもいない。魔法使いの町だったせいか金属器が多いくらいだ。武器類も多くはなかったが見つかった。

見たところ貧富の差もない。穏やかな暮らしだったのだろうと想像できる町だ。

二人は最後に町の最奥にある小さな塔へ登る。見張り塔だったのだろうそこからは、町全体と外に繋がる洞窟までが見通せた。

オスカーは石の欄干に手をついて慨嘆する。

「どうして滅んだんだろうな」

「ゆっくりと人が減って衰退したのかもしれません。埋葬されずに残っていた死体は、ほとんどが老いた人間のものでした。新しい世代がいなくなって死に絶えたのかも……」

ティナーシャは言葉を切る。そこによぎったものは迷いだ。

だがすぐに彼女はそんな迷いなどなかったように口を開いた。

「ただ、これで一つ他の街が滅んでいた理由に思い当たるものができました」

「どういうことだ？」

埋葬されていない死体の有無、魔法士と非魔法士、そこから何が導かれるのかオスカーは思い至らない。けれど彼の妻は、躊躇《ためら》いなくその推論を口にした。

「他の城や街は、魔法士に滅ぼされたんじゃないでしょうか」

※

今日の空は曇り空だ。

波もいつもより高い。砂に勢いよく打ち寄せ、白い飛沫《しぶき》をあげている。

「オスカー！」

船から降りた彼に、ナフェアは名を呼んで駆けてくる。

にこにこと笑顔の彼女は無邪気な少女にしか見えない。オスカーは笑って手を挙げ返した。

「ナフェア、おはよう」

「おはよう！」

少女は彼が左手に提げているものを不思議そうに指差す。

「何？」

「椅子。俺が作ってきた」

背もたれのない小さな椅子は、オスカーが木を切って作ったものだ。彼はそれを砂浜に置くとナフェアに座るように言う。

「じゃあ、今日の話を始めよう」

この少女と話をするのは、もう十回目だ。

彼女は物覚えがよく、頭が回り、乾いた地面が水を吸うように魔法大陸の共通言語を身につけていっている。

もちろんオスカーがこの大陸の言語を知らないので、齟齬が生まれている可能性はあるが、今のところ問題は感じていない。対象物を示せる名詞や、「大きい」「赤い」などの単純な形容詞は大体覚えてくれたと思っていいだろう。それ以外の言葉はまだまだこれからだ。

オスカーは彼女の隣、砂の上に腰掛ける。

「ナフェアは、何かを作ったことはあるか？」

「作る？　いいえ」

「何もない？　その服は？」

ナフェアが着ているのはいつも同じ服だ。裾の擦り切れた薄紅色の服。ぼろぼろというほどでもないが新しくもない。汚れてはいないが着古した印象はある。

少女は自分の服を見下ろした。

「服は、ナフェアです」

「ナフェアの服だな。誰かにもらった？」

「いいえ、ナフェアです」

「ふむ……」

簡単な質問で、ナフェアの境遇についても分かるかと思ったが上手くいかなかった。会話の中において身につけられる言葉もあるが、やはり一つ一つ確認していった方が良さそうだ。オスカーは身振りで椅子を作っていたところを示し始めながら「切る」「削る」と動詞を説明し始める。

――数日前、地下都市を見つけた日、ティナーシャは「他の街は魔法士に滅ぼされたのでは」と言った。

それは彼女なりに考えた上での結論らしい。他の街に埋葬されていない死体はなかった。探索範囲で見つかった全ての街でだ。

それは本来ありうることではない。見つかった街の数は多すぎる。他にもよくよく丁寧に調べてみると、今は森や林になっているところにも人の手が入っていた形跡があるのだ。

この大陸のほとんどは人の手によって開拓されていた。推定される人口もかなりの人数だ。彼ら全員が移住するには、未探索の地域は狭すぎる。つまりこの大陸に住んでいた大半の人間は何らかの理由で滅んだのだ。

そしてどんな要因ならそれが可能かと言えば……一つには魔法だ。

『魔法士なら、街を傷つけることなく人々を殺せます。人数が少なかったり魔法がそれほど強力じゃなくてもいいんです。夜にでも人々を眠らせて少しずつ連れ去って殺せばいい。その繰り返しです。非魔法士にはどうにもできませんよ』

ティナーシャが言うことは間違いではないのだろう。事実彼女であればそれが容易くできるし、彼女ほどの力がなくてもそこそこの魔法士が揃えば可能だ。そして、そうされるだけの恨みを非魔法士はおそらく買っている。

だがオスカーは妻の自嘲気味な意見を保留にした。可能だからと言って、それが答えだと決めつけるのはまだ早い。それに、全て魔法士に殺されたのだとしても人数が多すぎる。殺したとしてもその無数の死体はどう処理したのか、さすがにすっきりしない。加えてあの隠れ里を調べたところ、もう一つ他の街とは違う点があったのだ。

ティナーシャはのみこめない顔ながらも、夫のそういった意見を聞き入れて探索に戻った。


真実の鍵の一つを握るのは、きっとナフェアだ。

少女は、椅子が作られた工程を単語付きで説明されると「ふわああ」と歓声を上げた。椅子から立ち上がり、その椅子を両手で掲げてくるくると回って見せる。

「オスカー、ありがとう！」

「どういたしまして」

喜んで笑うナフェアはまったく屈託のない様子だ。オスカーは微笑《ほほえ》んで付け足す。

「楽しそうだ」

「たのしそう？」

「楽しい」

言い直しながらオスカーは立ち上がる。彼女の手から椅子を取って砂浜に置くと、代わりに少女の片手を取った。くるくるとその場で回してやる。

「回る」

「まわる」

オスカーは少女の手を取ったまま、器用に自分も回って見せる。ナフェアは理解したのか空いた手の指をくるくると回して見せる。

「まわる？」

「そう」

手を離すとナフェアは機嫌がよさそうに踊り始める。口ずさんでいる歌は明るい曲調だ。初めて聴く弾むような歌にオスカーはつられて笑った。

「踊る」

「おどる」

少女の両手を取って踊る。そう言えばティナーシャとこうして踊ったことはないかもしれない。彼女も上流階級の女なので踊れはするだろうが、人前で目立つことを嫌がるたちだ。それに合わせているうちに機会を逸してしまった。二人きりなら踊ってくれるだろうか。

ナフェアは歌いながら踊り続ける。回る。薄紅色の裾が広がる。

「歌う」「跳ねる」「歩く」「走る」「声」「遠い」「近い」「高く」「低く」「空」「海」「砂」「呼ぶ」「聞く」「足跡」「自分」「あなた」「早く」「遅く」「繋ぐ」「ほどく」「喜ぶ」「悲しむ」「在る」「無い」「消える」「現れる」「続く」「終わる」

言葉を一つ一つ乗せて、咀嚼《そしゃく》していく。同じものであるか確かめる。

ナフェアは赤い髪を潮風になびかせて、砂浜で一人踊る。

折れそうに細い足が綺麗に上がる。それはきっと原始の舞だ。

赤く落ちてくる日に照らされ、少女の影が砂浜に伸びる。それを座って見ていたオスカーは、少女が戻ってくると口を開いた。

「どうして俺が一人の時だけ現れるんだ？」

これを尋ねるために単語をそろえた。

ナフェアは丸い目をしばたたかせると、すぐに答える。

「あなたの、一人じゃない人」

「妻だ。恋人……家族だ」

家族は、ナフェアに渡した絵札の中にあった気がする。

ティナーシャが自分にとって何なのか。一言で語ることは難しい。

伴侶で、片翼で、永遠を共にする恋人。彼が決して捨てられない、手放せない愛だ。

だがナフェアに最低限は伝わったのだろう。彼女は頷く。

「黒い髪の、女の人」

「そうだ」

「あの人、モルセ」

「モルセ？」

その単語は前にもどこかで聞いた気がする。ナフェアは身振りで伝えようとしているのだろう。

両手を上げて威嚇するように「がー！」と声を上げた。それはどちらかと言えば可愛らしいが、言わんとするところは分かる。

「恐い、か？　恐いと言えば恐いが」

「こわい」

「魔法が？」

魔法、という単語が伝わらなかったらしく、ナフェアは怪訝な顔になる。実際に使って見せればいいのかもしれないが、オスカーが魔法士でもあることを知られて避けられても困る。彼は代わりに「浮いている」を伝えようとしたが上手くいかなかった。

「また明日にするか」

そう結論付けて立ち上がる彼に、ナフェアは問う。

「オスカーは、子供を増やす？」

「ん？　ああ、妻がいるからか。――いや、子供はいない。できないんだ」

逸脱者二人は夫婦であるが、子供はもうできない。一度死んで変質した際に人ではなくなった。胎児に魂が宿らなくなった。

だからもう、彼ら二人はずっと二人だけだ。繋がる者はいない。生まれない。

ナフェアはそれを聞いて寂しそうな顔になる。まるで自分のことのようにうなだれて肩を落とした。彼女は、夫婦が来たことでこの地にまた人が増えるのを期待していたのかもしれない。

だが少女は傷ついた顔をしただけで、何も言葉にはしなかった。

オスカーは、最初の時と同じ質問を投げる。

「人はいないのか？」

「いない」

きっぱりとした言葉は、まるで自分に言い聞かせているかのようだ。

うつむいたままの少女に彼は別の問いを口にする。

「お前の家族は？」

「いる」

「どこに？」

「いない」

まるで矛盾して聞こえるその答えの意味が「今はもういない」だと理解して……オスカーは口をつぐんだ。

4. 水底

「よし、できた」

縫い終わった糸を始末して針を置く。

ティナーシャは、できあがった長枕を抱きしめると感触を確かめた。

「いいかも。いい感じ」

狩りで獲った鳥の羽が溜《た》まったので、何かに使おうと思って長枕を作ったのだが、思いのほかできがいい。ティナーシャは薄青い長枕を抱いたまま寝室に向かうと、ぽんと寝台に置く。

この大陸で生活に困ることはなくなってきたが、人の手がない以上、足りないものも多い。紙や布はその筆頭だ。製紙や紡績の魔法具は魔法大陸に存在するが、それさえあれば上質な紙布が作れるというわけではない。材料の丁寧な加工やそれを扱う職人の腕も物を言う。

試しにティナーシャも何度か自分で紙漉《かみす》きや機織りをやってみたが「欲しいものの品質にできるものが追いつかないので、自分たちの使う分くらいなら魔法大陸から持ちこんだ方がいい」と諦めた。だから今、屋敷の一室はそれら消耗品を置く倉庫になっている。

彼女は自分も寝台に仰向けになると、作ったばかりの長枕を抱えて転がる。

「ふかふか……！」

だがいつまでもそうしてはいられない。彼女は渋々柔らかい枕を手放すと着替え始めた。探索用の肌を出さない魔法着を選び、足や腰帯に短剣や小瓶を装備する。

そうして転移した先は、大陸西部にある巨大な内海のほとりだ。

海と見紛《みまが》うその内海は、日の光を受けてきらきらと青く輝いている。透明度の高い、青空を透かし見る窓のような内海。それを望む岬の一つから、ティナーシャは周辺の景色を見回す。

魔法大陸であれば小国二つ分ほどの面積を持つ巨大な湖だ。複数の川と繋がっているここは、ほとりに複数の大きな街が築かれていたようで、今は森が茂っているが、白い建物跡が見渡す限り点在している。

ティナーシャがいるのもそんな廃墟の一つで、岬の上に建っていた聖堂らしき場所だ。崩れた柱が転がるそこは、かつては観光名所だったのかもしれない。眺めの良さを最大限生かすように岬のぎりぎりにまで空中庭園が築かれていた。

人間はいない。

この広い内海に面して作られた街のどこにも人は残っていない。

オスカーはナフェアに「人はいない」と再度言われたそうだが、それはおそらく最初の海岸周りだけでなく大陸全土にわたってのことなのだろう。

使い魔による人間探査は、ほぼ大陸全土の調査を完了している。その結果として、人間は見つからなかった。今まで調査した街の大半に、高価な貴金属や宝飾品などの財産が置き去りだったことを考えても、どこかに移動したわけではないのだろう。この大陸にもう人はいないのだ。そう思った方がいい。

ただだからと言って「人間がいないから呪具も見つからないだろう」と諦めるわけにはいかない。現地の人間に頼らない調査方法を考えねばならないし、少なくとも一度はかなりの人口を以て栄えていた大陸なのだろうから、何故滅んだのかを念のため突き止めておきたい。

滅亡原因はオスカーがナフェアから聞き取れるかもしれないので、ティナーシャが今手をつけているのはもう一つの呪具探索の方だ。

「本当はオスカーの方がこういう調査は好きそうなんですけどね」

人の立ち入りにくい自然の難所についての調査。これは使い魔に任せるとどうしても精度が落ちるので、ティナーシャ自身が見て回った方が早い。

彼女は詠唱をすると自分の周囲に球状の結界を張る。

そうして宙に浮きあがると、今度はゆっくりと岬の向こうへ降下し始めた。今日調査するのは、この広大な内海の海底だ。

風がない日を狙ってきたおかげで波はない。相当の深さがあるようで、水中に没して少しすると日の光は届かなくなった。ティナーシャは魔法で六つの光球を生むと、それを広く周囲に展開させる。水は澄んでいるため見通しがいい。青く照らされる水中には小魚の群れが泳いでいた。

岬に近い水底には白い石材が散乱している。地上から投棄したのか、それとも崩れて落ちたのか。ティナーシャは更に岸から離れた方へ進んでいく。

制作中の大陸地図から割り出せる面積的に、反対岸に到達するには三日くらいかかるだろうか。くまなく水底を探索するには二、三週間必要かもしれないし、詳細な調査はその数十倍はかかる。

とは言え人間を観察対象とする呪具がこんなところにあるとは思えないので、ざっと目視が目標だ。

ティナーシャは滑るように水底の少し上を移動していく。深くなっていく底には、白く見える堆積物が降り積もっている。時折、沈没した船が綺麗な形のまま残っている。ティナーシャは「夫がここにいたら喜びそうだ」と思いつつ、船の積み荷を調べる。

「……これは」

積み荷のうちの一つ、封をされたまま転がっている木箱を結界内に入れて開けると、そこには緑の硝子瓶が大量に入っていた。箱の中は浸水してしまっているが、瓶の栓はきっちりしまって上から蠟《ろう》で封印されている。ティナーシャはそのうちの一本を手に取って目と同じ高さにかざした。

「未開封ですか……」

今までほぼ全ての街で同じ瓶が見つかっているが、どれも中身は空だった。中で揮発してしまったのだろうか。ティナーシャは少し考えて、その瓶を木箱に戻すと木箱ごと屋敷に転移させる。

この内海の水質や水温は、どうやら木を腐らせないで綺麗なまま保つようだ。ティナーシャはその後も三隻の沈没船を見つけて調査する。夫がいたら一つ一つを面白がって速度が上がらなかっただろうから、自分一人だったのはむしろよかったのかもしれない。ティナーシャは淡々と積み荷を調べて選別していく。

水深は更に深くなる。光の届かないところは真の闇だ。結界がなかったら水圧で押し潰されていただろう。

何もない水底にいると、時間の感覚がなくなってくる。ティナーシャは移動を止めると時計を出して時刻を確認した。魔法で動く懐中時計はこの大陸においては夫との生活時間を合わせるためにしか使わないものだ。

「……今日はこの辺にしておきますか」

どこまで調査したか分かるように、今いる場所の転移座標を取る。

明日来た時に方角が分からなくならないように、ティナーシャは小さく詠唱すると水底の地面を何カ所か軽く隆起させて目印にした。

「よし」

あとは家に帰って、用意してきたおいた夕食を温めよう——そう思ってティナーシャが転移構成を組んだ時、ふっと光球の一つが消える。

「え？」

怪訝に思って振り返る。

見えたものは大きな穴だ。

何であるのか分からない。

迫ってくる。恐ろしい速度で。

それが巨大な口だと分かった時には既に、ティナーシャは結界ごとのみこまれていた。

※

感情を言葉で伝えることは難しい。

オスカーはそれを、ナフェアと話すようになってから実感するようになった。

「楽しい」と「嬉《うれ》しい」はちゃんと違うものとして伝わっているのか。「悲しい」と「寂しい」はどうなのか。言葉は多様で、感情は更に複雑だ。種々の心を、人は近しい言葉の中により集める。少しでも届けばいいと願う。それは祈りに近しいものだ。

「オスカーは淋《さみ》しいことがありますか？」

「ある。親しい人間が死んだ時だ」

普段よりも比較的平易な言葉を選んで話す。それは「本当に言いたいことからは少しずれている」と思うこともあれば「ありのままで強すぎる」と思うこともある。言葉は繊細だ。そして人の感情はそれよりもっと捉えづらい。

いつもの浜辺で、ナフェアは物憂げな眼《め》を見せる。

「ナフェアも、親しい人間はたくさんいます」

彼女は過去を語る言葉がまだ不自由だ。今はもうないものでも、まだあるかのように語る。それはまるで喪失を認識できていない子供のようで、オスカーの心は痛む。

彼女が人間でないことは、もう確定と言っていいだろう。ナフェアは何日経っても様子が変わることがない。一人で暮らしていくことに困ってもいなければ、髪が伸びることも服が汚れていくこともない。ずっとそのままだ。初めて会った時から三カ月近くが経過してこれなのだから、彼女はこの服まで含めて「そういう存在」なのだろう。第一、人外でなければ何百年も前に滅んだ集落の人間のことを知るはずもない。彼女もまた悠久を生きる存在なのだ。

魔物かそうでないかは分からない。ナフェアには魔力がないように見える。ティナーシャには「そういう特殊存在は魔法大陸にもいますよ。不滅妖精とか屍人姫《しびとひめ》とか幻光竜とか」とあっさり言われた。そのうち二つは知らない存在だったので詳しく聞きたかったが黙秘された。

オスカーもナフェア自身に何度か「何者なのか」という意味の質問を投げたことがある。だが質問の意味がようやく通じたかと思ったら「ナフェアはナフェアです」と返された。なかなかに一進一退だ。

それでも彼女の信頼を得て会話を重ねることが調査に欠かせない要素だと思って、こうしてやりとりを続けている。毎日来られるわけではなく、荒天の時や狩りに時間がかかった日、ティナーシャの具合が悪い日などには浜辺に赴いていないが、ナフェアは特に気にしない。オスカーが来たなら現れる、と決めているようだ。ちなみにティナーシャのことは未だに怖がって姿を見せない。

「怖くないぞ」と説得も試みたが駄目だった。

「ナフェアは、この辺りの村の人間と親しかったのか？」

「はい。この辺りも。他の街も。全部」

「全部？　相当広いぞ」

全部という単語の意味が食い違っているのかもしれない。だが今日はちょうど用意してきたものがあるのだ。オスカーは木筒から一枚の地図を取り出す。それは全ての地形探索が終わってティナーシャが作った大陸地図の写しだ。

渡されたそれに、ナフェアは目を瞠《みは》る。

「作ったのですか」

「妻が作った。この浜辺はここ。分かるか？」

オスカーは地図の北東にある一点を指さす。ナフェアは頷いた。

「わかります。えらいです」

「偉い……で合ってるのか？」

「外のひと、ええと、難しい、です。他の人間、もっと時間、使います。えらいです」

「そういう意味か。『すごい』の方が近い気もするが。他より飛び抜けている、という時に使う」

「すごい」

少女は復唱する。彼女との話は、こういうことの繰り返しだ。その時々で少しずつ近しい意味に寄せていく。それをしながらこの大陸について聞いていく。

オスカーは地図の外周をぐるりと指でなぞった。

「この大陸は、一部の場所を除いて、ほぼ全部の場所に人間が暮らしていたんだ」

雪原や内海、大樹海や荒野など居住困難な土地を除いて、全ての土地から人の痕跡が発見できている。これは魔法大陸を上回る開拓ぶりだ。それだけ人がいて争いが起きなかったのかとも思うが、戦争の痕跡はあったもののそれは集落の滅亡より更に古かった。城や街の跡から分かっていたことだが、戦争で滅んだのではないらしい。

そこまで栄えていた大陸なら、もし滅びず発展していたなら相当文明が進んだのではないだろうか。魔法に文明を依存している魔法大陸や途中で魔法士を失った東の大陸と違って、最初から魔法を排斥している大陸が発展するとどうなっていたのかはなかなかに気になるところだ。

「さすがに、この全部の街の人間と『親しい』は難しいだろう？」

ナフェアはそう確認されて、まじまじとオスカーを見つめる。少女は頷くと地図のある一点を指さした。

「ここの街だけ、違います。ここは、わたしを嫌がるので」

「ここは……」

雪原地帯の中でも標高の高い山が連なる場所。環境が過酷であるせいか地上に人里が見つからなかったそこにどんな街があったのかオスカーは知っている。魔法士たちの隠れ里だ。

それ以外の街とは交流があったと言外に言う少女は何者なのか。

核心に迫る問いは折を見て何度かしているが、いつも上手く伝わらなかったり、ナフェアの語彙に答えがなかったりで上手く全貌が見えない。或いは彼女自身があまり言いたがっていないのかもしれないが、そこは信頼を築いていくしかないだろう。

オスカーは、ついに本題を切り出す。

「俺と妻は、この世界のものじゃない道具を探している」

「この世界、じゃない」

「世界の外から持ちこまれたものだ。ここの街の人間とは違う力、魔法ではできないこともできる道具だ。見たことはないか？」

魔法を忌避していた大陸では、魔法と外部者の呪具の区別はつけられないかもしれない。ただナフェアは人ではない。だからこそ魔法との違いが判《わか》るかもしれないと思って聞いた。彼女は橙色の目をくりくりと動かして考えこむ。質問の意味が分からないのか、それとも心当たりを振り返っているのか。

「世界の外、があるのですか？」

「あるらしいな。俺は行ったことがないが」

「それはきっと、人を助けるもの、でしょう」

ふっと、浅い溜息《ためいき》の音が聞こえる。

ナフェアは気づくとまた地図を見ている。その目に懐かしさと哀惜が灯《とも》る。オスカーは、数百年を一人で過ごしてきたのだろう少女に問うた。

「人がいなくなって、ナフェアは淋しいか？」

食い入るように地図を見ていた少女は、はっと顔を上げる。彼女はいつも通り笑顔を浮かべようとして、けれどその口元は強張《こわば》った。赤い眉が哀《かな》しげに下がる。

「淋しいです。ずっと」

「人がいなくなった時は、どう思った？」

「悲しいです」

「どうにもできなかった？」

「ロウ？」

聞き返される。それは「何？」という意味だ。言葉や質問の意味が分からない時に返される。オスカーもそれくらいは分かってきた。こういう時は単語の意味をすり合わせるか、質問を変えねばならない。

オスカーはそこでふと、以前同様に通じなかった質問を思い出す。

――今ならあれは通じて、答えがもらえるだろうか。

彼は、この問いがナフェアを傷つけなければいいと願いながら口に出す。

「人は、どうしていなくなった？」

この大陸の人間に何があったのか、理由を問う。

ナフェアは夕陽《ゆうひ》色の瞳を瞠る。海が同じ色に染まっている。

今度は通じるだろうか。答えてもらえるだけの信頼を築けただろうか。

少女は悲しげにオスカーを見つめていたが、不意に視線を逸らして砂浜を見た。何かを探すように辺りを見回し……目的のものを見つけたのかそちらに駆け寄る。

少女は砂浜にしゃがみこむと、そこから何かを拾い上げた。摘まんだそれをオスカーに向かって差し出す。

「これは……」

落日を受けてきらきらと輝くもの。

それは波に削られ丸くなった、緑色の硝子瓶の破片だった。


ナフェアはそれきり言葉少なになると、日が落ちきるより先に「また今度」と去って行ってしまった。彼女にとってはあまり触れたくない話なのだろう。それでも何が原因だったのか教えてくれただけ進歩だ。硝子片を手に、オスカーは屋敷に転移する。

「ティナーシャ？」

船からの転移陣は、屋敷の前庭に出るようになっている。汚れを持ちこまないようにとの措置だが、そうして帰った屋敷の玄関前には、大きな木箱が落ちていた。それをそこに置いたのであろう妻の姿はない。木箱はずぶ濡れで小さな水溜まりを作っている。

「何だこれ。ティナーシャ、どこにいるんだ？」

日が落ちたにもかかわらず彼女が帰っていないことは、屋敷が暗いままであることから分かる。極稀に夕方まで起きてこないこともあるが、さすがにこの時間になる頃には起きている。それに見覚えのない謎の木箱があるのだから、どこかに出かけたことは事実だろう。

オスカーは怪訝に思いながら木箱に歩み寄ると、その蓋を開ける。

「っ、」

中に入っているのは丁寧に梱包《こんぽう》された緑色の硝子瓶だ。

――どうしてここに、こんなものが大量にあって、妻がいないのか。

オスカーは手の中の硝子片を握りこむ。

嫌な予感に青ざめた時、背後でどさりと何かが落ちる音がした。

「う……散々な目にあった……」

「ティナーシャ！」

そこにいる妻は、やはりずぶ濡れで地面に座りこんでいる。

オスカーは駆け寄ると、濡れるのも構わず彼女を抱き上げた。

「どうした。無事か？」

「無事です……水底を調査していたらちょっと大きな魚にのみこまれました」

「なんだそれは」

「とりあえずお風呂入りたい……」

濡れそぼっているティナーシャは氷のように冷たく、濡れた猫よりもしょんぼりしている。その様子を見るだに本当に怪我《けが》はないらしい。ただ疲れ果ててはいるようだ。

オスカーは彼女が抱えているものに目を止める。

「それは？」

「人間の腕の骨と思しきものです。巨大魚の中で拾いました」

人の骨ということは、数百年前のものなのだろうか。真っ白い骨は発見場所を考えると意外に綺麗な形を保っているが、今はそれどころではない。オスカーはぐんにゃりして冷えきっている妻を浴場に運ぶと、濡れている服を脱がして洗い流して、布でくるむと更にお湯につける。

オスカーは服を着たまま隣に座ると、彼女にお湯をかけ始めた。

「浅い場所があってよかった」

「ありがとうございます……」

浴槽の一番浅い部分でティナーシャはうつぶせになっていたが、徐々に体温が戻ってきたのか顔を上げた。濡れた前髪をかきあげる。

「今日はあの内海を調査してたんですけど、巨大魚が回遊してたみたいで、気づかずにのみこまれちゃったんですよね。で、中が思ったより広くて色々落ちてたから探索してたんですが、空気が悪いし寒いしで、だんだん具合が悪くなってしまって」

「次は俺も行く」

「え。貴方が斬るのは大変ですよ。水中ですし」

「巨大魚と戦いたいわけじゃない」

苦い顔でオスカーは彼女の背にお湯をかける。青白くなっていた肌に赤みが差していくことに安《あん》堵《ど》しつつ、だが血の気が引いたのは事実だ。

「探索はもう面倒な場所しか残っていないだろう。お前を一人で行かせたのは不注意だった。すまない」

今回はティナーシャが自力で帰ってこられたが、もし帰還が難しい状況になっていたらと思うとぞっとする。人が滅亡している大陸なのだ。もっと用心するべきだった。

ティナーシャは、疲労に溶けかけた目で夫を見上げる。

「……すみません」

「お前が謝ることじゃない」

小さな頭を撫でると彼女は目を細めた。この大陸に来てから、お互いできることが違うのと効率的に調査をしようということで、いつの間にか別行動が当たり前になっていた。だが、以前ティナーシャが言ったように時間はいくらでもあるのだ。効率より安全が大事だ。

ティナーシャの長い睫毛《まつげ》から水滴が落ちる。

「でも、私はありがたいですけど彼女のことはいいんですか？」

「明日行って『来る頻度が落ちる』と断っておく。向こうも不老の人外だろうから大丈夫だ。あと、手がかりも聞けたしな」

「手がかり？」

「庭に箱で置いてあっただろう。あれだ」

緑の硝子瓶。

箱一杯に入っていた瓶たちは、今まで全て栓が開いていた。

だがオスカーが先程見た瓶は未開封だった。栓に封印がされたままだった。

「ナフェアに、あの瓶が人の消失に絡んでると聞いた。隠れ里のこともあるし、やはりあの瓶が鍵だ。未探索の地域を潰しながら、そろそろあれの出所と正体を突き止めよう」

魔法士たちの隠れ里が、他の街や集落と違ったもう一つの要素。

——あの街からは緑色の硝子瓶が一本も見つからなかったのだ。

もちろん、他の人間たちから逃げて作られたであろう隠れ里なのだから、足りないものがあっても不自然ではない。これまではそう保留してきた。

だがもしそうではないのなら。なんらかの理由はあると疑ってみるべきだ。魔法士であるからこそ気づいて忌避した何かがあるのかもしれない。

ティナーシャはいつの間にか、頬杖《ほおづえ》をついて夫を見上げている。その目に面白がっているような好奇心が見て取れて、オスカーは思わず眉を寄せた。

「……なんだ」

「いえ、面白いなあって。手がかりが見つかる時はほぼ同時なんですね。私もさっきの骨で一つ可能性に思い当たったんですよ」

「腕の骨で？」

骨は庭に置いてきてしまったが、何の変哲もない大人の男性の骨だった気がする。ティナーシャは浅い浴槽の中で仰向けに転がると、頭だけは沈まないようにオスカーの膝に乗せた。

「今までは墓地を見つける度に掘り返してきました。古い時代の骨は溶けちゃったものも多いんですが、それでも相対的に新しい遺体はどれも骨が綺麗に残ってたんですよね。その骨がよくよく考えてみると変なんです」

「魔法士を排斥していたからだろう？」

「いいえ。それは集団埋葬の方じゃないですか。そうじゃなくて普通の墓地の方」

言われても心当たりがない。墓地の調査にはオスカーも何件か立ち会ったが、ごく普通のものだった気がする。

怪訝な顔になってしまった彼に、膝上のティナーシャは微笑んだ。

「この大陸は魔法技術を排していた……そうであるなら、医療技術も魔法に頼らないものであったはずです。でも、掘り起こした死体にはどれも欠損がありませんでした。巨大魚に食べられるとか欠損に繋がるような怪我は起こり得るにもかかわらずです」

「それは……たまたまじゃないのか？」

「じゃないと思います。残っている文明の度合いから言って、割合的に身体欠損した遺体がまったくないのは不自然です」

ティナーシャが何を言おうとしているのか察しはついた。それだけなく、一つの違和感に気づくと他の違和感も浮かび上がってくる。

だが、そんなことがあり得るのか。

考えこむオスカーの唇に、伸ばされた白い指が触れる。

まだひんやりと冷たい指先。それは思考に落とされた水滴のようだ。

「もっと言うなら、欠損遺体よりもあるはずのものがこの大陸の墓地にはないんです」

魔女の目に感情はない。それは何か昏《くら》いものを覗きこんでいるような目だ。底知れない虚ろが彼女の瞳に反射している。

「この大陸には、普通に葬られている子供の遺体が存在しない——見つかった子供の遺体は全部集団埋葬されているもので、普通の墓地からは出てきていないんです。でも、おかしいですよね。魔法士じゃない子供だっていたはずです。なのに墓地にある遺体はみんな、ある程度老いて死んだ人ばかりでした」

子供の遺体は確かになかった。

それらは全て同じ穴に捨てられていた。だからそういう文化なのではと最初は考えていたのだ。

でもそれが別の理由から来ていたのだとしたら。

魔法大陸最強の魔女は、闇と同じ色の目を細める。

「この大陸は魔法士だけでなく、重傷を負ったり若くして亡くなった人の遺体をどこかに捨てていたんじゃないでしょうか」

※

ようやく温まりきったティナーシャは、夕食のスープだけを飲むと長枕を抱いてすぐに寝てしまった。疲れ切っているのだろう。

その隣で寝台に座ったオスカーは、隠れ里から持って来た絵本の一冊を開く。

魔法士の隠れ里にあった絵本を、オスカーはナフェアに聞きながら少しずつ翻訳している。そのうちの何冊かは子供に言葉を教えるためのものだ。読み解ければ残された他の文章も読めるかもしれない。

今読んでいる一冊は、二人の子供が人に追われながら旅をしていく話だ。魔法士迫害と隠れ里に到着するまでを描いたものだろう。どのページにもあるのは子供たちがずっと左から右に旅していく絵で、周囲だけがその時々で変わっていく。最初は松明《たいまつ》を持った人間たちが二人を追い、ある街では石を投げられる。二人は持っていた荷物を徐々に失い、けれど最後に洞窟を見つけ、隠れ里に到着する。

そこには同じように逃げてきた子供たちがいて、二人はようやく平穏を得る。

『ああ、かみさま。スヴィセールさま。ようやくわたしたちは家をみつけた。わたしたちは、人間なのです』

その叫びで終わる絵本を、オスカーは溜息をつきたい気分で閉じる。

どうにもこの大陸はきなくさい。一体何が行われていたのか。相当栄えていた人類がいなくなったのも、この歪《ゆが》みに起因するものではないのか。

オスカーは、よく寝ている妻の頭を撫でる。彼に背を向けて長枕に抱き着いている彼女は、夢を見ているのかむにゃむにゃと何かを言いながらオスカーの方へ転がった。黒い髪が顔にかかるのを彼はそっと指で避けてやる。

――結局のところ、一番大事なのは彼女だ。それは決して変わらない。

ただ時折、自分たちの役目を果たすことが当たり前になり過ぎて、また自分たちの能力で押し通ることが当然だと思っているせいで、保身を後回しにしてしまうことがある。これは彼らが公人として生まれ育った時に身についた癖のようなもので、何度生まれ直しても記憶が蘇れば戻ってきてしまう習慣だ。

ただ、その習慣のまま行動していいわけではない。いつ何があるか分からないのだ。

ひとたび彼女を喪《うしな》えば、戻ってくるのは短くて数十年、長くて百年先。それは人でなくなった彼をもってしても耐え難《がた》い年月であるし……彼女に理不尽な死を味わわせたくない。

にもかかわらず、ここに来て彼女を一人でいさせていたのは、新たな大陸を数カ月探索して今まで何もなかったから油断していたのかもしれない。もっと言うなら、今の彼女を血の繋がらない娘として育て始めてからは約四十年だ。その間、何事もなく一緒にいられたせいで少し気が緩んでいたのだろう。

だがそんな気の緩みが悲劇につながることを、オスカーはよく知っているはずだ。彼は絵本を置くと、隣の妻の髪に口付ける。

「俺がいる限りは、決して」

それが単なる願いで終わらないように。

彼は、眠っている妻を見つめると、その隣で横になる。

そうして翌朝、オスカーはナフェアに訪れる頻度が減ることを断りに浜辺へ向かった。

だが砂浜にどれほど立って待っていても彼女は現れず――
それきり何度訪れても、ナフェアは彼の前に姿を現さなくなった。

5．大樹海

魔法で水を避けさせた水底は、堆積物に足が埋もれてまともに歩けそうになかった。オスカーは数歩歩いてそれを確認すると、後ろの妻に言う。

「悪い、足場を作れるか？」

「かしこまりました」

宙に浮いている彼女が詠唱すると、周囲の砂がみるみるうちに乾いて固まっていく。オスカーが埋もれた足を引き抜いて踏み直すと、そこはもう地上と変わらない土の感触になっていた。大きな街の中央広場くらいの空間を彼は見回す。ティナーシャが問うた。

「もう少し範囲を広げますか？」

「いや、これで充分だ。これくらいあれば戦える」

「でもこの範囲よりずっと大きいですよ。これだと頭くらいしか入らないかも」

「……そんななのか？」

ティナーシャがこくこく頷くのを見て、オスカーは好奇心と不安が同時に湧いてくる。少し考えて、妻に返した。

「最初から領域を広げると用心されそうだ。接敵後に広げることはできるか？」

「できます。ただ完全に広げきるまで十数秒はかかっちゃいますが」

「充分だ」

オスカーは右手を軽く振ると、そこに王剣を現出させる。

二人が立つ内海の底は、今はティナーシャが円筒状に水を避けているせいで空から光が差しこんで周囲が淡く透き通って見えた。うっすらと青く光る水の壁。けれどそれも距離が離れるにつれ闇色に変わっている。

オスカーは手ぶりで妻に下がるよう命じた。彼女は頷くと数歩分下がって宙に留まる。

言葉はない。静寂がしばらく続き、けれどそれで集中が途切れることはなかった。

不意に、ティナーシャが口を開く。

「来ます。――引きずり出します」

オスカーが見据える水の壁。

その向こうの闇が揺れる。何かが物凄《ものすご》い速度で近づいてくる。

巨大な穴に思える何か。それと同時にティナーシャの詠唱が始まった。水の壁が徐々に闇の方へ退いていく。それと同時に、巨大な穴が直進の勢いのまま壁をぶち破った。地響きを上げて、大きな口を開けた生き物が真《ま》っ直《す》ぐオスカーに迫ってくる。彼はそれを見ながら右へ駆け出した。

のみこまれる位置から、すれ違える位置まで。

猶予はわずかだ。黒い巨大魚が彼を吸いこもうとする、その口の左端に辿りついたオスカーは、思いきりアカーシアを地面と平行に振るった。彼の膂力と巨大魚のぶつかる衝撃があわさり、アカーシアの刃《やいば》は巨大魚の口端に食いこむ。更にその勢いのまま魚を捌くように、アカーシアは魚の左側面を斬り進んでいった。巨大魚が痛みにのたうちかける。

「させませんよ」

空中からの魔女の声。

凄絶な微笑を見せる女は眼下の魚に向かって手をかざした。途端、巨大魚の頭が見えない力に押さえつけられる。その長大な黒い体は、乾いた土の上を一方的に引きずられ始めた。

斬り裂いていくアカーシアの刃が、尾まで滑らかに到達するように。

オスカーは両手で王剣を握りしめながら、その凄《すさ》まじい反動に耐えていた。

額に汗が浮く。血と何かの液体が彼に浴びせられ、火傷《やけど》に似た痛みをもたらす。

だが、ここで怯《ひる》むようならこんなところには来ない。心が折れて蹲《うずくま》ってもおかしくない場面は何度もあった。あったが、その全てを無視してここまで来たのだ。

「っ、よし！」

尾が見えてくる。

オスカーは、その先まで膂力を以てアカーシアを振りきった。痺れた腕を片方ずつ振って感覚を取り戻そうとする。

全長はドラゴンを十体連ねたほどもある。全体的に平たい筒状だったが大きすぎた。本当にこれは魚なのか。

広げられた空間を、魚はティナーシャによってぐるりと一周するように引きずられたようだ。振り返るとすぐそこにある頭は、彼女が作った巨大な石の楔《くさび》が打ちこまれて動けなくさせられていた。それだけでなく、オスカーが切り裂いた箇所を狙って等間隔に何本もの楔が斜めに打ちこまれており、黒い巨体は弧を描いて地面に縫い留められている。

そこまでされても大魚はまだ生きているようで、長い体はぴくぴくと動いているが、これ以上動けはしないようだ。

オスカーはアカーシアの刃を確認する。外皮は相当硬かったが、刃毀《はこぼ》れ一つしていない。ティナーシャがふわりと隣に降りてくる。

「助かりました。この魚、外も内もぬるぬるして魔法攻撃が滑るんですよね……。水中なのもあって戦いづらいし」

「切れこみをざっと入れただけだがいいのか？」

「大丈夫です。切り口なら魔法が通るので捌きやすくなりました。さすがアカーシア」

「ファルサス王家もこんな使われ方をしているとは思わないだろうな……」

オスカーが持っているのは彼自身の存在に根差した王剣で、ファルサスにはファルサスのアカーシアがあるのだが、それでもあちらの王剣が巨大魚を捌く日はきっと来ないだろう。

オスカーは楔を打たれて震えている大魚の全貌を改めて眺める。

小さな村ならまるごと外周を囲めそうな巨大魚は、黒くて巨大な筒にも見える。目は退化してしまったのか見つからない。鱗はなく、分厚く固い皮が全体を覆っている。

「すごいな。初めて見る種だ。この大きさなら家くらい何軒でものみこめるだろうな」

「こんなに大きくなったってことは寿命がない生き物だったんでしょうね。天敵もいなくて年を重ねるごとにじわじわと大きくなってこうなったというか」

「この巨体を維持するのにも限界があるんじゃないか？」

よく見ると、魚の全身は岩などにぶつけたと思しき古傷がたくさんある。だがそれらもほんの表皮を掠《かす》めたものに過ぎない。アカーシアに入れられた切れこみの腹部分を、ティナーシャが魔法で広げていく。内臓まで達したのか、途端に生臭さが周囲に充満した。

けれどその臭いもティナーシャが手を振ると上空に流され始める。

「さて、じゃあ調査を始めますか」

「俺が腹の中から拾ってくるから、外で待ってて検分してくれ」

「はーい。出入りしやすいようぐっと開いちゃいますね」

上空から見れば長い魚を料理しているような状態かもしれないが、この大魚の肉は臭いがきつくて食用になりそうもない。オスカーはちょっとした洞窟のようになっている魚の胃袋に足を踏み入れると、めぼしいものを拾い上げ始める。

一時間もすると、大体の内容物は外に出し終わった。外でそれらを並べて検分していたティナーシャが、手袋を嵌《は》めた両手を挙げる。

「やっぱりあの腕の骨余ってますよ」

「みたいだ。他の人骨が綺麗に残ってるのを見ると、やっぱり腕だけ食われたんだろうな」

二人が巨大魚討伐に乗り出したのは、これを確かめるためだ。ティナーシャが拾って来た腕の他の部分が巨大魚の中に残っている可能性を潰しにきた。

だが人骨は見つかったものの、それらは組み立てるとちゃんと一人分になった。腕は余る。

「あとは内海に一応他の部分の骨が落ちてないかの探索ですね」

「徹底的にやるんだな」

「可能性を絞っていくことは大事ですよ。人間がいない以上、得られる情報は限られていますからね。考え得る可能性は全部潰していかないと」

「それはそうなんだが」

オスカーは考えこむ。上を仰ぎ見ると、水面は相当の高さだ。船から落ちて溺れた人間が、腕だけ食べられて残りはどこかに沈んでいるという可能性は十分にある。あるのだが——

「ティナーシャ、お前は街や遺体の年代を、どうやってあたりをつけてるんだ？」

「一つには文明進度です。魔法大陸と東の大陸は貴方の在位頃までは大体同じ年代同じ程度の文明でしたから、ここもそうなんじゃないかと仮定してます」

「ああ、なるほど。確かに同じ大陸から分かれてるしな」

「もう一つは、廃墟に生えてる木々の樹齢から割り出してます。使われていた建物や街道が朽ちてそのど真ん中に木が生えちゃうまでの年月と、その木が何年生きてるかの合算ですね。これはあちこちで調査をしていて、大陸全域にわたってほぼ同じ結果ですね」

「精霊術士らしい調査だな。結果は？」

「ほとんどの人里が滅んだのは、おおよそ八百年前じゃないかと」

「……古い」

想像していたよりずっと古い。オスカーが人間として生まれた時にはもう、この大陸から人間がいなくなっていた計算だ。ティナーシャはその頃にはもう生まれていたが、彼女は単純に四百歳年上の妻なので、ただの例外だ。

だが本当に八百年前だとしたら、やはり違和感がある。

「ティナーシャ、こっちの骨を破損させてもいいか？」

「構いません。故人には申し訳ないですけど」

オスカーは頷くと、ティナーシャによって人型に並べられた骨のうち、比較的細いあばら骨の一本を手に取る。それを手に近くの岩に歩み寄ると、ごつごつとした岩に思いきり叩きつけた。

ティナーシャが夫の行動に目を丸くする。

だがすぐにその表情は、別の驚愕《きょうがく》にとってかわられた。

「え、何それ……」

「拾い集めた時の感触でおかしいと思ったんだが、八百年はさすがに長すぎだろうと思ってな。本当なら、火葬より土葬の方が早く骨が崩れるはずなんだ。でもこの大陸の墓地には、綺麗な骨が残り過ぎている」

オスカーが叩きつけた骨は折れていない。ただ少しぶつかった場所が欠けただけだ。彼は並べられた骨のところに戻ると、あばら骨を元の位置に戻す。

――普通の人骨が、岩に叩きつけて折れないなどということはない。

何らかの強化がなされているのだ。それも魔法ではない強化が。

「ティナーシャ、お前は『重傷を負ったり若くして亡くなった人間の遺体はどこかに捨てられていたんじゃないか』と言っていたが、あれは逆なんじゃないか？」

巨大魚の中で片腕の骨だけ見つかった――そういう重傷を負った人物の遺体が見つからないのは、排斥されたからとも考えられるが、もう一つ可能性はある。

「もしこの大陸に、腕の欠損くらいなら治療できる技術があったとしたら。その場合も今と同じ調査結果が出るんじゃないだろうか」

もう一つの仮定に、ティナーシャは絶句する。

乾いた土の上に並べられた人骨。

それは年月で朽ちることを拒むように、白く浮き立っていた。

※

この大陸に辿りついてから二人がしていることは、主に三つ。

一つは自分たちの生活基盤を作り、安定した暮らしを送ること。

もう一つは残されたものの調査。

そして最後の一つが調査結果からの推論だ。

調査し、その結果から推論を立て、推論を裏付ける、或いは否定するための調査をする。つまるところその繰り返しだ。

そうして行った調査の結果を見て、ティナーシャは庭に全身で突っ伏していた。

隣に立つオスカーが労わりの声をかける。

「大丈夫か。気持ちは分かるが汚れるぞ。風呂でふやけたいなら別だが」

「……微妙に宙に浮いてるんで大丈夫です」

ティナーシャはよろよろと起き上がる。疲労感が溢れて見えるが、疲れているというより精神に衝撃を受けているようだ。彼女はふわりと宙に浮きあがると、自分が庭に置いていた人骨を溜息交じりに眺めた。

「確かにこれ、同一人物の骨の可能性は高いですね。年齢、性別、体格がほぼ同じです」

ティナーシャが並べているのは、巨大魚の中で見つかった人骨だ。

一つは彼女が拾ってきた腕だけの骨。

もう一つはオスカーが一式拾い集めた人骨だ。

この二つは前者がぽつんと喉近くにひっかかっており、後者が腹の奥の異物溜まりで見つかった。

そのためティナーシャは最初「腕だけのみこまれた人間がいたが、街の墓地にその手の欠損死体がないところを見ると、重傷を負った人間は排斥対象になったのではないか」と推理したが、オスカーの意見はもっと単純だ。「全部の骨は同一人物のもので、腕はのまれた際にもげてしまったが、腹の中にいるうちに再生した」という推察である。

それを確認するために骨を並べてみたのだが、同一人物であることを否定する要素はなかった。

「魔法で個人識別とかできないのか？」

「これだけ年月が経過している骨だとちょっと難しいですね……。魔法大陸だとそういう研究もされてるみたいなんですけど、実用までは至ってないです。というか、人の腕は生えない」

「あの巨大な魚を相手に腕だけ犠牲にして助かる、っていうのも難しいんじゃないか？」

「切断された腕だけが水に落ちたって可能性もあるじゃないですか」

討伐した巨大魚は、臭いがきつく食用にはできなかった。代わりにかなりの量の油が採れたため、ティナーシャは「何を作ろうかなー、洗剤からかなー」とわくわくしている。

内海の海底調査は残りを終わらせたが、沈没船や人骨などを見つけて調べた結果、やはり巨大魚の中身と総合すると腕が一本余った。そもそも八百年前に滅んだのであろう人間の骨が組み立てられるほど残っているのがおかしいのだが、今までは土壌の成分や内海の水温や性質のせいだろうと思っていた。

だが実際のところは「骨が異様なほどに強化されている」、というのが答えだ。ティナーシャは夫の推論を受けて今までの墓地や集団埋葬の跡、魔法士の隠れ里を回ってそれを検証した。

結果として骨を強化されているのは通常の墓地に埋葬されていた死体だけで、集団埋葬されていた骨も隠れ里の骨も年月の経過で脆くなっていた。集団埋葬の骨がまだ形を保っていたのは単に、焼かれていたのが原因らしい。

「普通人の骨がこんなことになってるとか思わないじゃないですか……」

「まあそうだな。埋葬されてる骨の丈夫さを調べようとは思わないから、盲点ではある」

「年代のあたりがついたなら、骨が残り過ぎだと疑うべきだっていうのはそうなんですけど！」

「俺は何も言ってないぞ」

ティナーシャの自己反省はともかく、だんだんこの大陸の人間について見えてきた。

非魔法士と魔法士の二種ではなく、強化された人間と魔法士の二種。

「やはり後天的な強化か」

「元は一つの大陸ですからね。この大陸の人間だけ先天的におかしいってことはないかと」

オスカーは庭の片隅を見やる。そこには彼が作った小さな木造の倉庫がある。中にしまわれているものは、畑など外仕事に使う道具だが、それらと共に内海から引き揚げた木箱も置いてある。

オスカーは木箱の中身を調べた時のことを思い出した。

「あの硝子瓶の大元を見つけたいな」

ティナーシャが引き揚げた箱の中には、未開封の瓶がたくさん残っていた。

だがその中身は全て空だった。封印が不完全だったというわけではない。その証拠に長年水底にあった瓶の内側は濡れていなかった。にもかかわらず中身だけが綺麗に消えている。

ティナーシャは指でこめかみを叩く。

「よっぽど小さな工房とかで作っていたなら、もう形跡が残っていないかもしれませんね」

「ナフェアが雲隠れして話が聞けなくなったからな。あの瓶が滅亡に関わってる可能性は高いんだが、中身が分からないとな」

「明日から内海の隣に広がる大樹海の探索予定です。今日は畑の収穫があるんで」

ティナーシャは地面に降りると骨を小さな木箱に入れ始める。オスカーはそれを手伝いながら、空を見上げた。

「雨が降りそうだな。俺もそっちを手伝うか」

「助かります」

普段、ティナーシャが畑仕事を任せているのは小さな泥人形だが、雨の時は働かせられない。魔法で水を避けることもできるが、ティナーシャ曰《いわ》く「泥人形とあまり相性がよくないからやりたくない」のだそうだ。

精霊術士は自然物を操ることに長けているが、できてもあえてやらないということも多い。そういう姿勢は、彼ら自身が自然の一部として生きているからだろう。魔法大陸の主神、アイテアが人にそう在れと願い力を与えた姿だ。

「ちょっと着替えてきます」

「ああ。俺はこの箱を安置しにいってくる」

「ありがとうございます」

小走りに屋敷の中へ消える妻と反対に、オスカーは骨をしまった小箱を持ち庭を出る。

祭祀都市の中心にある神殿は、最近は調査のために集めた遺体の安置所になっている。オスカーが中に入ると、がらんと広い空間の中に、いくつもの木箱や石棺が綺麗に並べられていた。それら一つ一つの前には、転移座標を記した石板がある。調査が終わった際に元の場所へ戻せるようにティナーシャが作ったものだ。

神殿は四方の外壁に階段が作られており、屋上には祭壇が設置されているが、中にはなんの設備もない。

ただ壁には五枚の壁画が刻まれていて、ティナーシャが少しずつ解読を進めていた。

そのうちの三枚は文字が読めなくても意味は分かる。一番目が「分割される前の原大陸」、二番目が「神の槍《やり》によって五つに割られる大陸」、三番目が「現在の位置に固定されたこの大陸」だ。三番目の壁画に描かれている大陸が、ティナーシャの作った地図と一致している。

スヴィセールという名の主神については、一貫して姿を描かれていない。そういう文化なのだろう。名前を聞いたのもこの大陸に来て初めてだ。魔法大陸には、アイテアの名と、比較的近しい東の大陸の主神の名しか伝わっていなかった。

「この大陸の主神は何番目の兄弟なんだろうな……」

オスカーは素朴な疑問を口にしながら四番目の壁画へ歩み寄る。そこには新しい大陸で暮らし始める人々と、その上を飛び回る一匹の動物が描かれていた。狼《おおかみ》に見えるのだが、この大陸で狼や犬の類を見かけたことはまだ一度もないので、似て非なる動物かもしれない。ティナーシャからは「何かの手がかりになるかもしれないので、もしこういう動物を見つけたら生息域を特定したいです」と言われている。

五番目の壁画は、祭壇で燃える何かを描いたものだ。地上にいる人々は雨が降り注ぐ中、神殿を囲んで踊っている。意味の分からない壁画だが、魔力を持って生まれた子供たちが火葬されていたことを考えると、あまり気分のいい想像ができない。

ただ総じて、よく分からないままであることは事実だ。昔、魔法大陸にあった外部者の呪具の一つは、本体が歴史を語り継ぐ語り部《かたりべ》だったそうだが、外部者が何故そんな性質の呪具を送りこんだのか、この大陸にいると分かる気もする。

語り継ぐものがいなくなれば、歴史は消えてしまうのだ。残されたものからなんとか知ろうとしても得られるのは断片ばかりで合っているかも確かめられない。人間を記録したがっている外部者は、それを避けるために「不死の語り部」を呪具として送りこんだ。なら、もしこの大陸に呪具が置かれたのなら、それはどんな力を持っているのか――

「オスカー、お待たせしました」

振り返ると、そこには紺色の野良着に着替えた妻がいる。ここに来てから服は彼女が自分で縫っているのだが、農作業用の服は上下繋がったものを肩で縛って吊るしている上に、だぼっとした作りで小柄な彼女を幼く見せる。オスカーは思わず相好を崩した。

「お前は野良着を着てても可愛いな」

「なんですかそれ……。ぴったりした服だと後で脱ぐのが大変なんですよ」

「指示出しだけしててもいいぞ。俺がやる」

「細かい作業もあるんで分担しましょう」

雨が降り出すまではまだ猶予がありそうだ。二人はどんどん広くなる畑の一角に向かう。

ティナーシャが畑の管理を始めてから、その面積は拡大の一途をたどっており、もともと作られていた畑の半分ほどの広さになっている。二人だけで生きていくには広すぎる気もするのだが、ティナーシャからすると「ここ一カ所で複数の作物を育てて土地も休ませないといけないですから。これくらいは必要です」ということらしい。

また、実際に農業をやってみると、当時運営されていた畑だけで祭祀都市の人口を賄うのは難しかったんじゃないか、ともティナーシャは推測している。開拓されきっていた大陸だ。他の街と交易は行っていたのだろう。

畑に到着すると、ティナーシャは畝の端にあるものを指さした。

「オスカー、あの歯車って回せます？」

「歯車なのかあれ」

地中から半分はみ出している木でできた半円形の何かは、言われてみれば歯車に見えなくもない。動かすための棒が側面についている。畝の反対側を見ると、そちらにも棒はないが歯車の上半分が地上に出ていた。

「この根菜は蔓《つる》状に根を張るので、あらかじめ地中に絡ませるための木組みを入れておいたんです。収穫時に連動させた横の歯車を回して木組みを地上に出るようにしたら、ぱっと収穫できていいんじゃないかと」

「実際のところは？」

「成長するに従って重くなって動かせなくなりました」

「まあそうだろうな……」

やる前に分からなかったのかとは言わない。彼女がこの規模で農業をやるのは初めてで、失敗も含めて試行錯誤を楽しんでいる。一度だけ魔法大陸に戻った時に参考資料も抱えて戻ってきたのだから、オスカーよりよほど知識はあるはずだ。その彼女が「やってみよう」と思ってやったのなら失敗も味だろう。そんな感想を抱きながらオスカーは歯車に歩み寄ると、体重をかけて棒を押す。

「お、動く」

「え。すごい。さすが扉や窓をよく壊してるだけありますね」

「日常的に壊してるみたいに言うな。力を込めて開けようとした時に、向こうの方が想定より弱かっただけだ」

言いながらオスカーは力を込める。畝の下からみりみりと音がして地中が動く気配がする。

もう少し押すと四分の一は回転しそうだ。そう思って力を更に込めた時、棒は鈍い音を立てて折れた。オスカーは手の中の棒をじっと見つめる。ティナーシャが憐《あわれ》みの目で夫を見上げた。

「どうして……」

「いや、これは俺のせいじゃないいんじゃないか？　さすがにこの棒一本に畝の中の木組みを全部連動させるのは、歯車が噛んでても無理だろう」

「貴方、途中からかける力を増やしたでしょう。そうじゃなくて、ずっと一定の力をかければ扉とかも壊さないんじゃないですか？」

「次に生かそう」

「でも面白かったです。私のお試しにつきあってくださってありがとうございます」

ティナーシャはくすくすと笑うと、夫に土を掘り起こすための農具を手渡す。結局彼がそれで畝の下を掘って黒い芋類を収穫する間、彼女は別の畝に向かうと小さなナイフで赤く実った実を採っていった。雨が降り出す前には予定していた収穫を終えて、二人は屋敷に戻る。


「畝ごとに結界を張って、ちょっとずつ気温を弄ってるんですよ」

屋敷に戻ると、オスカーは軒先に収穫した芋を広げて乾燥させる。

それをしている間に、ティナーシャは食事の支度をしながら畑の説明をしてくれた。

「気温が違うのか。道理でやたら色んな作物が育ってると思った」

「この場所はあんまり気候や気温の変化がないですからね。調整しないと育たないものも多いですし、食事の材料が偏るのも嫌なんで」

「おかげで美味しいものを食べさせてもらってる」

「その代わり狩りは貴方に任せきりですけどね。牧畜までは手が回らないんで助かってます」

オスカーは、大陸のあちこちに設置した転移陣を使って、主に罠で狩猟をしている。あまり一つ所で獲り過ぎないように調整しながらの狩りだが、その分狙ったものが手に入るとは限らない。

だがティナーシャはそれを含めて楽しんでいるようだ。時々どこからともなく蛇を獲ってくるのは、やっぱり蛇獲りが好きなのかもしれない。

野良着から着替えたティナーシャは、大きめの鍋の中身を慎重にかき混ぜる。

「いい経験になってますよ。できることが増えました」

「飽きたり疲れたりしたら言ってくれ。一旦帰るでもいい」

「まだまだ大丈夫です。貴方がいますし、お風呂にだらだら入れますしね。あと二カ月くらいしたら、また物資を補充しに行きたいですが」

ティナーシャは鍋から離れると、両手を挙げて大きく伸びをする。

彼女は調理台の前を離れて水甕に向かうと、小鍋に水を汲んだ。

「きっとナフェアは何が起きたか正解を知っているんでしょうね」

「そうだろうな。だが教えたくなさそうだ」

「私たちは部外者ですからね。この土地に入植して子供を増やして、ってすればまた違うんでしょうけど」

何気なく妻が口にした言葉に、オスカーは一瞬手を止める。

ナフェアと似たような会話をしたことは、妻には言っていない。もう子供が生まれない彼女に「子供を作らないのか聞かれた」と言うことは抵抗があった。彼女自身は言ってもきっと気にしないだろうと思うのだが、どうしても引っかかってしまう。理由は自分でもうまく整理できない。

「この大陸の人間になれば教えてもらえる、ということか」

「ここから百年や二百年住んだっていいんですけど、多分そういうことじゃないんでしょう。私たちは人間に見えても人間じゃないですから。人の営みを作るに足りません」

その言葉に何かを感じてオスカーは振り返る。

小鍋を火にかけている妻の横顔は、いつもと変わらず美しい。

美しくて、人から遠い。まるで普遍だ。

その表情に、オスカーは唐突に理解する。

——何故、子供を期待されたことをティナーシャに言いたくないのか。

それは他でもなく、オスカー自身がその事実に痛みを抱いているからだ。

かつて塔で一人生きていた彼女を、人の中で生きさせたいと思って妻に請うた。そうして彼女は子供を生んで、家族を得て……けれど結局は人ではなくなった。人との繋がりを持たない生き方に行きついた。そんな存在に彼女を変えてしまったのは自分だ。

人との暮らしから一番遠い場所に、彼女を連れてきてしまった。それを後悔しているし——それでいて彼女と悠久を生きられることを、彼女を本当の意味で失わないことを喜んでもいる。

「……度し難い」

口にはできない。

あまりにも愚かしく身勝手で、決して彼女には言えない。じくじくと倦《う》んだ傷のようなこの痛みを、きっと自分は彼女と生きる限り抱えていくのだろう。

「オスカー？　どうかしました？」

妻が振り返る。怪訝そうに首を傾げる彼女に、オスカーは微笑した。

「なんでもない。ちょっと考え事をしてただけだ」

手を洗いに水甕へ向かう彼に、ティナーシャは綺麗な笑顔を向ける。

「ナフェアは、貴方が正解に行きつくのを待っているのかもしれませんね」

その言葉は、降り始めた雨よりも穏やかなものだった。

※

ついに足を踏み入れた大樹海は、気が遠くなるくらい広かった。

「ひろおおおおおい」

隣でティナーシャが奥に向かって叫ぶ。

その声はこだますることもなく生い茂る木と蔓草の間に吸いこまれていった。昼なお薄暗い樹海は見通しも悪い。疲れてきたらしき妻の奇行にオスカーは苦笑する。

「地図が先にできているのは助かるな。大体の広さが分かるし、怪しいものを探すだけで済む」

「と言っても俯瞰《ふかん》調査での地図ですからね。これだけ木が茂っていると、突然池とかあっても見えないので地図に載りません。足元に気をつけてください」

「分かった」

ティナーシャは地面の少し上を歩いているが、オスカーは普通に落ち葉と木の根を踏みながら進んでいる。根の間に穴でもあって落ちたら大変だ。彼女は樹海だけの分の地図を広げた。

「すごく大きな木が何本かあるみたいですね。それぞれ距離は離れてますが」

「どの辺にあるのかまったく分からないな。というか方角が分からない。普通の人間は入ったら出られないんじゃないか？」

「遭難しそう。細工をしといてよかったですね」

ティナーシャの持つ地図の上には、赤いドラゴンの印が動いている。それは二人の位置や向きを読み取って地図上に連動させたもので、上空にはそのための使い魔が飛行している。二人が探索した場所は、地図上もうっすら赤く染まっていく仕組みだ。

「それにしても、この樹海は面白いな」

オスカーは言いながら腰の短剣を抜く。その刃を軽く振るうと、斜め後方から彼をつかみ取ろうとしていた蔓草を切り払った。蔓草はばらばらと地面に落ちる。先程からこの手の動く植物が間断なく襲ってくるのだ。

「これ、捕まったらどうなるんだ？」

「餓死して腐葉土になるまで拘束されるか、生気を吸い上げられてひからびるかのどっちかじゃないですかね。この樹海、やたらと魔力濃度が高いですし、半魔物化した植物が多いみたいです」

「ああ、言われてみればルクレツィアの森でそういう植物に出くわしたことがあるな」

遥か昔、ひからびた死体が何体も見つかって幼馴染のラザルと調査に出たことがあるのだ。あの時は動く巨大植物と戦った。それに比べれば蔓が伸びてくるくらい可愛いものだ。

「ルクレツィアはこの樹海を見たら喜ぶか？」

「どうでしょうね。彼女はそもそもあの大陸からあまり遠くに離れられませんし」

「そうなのか。神の娘だからか？」

ルクレツィアは、魔法大陸の主神、アイテアの末娘だ。アイテアは人間の妻を娶《めと》り、彼女との間に七人の子供を作った。そのうち上の六人は人間にも知られる神々となり、やがて父親と共に人の世を去ったが、末娘だけは残った。

だがオスカーはその理由を知らない。聞いたことがない。気まぐれだろうとさえ思っていた。

ティナーシャは「うーん」と地図の上に溜息を零す。

「神代が終わって神は人間階を去った――それは人間に大陸運営を任せたから、と言われてますが、それでも神の意思自体は大陸にぼんやり残ってるわけじゃないですか」

「ああ、精霊術士が生まれたりな」

魔法大陸にしか生まれない精霊術士は、今でこそ数を減じたが、それでも絶えることなく生まれ続けている。彼らは神の願いを多く持って生まれた子供だ。

「私もルクレツィアから全てを聞いたわけじゃないんで、推測混じりなんですけどね……そういう神の意思を大陸に維持するのって、おそらく代理人として残る誰かが必要なんですよ」

「代理人？」

正面に太い倒木が見えてくる。苔《こけ》むして蔓に覆われたそれを前に、ティナーシャが夫に手を差し出した。彼の体は音もなく宙に浮いて倒木を越える。

「神の意思を大陸に固着させるための存在ですね。ルクレツィアは《楔》なんて言ってましたけど、そういう誰かがいなければならないわけです」

「いなければならないって……なんだそれは。いなくなったら大陸が沈むのか？」

「沈みはしないと思いますけど、でもいなくなったらどうなるかは推測がつきます。ほら、東の大陸のあれってそうじゃないですか？　皇国ケレスメンティアの女皇って、神の代理人って言われてたじゃないですか」

「言われてた気もするが……ケレスメンティアは大分前に滅んだだろう」

「滅んでどうなりました？」

「どうなったかって……」

オスカーは四百年ほど前に滅びた国について記憶を探る。

東の大陸でもっとも古い国家、ケレスメンティア。あの国が滅んだ後、東の大陸でどんな変化が起きたかというと――

「魔法士が……生まれなく……」

それまで戦乱が絶えなかった東の大陸は、徐々に落ち着いていき平和な地域が増えた。けれどそれと同時に魔法士の出生率が下がり、魔法士自体が稀少《きしょう》な存在になってしまったのだ。そして今では東の大陸は完全に魔法と決別している。

「影響が大きすぎる」

ケレスメンティアの女皇が東の大陸の《楔》で、《楔》がいなくなった結果として魔法士が生まれなくなったのだとしたら、大陸への影響は予想以上だ。様々な分野の基盤を半分以上取り上げられるに等しい。東の大陸は何とか非魔法文明へ移行を終えたが、魔法大陸で同じことが起きたらどれほどの混乱が起きるか想像もできない。

「いや、だが……ケレスメンティアの女皇は代替わりがあったが、ルクレツィアは一人しかいないだろう」

「そうですね。一人で魔法の存在を維持してるようなものですよね」

「……それは、いつまでやればいいものなんだ？」

いつまで《楔》は存在していなければならないのか。

神々がいたとされる時代からは、既に二千年以上が経過している。

だが問題はこの先だ。彼ら逸脱者夫婦も「全ての呪具の破壊まで」戦い続けることが決められているが、ルクレツィアはどうなのか。彼女がい続けることで今の魔法大陸があり、それを維持しなければならないのだとしたら、終わりがないのではないか。

ティナーシャは、感情の分からぬ沈んだ目で前を見ている。

「いつまででしょうね。ちょっと分からないですよね。彼女は『父親の願いで誰かが残らないといけない話になったから残った』って言ってましたけど」

「アイテアが？　だが……自分の娘だ」

神は何故、己の娘にそんな終わりのない役目を課すことができたのか。

今まで自由に生きているルクレツィアしか知らなかったオスカーは、彼女にかかる想像できない重みに声音が固くなる。けれどティナーシャはさらりと返した。

「人とは違う考え方なんでしょう。アイテアは人間を愛していた。だから己の愛娘《まなむすめ》を残した——そんなところでしょうか。もっともルクレツィアの半分は人間ですからね。長すぎる年月に耐えられなくならないように精神に仕掛けをしているそうです」

「仕掛け？」

ティナーシャは頷いて、己のこめかみをつつく。

「彼女は普段、自分が神の娘であることも《楔》であることも覚えてないんです。ただ魔女ルクレツィアとして自由に生きている……。彼女が己の正体を思い出すのは、本来の役目に関係して必要性が生じた時だけです」

「ああ、それで記憶にむらがあるのか」

ルクレツィアは世界そのものの代弁者になることもあるが、それを普段は覚えていない。ティナーシャは以前「位階ごとに保持できる記憶が違うんじゃないか」と推測していたが、その推測は当たらずとも遠からずだ。

逸脱者夫婦が「二人であること」を頼りに悠久をわたっていくように、ルクレツィアは「使命の忘却」を以て長い年月を生きていく。

とは言え彼女の負った終わりのなさに、オスカーは咀嚼しがたい感情を抱いたが、自分が口を出す問題でもない。彼の知る限りルクレツィアは生きることを楽しんでいる。それが嫌になって抜け出したいと思う日が来たのなら、知己として手は貸すだろう。だがそれは今ではない。

ティナーシャは追ってくる蔓草を弾き落としながら、ゆるりと話題を戻す。

「そんな事情で、ルクレツィアはあまり遠出ができないんです。東の大陸くらいならお隣なんで行けるそうですけど、ここはちょっと遠すぎるでしょうね」

「何か面白そうな植物を土産にでもするか」

「この熱探知で生き物を追いかけてくる蔓草とかですか。いいですけど、万が一種が鉢の外に零れたら大惨事になりますよ」

「それもそうだな……ルクレツィアの森が食人植物の森になる」

「あの森に人は立ち入らない方がいいんで、ちょうどいいと言えばそうですが」

「一応ファルサス領内なんだが」

「多分ファルサスができるより前にルクレツィアが住んでましたよ」

「なら仕方ないな……」

オスカーは一歩を踏み出す。草の中に踏み入ろうとしたその足はけれど、あると思った地面を抜けて沈んだ。

「っと、穴か」

鍛えられた体幹で、転ぶことなく足を引き戻す。オスカーは改めて足先で穴の周囲の草を掻き分けた。蔓草が根のように絡み合っているそこは、まるで大きな穴の上に網が張られているかのようだ。その下に何があるかは暗くて見えない。

「危ないな。ティナーシャ、絶対地面に降りるなよ」

「降りませんよ。むしろなんで貴方は地上を歩いているんですか」

「その方が異常に気づきやすいからだ。明かりをくれ」

オスカーは、屈んで蔓草の下を確かめようとする。

その時――どこか近くで狼の遠吠《とおぼ》えが聞こえた。

二人は同時に顔を上げる。ティナーシャが夫に手を伸ばした。

オスカーがその手を取ると周囲の景色が変わる。彼女が短距離転移をかけたのだ。

薄暗い樹海は、どこもかしこも似たような景色だ。蔓や苔に覆われた木々が物言わぬ柱のように乱立している。魔法地図を持っていなければ、自分がどこから来てどこに行くのか、すぐに分からなくなってしまっただろう。

再び狼の遠吠えが上がる。彼女は夫の手を引いて宙を蹴る。

「ティナーシャ、あの壁画の解読はどこまで進んでる？」

「半分くらいです。あの壁画の言語って、他の街で使われていたものより一段古いらしくって」

四枚目の壁画に描かれた狼のような生き物。あれが何を意味しているかは分からない。だがこの大陸で似た生き物は今まで見つからなかったのだ。遠吠えの主を突き止める価値はある。

三度目の遠吠えは、すぐ近くから聞こえた。

ティナーシャがその声を頼りに短距離転移をかける。

途端、周囲の木々が消える。

開けた視界の只中に聳《そび》え立《た》つものは、巨大な一本の樹《き》だ。

高さは天を衝《つ》くほどで、幹は大人が五十人で手を広げてやっと囲えるくらいだろう。

遥か頭上に広がる枝葉が、荘厳な建造物の屋根のように一帯を覆っている。

その木の幹の正面に、一匹の赤い狼が座していた。

狼は二人が来ることを知っていたかのように、じっと彼らを見つめている。

だが狼はその視線を不意に自分の足下に逸らすと、すっと姿を消した。

「あ！」

ティナーシャが夫の手を離した。オスカーは木の根が蔓延《はびこ》る地上に飛び降りると、そのままの勢いで巨樹の方へ駆け出した。転がる岩を飛び越えながら妙なことに気づく。

「ここは……」

「オスカー、穴が開いてます」

ティナーシャが、空中を先行して狼のいた場所を覗きこんでいる。

彼が追いついてみると、そこには確かに根と根の間に隙間があり、小さな穴に繋がっていた。

「転移で消えたように見えなかったが、ここに降りたのか」

「追いましょう」

ティナーシャがそう言うと、光球が生じて暗い穴の中をゆっくりと降りていく。照らされる景色は天然洞窟のようだ。深さは相当ある。

「お前は降りられるだろうが、俺は途中でつかえないか？　結構狭そうだぞ」

「あー、確かに。貴方でっかいですもんね。穴を拡張しながらいきますか」

小柄な魔女は、夫の体にぴったりと抱きつく。オスカーがその頭に腕を回して庇《かば》うと、穴を覆っていた根が軽い音を立てて弾けた。ティナーシャが首を傾げる。

「あれ、これ……？」

「俺も気づいた。が、まずあの狼を追おう」

「分かりました」

露出した穴の中へ、二人の体はゆっくりと降下していく。狭い縦穴はティナーシャの宣言通り、柔らかい土のように直径を広げていった。代わりにぼたぼたと何かが下に落ちて、むっとした熱気が押し寄せてくる。

「これ、どうやって広げてるんだ？」

「熱と圧力をかけて雑に広げてます」

「雑に」

「高熱なんでこっちに来ないよう結界は張ってありますが……少し暑いですね。冷やした方がいいですかね」

「それ、地盤が割れるぞ」

冗談を言っている間に、先を降りていく光球が止まる。一番底に着いたのだろう。

ほどなく二人も同じ場所に降り立った。白い光が照らすものは石造りの通路だ。先ほどの巨樹の真下へ延びているのだろう通路をオスカーは見回す。

「そう来たか。予想の範囲内ではあるんだが」

二人が立つ石造りの通路は、土埃が積もっているが、何の凹凸も罅割《ひびわ》れもない滑らかなものだ。

そしてどこにも継ぎ目がない。天井も壁も床も寸分の狂いもなく切り出されており、その表面は磨けば顔が映るほどだ。とても地上に残る文明の技術でこれが作れたとは思えない。

そういうものを、二人は今まで何度か見たことがある。

「これ……外部者の呪具ですか。ようやく当たりを引きましたね」

世界外から持ちこまれた実験用の呪具。

それは掌《てのひら》に乗る程度の大きさのものから、街の地下に広がる遺跡規模のものまで多種多様だ。

この大陸にもやはりそれが配されていた。この呪具は施設型なのだろう。オスカーが降りてきた穴を見上げる。

「上を走った時に感触がおかしかった。あの巨大な樹、樹に見せかけた作りものだろう」

「みたいですね。根を破裂させた時に気づきました。この大樹海にはああいう樹が何本かあるんで、似せて作ったんでしょう」

樹の根のように見えていたのは表面だけで、中は空洞だった。おそらくは樹本体もそうだろう。

ティナーシャは壁を軽く叩く。

「でも、実験用の呪具なのに、なんでこんなに人里離れた場所に設置したんでしょうか」

「さあな。触れる人間を限定させたかったのかもしれん。あとは、八百年前はここまで樹海が広くなかったか、だ。俺たちが住んでる祭祀都市も樹海の只中だろう？」

「あ、確かに。あっちの樹海はちゃんと調べたら結構街道跡とか集落の痕跡がありましたね」

「そういうことだ。当時の人が大樹海のどこまで立ち入っていたかは後で調べるとして……まあ先にこの呪具自体の調査か」

オスカーは通路の先へと歩き出す。ティナーシャが後ろをついてきた。

「さっきの赤い狼は奥ですかね」

「どうだろうな。反対側がどこに繋がってるのか、後で確かめよう」

「後ろから襲われないように結界張っときますね」

「頼む」

灰色の通路を光球が先行して滑っていく。照らし出される通路は無機質で、ただところどころに篝火《かがりび》を設置したと思しき跡が見つかった。こちらは普通の鉄器であるところからして、当時の人間が置いたのだろう。

そして二人は、巨樹の真下にあたる空間に出る。

そこには赤い狼の姿はない。

目を引くのは銀色の細い円柱だ。普通の柱ほどの太さのそれはこの空間を真っ直ぐ縦に貫いて、遥か上にまで伸びている。どこまで高さがあるかは光が届かなくて見えない。外側の巨樹と同じ分まであるとしたら、相当の高さだ。

柱の表面にはびっしりと何かの文字が刻まれている。そしてその周囲は、柱と同じ銀色の大きな水盆になっていた。

「池……泉か……？」

銀色の大きな楕円形の水盆。

底が丸くなっているその水盆は、左右に四角い足がついて支えられている。まるで銀でできた大きな皿の中央に、柱が一本立っているような形だ。

水盆の中には光源があるのか、うっすらと光る水が溢れ出し、下に敷き詰められた白石の中に流れ落ちていく。ティナーシャが彼の脇を抜けて水盆に歩み寄った。彼女は水盆の手前でしゃがみこむと、そこから零れ落ちていく雫《しずく》をじっと見つめる。

「これ、水に見えるけど水じゃないですね。どっちかというと水分を含んだ気体です」

「気体？」

「霧のようなもの、と言ったらいいでしょうか」

ティナーシャは流れ落ちていくものをさっと手で遮ったが、オスカーに見せたその手は濡れていない。オスカーは納得して壁際を振り返った。

「それで瓶の中身がないのか」

灰色の壁に沿って、木箱がいくつも置かれている。その周りには割れた緑の硝子片が散らばっていた。オスカーは各地で見つかっていた硝子瓶にあった模様を思い出す。

――楕円と四角を二つ組み合わせた紋。それはきっとここのことだ。

「あの瓶に詰めて、この気体を大陸各地に流通させていたのか。今度の外部者は手広いな」

「行商人みたいに言わないでくださいよ。多分詰めて運んでたのは人間です。硝子瓶の技術精度が違いますから」

「ああ、確かに」

見つかった瓶は、歪んでいたり大きさが均一でなかったり様々だった。未成熟な技術で作られたものだったのだろう。だから印を入れた。中身が同じであることが分かるようにだ。

ティナーシャは宙に浮きあがると、水盆の上を歩き出す。銀の柱の前まで行った彼女は、目を細めて表面に彫られている文字を検分した。

「この大陸の文字ではないですね。——向こうの文字でしょう」

世界外の文字か記号。或いはそれに類した何か。

かつて彼ら二人を変質させた呪具にも、似たような文字が彫りこまれていた。

ティナーシャは闇色の目を細めて銀の柱を見上げる。

「これで八つ目……」

十二ある呪具の、八つ目。

それを見出《みいだ》した彼女の言葉は、何故か少し心細げなものだった。

6．浜辺

人間は彼女のよき友人だ。

賢く、努力をし、協力しあって生きていく。生きて営みを広げていく。

だが、この大陸スヴィセトがここに移動してからしばらくは、人間たちも大変そうだった。

ここについてきた人間は決して多くはなかった。彼らは自然の変化に苦しみ、獣たちに苦しみ、怪我や病に苦しんだ。多くの子供を産み育てて集落を広げようとし、けれど大人になれずに死んでいく子供の方が多かった。小さな災害が一つ起こる度に、彼らは草花が枯れるように失われた。

神はそれを見て、彼女の新たな役目を決めたのだ。

人の間を巡り、人を助けるようにと。

『ありがとう、助かったよ』

獣を追い払い、開墾を手伝い、家を建てるのを手伝った。人がようやく増え始め、集落が新しくできればできた分だけ、忙しく人の間を回った。昼夜休みもせず、人には出せない速度で山を走り、届け物をすることも珍しくなかった。

顔見知りが増えた。彼女に笑いかけてくれる者も。

手作りの贈り物をもらったことも、家族のように食事を共にしたこともある。夫婦が生まれる祝いの席に立ち会ったこともあれば、一人の人間の誕生から老いて死ぬまでを見守ったこともある。

ただ、そんな穏やかな出来事ばかりではなかった。

昨日一緒に働いた人間が、翌日には獣に食われて死んだこともある。生まれたばかりの赤子が眠ったまま目を覚まさなかったことも。

人が迎える突然の終わりは悲しい。

だから人間たちが長く生きられるように身を尽くす。

そのための体を、彼女は持っている。

人の中で、人ではない彼女は生きた。

何度でも、何度でも繰り返し。それを苦痛に思ったことはなかった。

『ああ、かみさま。スヴィセールさま。こたびもお恵みをありがとうございます』

人々は神の名を呼んで歓《よろこ》ぶ。降り注ぐ灰を受け止めようと両手を挙げる。

それはとても当たり前の景色だ。当たり前の死。

否、彼女に死はない。

だから今でも彼女は一人、もう誰もいない大陸にいるのだ。

けれど、ああ。

一体いつまで――

※

今日の波はいつもより高い。

天気が崩れるのだろう。ティナーシャが「雨は降らないけど海は荒れそうですね」と言っていた。彼女は精霊術士なので簡単な天候予測ができる。アイテアの庇護を多く受けて生まれた魔女は、世界の異物となってもその性質は変わらなかった。

今なお残る深い神の愛。それを人間の世界に留めているのは、神が残した愛娘なのだろう。

オスカーは転移陣のある船から砂浜に降りる。

少女はその砂浜に立って、彼を待っていた。

赤い髪に、橙色の目を持つ少女。ただ一人きりの彼女は、彼の名を呼ぶ。

「オスカー」

「久しぶりだな」

ここ一月ほど出会えなかった少女は頷く。

その外見に変化はないが、表情は初めて出会った時より明確になってきた。新しい言語を覚えていくことで、己の感情をオスカーに表しやすくなったからかもしれない。

オスカーは彼女に歩み寄ると、懐から出したものを少女の首にかける。それは紅石を磨いて作った銀の首飾りだ。ナフェアは驚いた顔でその首飾りを見下ろす。

「これは？」

「山を調査してる時に原石を見つけたから研磨してみた。素人細工だからそう綺麗にはならなかったが。ああ、銀部分は妻が作ってくれた」

魔法には特定の物質を操作するものがあるのだ。有名なものは硝子操作や銀操作で、魔力と相性のいい物質はまるで液体を操るように動かせる。そうして作ってもらった首飾りの土台に紅石を嵌めたのだ。

ナフェアは嬉しそうにはにかむ。

「ありがとう、ございます」

「こちらも礼を言いたかったからな。案内してくれてありがとう」

少女は軽く目を瞠る。だがすぐにうろたえることもなく微笑み直した。

「あれが、世界の外から来た道具でしたか？」

「ああ。詳しいことはまだ妻が調べているが」

謎の気体を生み出し続ける水盆について、ティナーシャはおおよそ「欠損復元、病傷快癒まで含めた強力な肉体治癒効果がある」と断定している。

通路の反対端を調べたところ硝子瓶の製造工房に繋がっており、廃墟になったそこから動物が水盆のところまで出入りしていたようだ。それら動物を突き止め追跡した結果「通常の寿命を越えて生きている。軽く生態系が崩れている」ということらしい。

その間オスカーは、上に立っている巨樹を含めて大樹海の他の巨樹も調査したが、他は全て本物の植物だった。外部者の呪具がある巨樹は、これらを元に擬態して作られたのだろう。

硝子瓶の製造工房からは内海まで舗装された道が見つかり、輸送手段は整えられていたことが分かった。通路はところどころで天然洞窟などと繋がっていたり穴が開いていたりで、元は地上か、地上にほど近い場所にあったものが、年月の経過とともに埋もれたのではないかと推察される。

いずれは見つけられただろうが、あの遠吠えがあったからこそ早く発見できたのも事実だ。

赤い、一匹だけの狼。彼を呪具の元へ導いた少女は、複雑な目を海へと向ける。

「わたしが知っている『この世界ではないもの』は、あれだけです。人間たちも知りません。わたしも、この大陸の全部を探してみましたが、他にはみつかりませんでした」

「探してくれていたのか。ありがとう」

ナフェアはこくりと頷く。素直な仕草にオスカーは驚きを持って礼を言った。

確かに会えなくなる前の最後の会話で「世界外から来た道具を探している」と言ったが、ナフェアはあれを受けて大陸を回ってくれていたのだろう。その結果、水盆しか見つからなかった。

加えてかつての人間たちも知らなかったというなら、あれがこの大陸唯一の呪具と思っていいはずだ。この大陸は、居住可能な全ての地域に人が行きわたっていた。その人間たちの誰もが他の呪具を発見していないというなら、他でもない彼女がそう断定しているなら、確定と見ていい。

その代わり、ただ一つあった呪具は広く大陸中で使われていた。この大陸が魔法という力を排したにもかかわらず全土を開拓して栄えていたのは、怪我も病も無効にする呪具があったからだ。

けれど人間は、それがゆえに滅んだ。

「ナフェア、お前はあの壁画に描かれた狼だろう？　お前は何者だ？」

「ナフェアは、ナフェアです」

「なら、ナフェアとはどういう意味だ？」

神話の時代から残る存在。空を巡り人々を見守るもの。

今は少女の姿をしている存在は、オスカーの問いに答える。

「ナフェアは、去っていった神の意思をこの大陸に残すものです」

——楔。

それは予想していた答えだ。ティナーシャの話を聞いた時から、この大陸にも楔が現存しているのだとしたら、それはナフェアだろうと思っていた。

予想と違ったのは「ナフェア」が個人名ではなく役割を示す単語だったことだろうか。少女は細い腕を上げると、海を背に見える景色をぐるりと指差す。

「ナフェアは、人間を助けることを決められました。人間は、ええと……とても、弱かったから」

「大陸分割後の話か。スヴィセールに作られたんだな」

魔法大陸のアイテアが妻を娶ったのは、大陸分割後だ。兄弟たちと意見が割れた彼は、失意の中で大陸を旅している途中、とある人間の少女に出会って救われた。

それと似て非なることが他の大陸でも起きていたのだろう。五つの大陸に散っていった神と人間たちは、分かたれることで確かに何かを失ったのだ。この大陸においてそれは、人間が自分たちだけで生きていける力だった。

「人間が弱かったのは、魔法を嫌っていたからか？」

「まほう？」

「お前を嫌がっていた街の人間が持っていた力だ。神が人間のために残した力」

「ビーメ、が、まほうですね」

「ここではそういう名前なのか」

「ビーメは、使える人間と使えない人間がいます。生まれる前に、ビーメのベティストに行ったか行かないかで変わります。あまりたくさん生まれません」

「魔法士のなり方か」

魔力の有無がどうやって決まるのかはティナーシャでも分かっていない。ナフェアの説明は置換できない単語があってよく分からないが、彼女が知っているということはルクレツィアも記憶がある時には分かっているのかもしれない。

「ビーメは、わたしの力とは違います。でも、わたしと同じだと思われています」

少女の声が一段沈む。小さな唇がひくりと歪む。

楔と魔法士は決して同じではない。けれど普通の人間にその区別はつかない。ルクレツィアのことを見るだに、オスカー自身にもきっと分からないだろう。

だがこの大陸において、二つを混同したことはきっと悲劇を招いた。

そのことが、今まで得られた断片を組み合わせれば見えてくる。

「お前の力はなんだ？　壁画では、お前は祭壇で燃えていただろう」

壁画に記されていた文章の解読は終わっていない。

ただ単語を付きあわせれば見えてくるものもある。たとえば、空を飛んでいた「狼」と、祭壇で燃えていた「何か」が同じ単語で記されていたように。

ナフェアはオスカーからの指摘に驚かなかった。擦りきれた服の裾を摘まむと広げて見せる。

「わたしは人間を助けるものです。いつもは人間の中で、人間がするように手伝いをしています。人間の姿をしているのは、それが理由です」

人のために、人の中で暮らす。それが自然であるように人に似せて作られた。

「けれど、働けない人間や死んだ人間が増えた年は、わたしは焼かれて、灰になります。わたしの灰を浴びれば、人間の体は癒え、病も怪我も治ります」

「……それは」

オスカーは思わず言葉を失《な》くす。

あの祭壇で燃えているのはナフェアなのだろうというところまでは推測できたが、それが本当に燃え尽きるという意味だとは思っていなかった。形態変化の一種だろうくらいにしか考えていなかったのだ。

だがそれが実際に「焼かれる」という意味だったのなら、話は少しずつ変わってくる。ばらばらだった破片が繋がってくる。

しかしオスカーはそれを確かめるより先に、ナフェアに確認した。

「それは死ぬってことじゃないのか？　灰になった後、お前はどうなるんだ？」

「死にはしますが、なくなるわけではありません。時間がたてば戻ります。わたしはそういう風に作られました」

ナフェアはオスカーを見上げる。その目はいつの間にか人のものではなく、獣の赤い目に変わっていた。赤い髪が風もないのにひとりでに揺れる。淋しい色ばかりの景色の中、その赤は陽を受けたたてがみのように輝く。

死と再生を繰り返す狼。それがこの大陸の楔だ。

「ただわたしは、働ける人間がそろっている時は灰にはなりません。でも人間たちはそれを知らないから、焼くためのわたしを探しました」

「……代わりに、魔法士の子供が焼かれたのか」

どうして魔法士たちを焼いたのか。

その真実は、魔法排斥によるものではなかった。楔を焼いた灰が万能薬となったからこそ、人間たちは同様のものを求めて「ナフェアと思しき子供たち」を焼き始めたのだ。それは強欲さで、弱さで、醜悪な願いだ。

「だからってどうしてあそこまで徹底的に焼いたんだ。途中で気づかなかったのか？」

「気づいた人間もいました。でも気づかない人間と、何よりも気づきたくない人間の方が多かったのです」

魔法士殺しは間違っていたと認めれば、それに関わった人間に累が及ぶ。だから黙殺された。黙殺されて、続いていった。

——この大陸で過去に何があったのか、少しずつ紐解《ひもと》かれていく。

それはナフェアが語るだけの言葉を得たからでもあるだろうし、彼女が語る気になったからかもしれない。事実としては人間は、神の恩恵を得ようとして魔法士の子供を焼き続けた。

「ビーメの子供をたくさん焼いて、『病気がよくなった』と言い出す人間もいました。『ビーメは不思議な力を持っていて人間ではないのだから、焼いていいのだ』と言う人も。いつの間にかビーメを焼くことは当たり前になっていました。ビーメは人間を恐れて、憎みました。人間はそんなビーメを更に嫌がって焼きました」

勘違いから生まれた生贄《いけにえ》は、いつしか慣習になっていく。何故それが始まったのかが忘れ去られ、恩恵は遠ざかり、つじつま合わせの理由が作られる。

「お前はそれを止めなかったのか？」

「わたしは人間の手伝いをするだけです。人間のやり方を変えることはありません」

「悲しくはなかったのか？」

己の存在に端を発した人間同士の断絶は、彼女の前でどれだけの年月続いたのか。

答えの分かりきった質問に、ナフェアは淋しげに微笑む。

「悲しかったです」

少女は痩せた腕を上げる。その輪郭が一瞬炎に包まれたかのように揺らいで見える。

「ビーメは焼かれて、逃げていきました。新しいビーメが生まれたら、彼らを大人になったビーメが密《ひそ》かに助けて逃げるようになりました。ビーメは集まって暮らし始めて、でも手伝いに来たわたしを嫌がりました。彼らは、わたしこそが焼かれるためのナフェアだと気づいたのです」

魔法士たちは、その感覚の鋭敏さによってナフェアが人間ではないと気づいたのだろう。自分たちが迫害され、同胞たちが殺されていった原因が彼女にこそあるのだと弾劾したのかもしれない。

「それはでも、お前のせいじゃない」

「ビーメが苦しんだことは本当です。わたしは『関わらないでほしい』というビーメのやり方に従いました」

ナフェアの行動原理は、人間の状況や判断に添うよう設定されていたのだ。日頃は人間の手伝いをし、人間が減少したならそれを助ける。彼女が能動的に何かをできるわけではない。

「そうしているうちに、いつからか人間は減らなくなりました。わたしは灰にならないことが当たり前になりました。人間はあの薬を見つけて、瓶で運び出すようになりました」

「外部者の呪具か。お前という前例があったから、怪しげな万能薬でも受け入れられたのかもな」

人間たちは、神の恩恵の代わりを手に入れた。それは彼らにとって救いの手に見えたのかもしれない。何の制限もなく治癒を受けられる、まさしく奇跡の薬だ。

「あれは最初からこの大陸にあったのか？」

「いいえ。最初はありませんでした。でも、いつ置かれたのかはわかりません」

魔法大陸に外部者の呪具がもたらされたのは神代が終わった後だ。この大陸にもそれと前後して配されたのだろう。けれどナフェアはそれに気づかなかった。

「わたしも、あの瓶を運ぶのを手伝いました。人間は、困らなくなりました。争いもありましたが、すぐになくなりました。みんなが満足したので、争う理由がなくなりました」

「満足、か……」

オスカーは眉を寄せる。

確かにこの大陸のところどころには戦争用と思しき城砦《じょうさい》が見つかったが、人は戦いによって滅びたわけではない。むしろ平和な時期が長く続いたと見受けられる。

だがその理由が「人間が困らなかったから」などということがあるのだろうか。足るを知らない人種は少なくない。恵まれているからこそ更に先を望んで争いを起こす者もいる。

ただこの大陸はそういった争いが大規模なものにはならなかったようだ。

欠損復元も可能な万能薬が存在する以上、争いごとは泥沼になりやすい。そうならないよう人間同士が協定を結んで衝突を抑えていたのかもしれないし、魔法士という大陸共通の被迫害者がいたことで矛先が逸れていたのかもしれない。けれどナフェアにはそう言った人間の水面下の事情は分からなかったようだ。

「あの瓶は人間を強くしました。でもあれは、モルセ……あぶない、ものでした」

「どう危なかったんだ？　副作用でもあったのか？」

今まで「怖い」という意味だと思っていた単語だが「危険」の方が近いようだ。言われてみればティナーシャも危険ではあるのだが、あの瓶はどういう意味で危険なのか。

問題の気体はティナーシャが調べてはいるが、人体実験はさすがにできない。それを摂取した人間がどうなったかは、見てきた者に聞くしかない。

ナフェアの顔から微笑が消える。

獣の形をした赤い瞳が閉じられる。

「人は、減らなくなったのです。多くなりすぎました」

その答えに、オスカーは嘆声をのみこんだ。

※

水盆の中の気体は、中央の銀の柱から染み出ているようだ。

ティナーシャは宙に浮きながら柱に刻まれている文字を検分していく。

その内容は彼女が作った魔法の蝶《ちょう》が写し取っているが、異なる言語を一から読み解くのは至難の業だと今回の件で思い知った。

「でも、いずれ必要になるかもしれませんからね」

今までこの文字が刻まれた呪具には何度か出会ってきたが、どれも悠長な調査ができずに破壊してきたのだ。その点、この呪具は人間がいなくなった大陸にあるとあって緊急性がない。ティナーシャはここ数日ずっと呪具やその周囲の調査に回っていた。

施設型の呪具は転移座標が取れないので瓶を作っている工房に転移して歩いてこなければならないが、そうして移動してくることでかつての人間の行動も読み取れる。硝子瓶の製造工房には、様々な形の瓶を試行錯誤した形跡があった。時間が経つと揮発してしまうものを遠くまで流通させられるようになるまで、彼らは苦心したのだろう。

彼女は次に、水盆から溢れた気体が沈んでいく先を確認する。魔法構成を一帯に展開してその気配を追う。

「うーん、地中に染みこんではいるけど、途中で気配が消えてる。土地の変質もない。やっぱり生物特化かぁ」

この気体を摂取した動物は、恒常的な身体強化を得る。外の動物を調査したところ三百歳を越えている鹿もいた。人間に同様の現象が起こったのだとしたら、人口が溢れてしまったのではないだろうか。

「だからちょっと無理めの地域も開拓して入植したのかな。万能薬がついてるなら人手には困らなかっただろうし……それでも食料問題とか出そうなんだけど」

ただ、食料問題はきっと起こらなかったのだ。その理由をティナーシャは察している。

否、魔法大陸に生まれて大陸分割神話を学んだ人間は皆、知っているはずだ。

「オスカー、大丈夫かな」

二人で話し合って出した推論だ。もちろん彼も承知している。

——何故ナフェアが彼の前にしか現れないのか。

その理由は「ティナーシャを恐れているから」という以上に、彼が彼だからだろう。

彼には、どれほど時が経っても揺るがない芯がある。

ティナーシャが塔の魔女で彼が契約者だった頃、「変わらないものが欲しくなったら自分のところにくればいい」と言われたことがある。時を渡り続ける彼女を孤独にさせないための言葉だ。そして彼はその通り、人でなくなった今も、彼女を繋ぎ止める存在でいてくれる。

彼がいるから永遠に限りなく近くとも、終わりまで旅ができるのだ。そうでなければ彼女は少しずつ、呪具を破壊するための感情の薄い兵器に変じていっただろう。

今も実際、そうなりつつあるのかもしれない。けれどその変化はティナーシャ自身が予想したよりも緩やかだ。オスカーが彼女を自分の片割れとして、ただの妻として扱ってくれるからだろう。そうである時だけ、ティナーシャは「人間らしいもの」でいられる。愛されていることが、そして彼を愛していることが、ありふれた毎日を楽しいと思わせてくれる。

人ならざる精神に寄り添い、自分の側に留める強さが彼にはあるのだ。ナフェアも、そんな彼の在り方に気を許せているのだろう。

だからナフェアのことは彼が対処するしかない。それが難しいとなったなら、ティナーシャが出るだけだ。

「大陸の楔ですか。ずいぶん私を避けてくれてるようですが、場数が違います」

余裕さえただよわせて大陸最強の魔女は微笑む。

だがすぐに彼女は水盆から流れ出る気体に視線を戻すと、美しい顔に物憂げな表情を浮かべた。

――万能薬たる呪具の効果で、人が増えすぎた。

それは考えてみれば当然の結果だ。この大陸には、人が住んでいたと思しき場所が多すぎる。

オスカーは、誰もいない祭祀都市の光景を思い出す。それだけではなく他の城や街の跡も。

争った形跡もなく死体もない。人は忽然《こつぜん》と消えていた。

それはきっと、外部者の呪具の副作用ではない。

「この大陸の人間は、神の定めた制限に達したんだな」

神の名はスヴィセール。大陸の名はスヴィセト。

それは、ナフェアから初めて聞いた名だ。魔法大陸の大陸分割神話にその名は伝わっていない。

大陸分割神話には、増え続ける人間について五人の兄弟神がどう意見を違《たが》えたかが残るのみだ。

人間を管理し、出生や死亡まで統制すべきだと言った一番上の兄。

人間の中から王を選び出し、代理統治をさせながら互いに争わせればいいと言った二番目の兄。

人間にこれ以上の干渉をせず、もし人数が一定を超えるようであれば種ごと滅ぼせばいいと言った三番目の兄。

※

人間は守られるべき生き物であるからして、次々につがわせ増やせるだけ増やしてみればいいと言った四番目の兄。

そして、末弟たるアイテアは、人は人として知性がある生き物だから彼らのことは彼らに決めさせるべきと主張した。

この五人のうち、名前が伝わっているのは末弟アイテアと、次兄であるディテルダだけだ。だからスヴィセールは何番目の神なのか気になってはいたのだ。

今までは往時にはかなりの人口があっただろうことと、ナフェアが人のために働いていたことを考えると、四番目の神が濃厚かとも思っていたが——

「はい。人間は決められていた数を超えたので」

ナフェアは瞼《まぶた》を上げる。

「わたしが全部、殺しました」

橙色の双眸は涙で濡れていた。

ぽたぽたと涙が日に焼けた頬を伝って落ちる。オスカーは少女の姿をした楔を、苦さを隠せない表情で見下ろしていた。

——人数が一定を超えたら、種ごと滅ぼす。

それがスヴィセールの決めた大前提だ。

けれど実際に大陸が分割されてみると、人は神が考えていたより弱かった。だから楔には後付けで「人間を助けろ」という役目が付け加えられた。

人に混ざって人と共に暮らしながら、いざと言う時には人を殺さなければならなかった少女。その在り方は歪だ。だが外部者の呪具が使われないままなら、その在り方でナフェアは人と暮らしていけたのかもしれない。

事実としてはそうならなかっただけだ。

「わたしは全部の街を知っていたので、全部を回って全員を殺しました。彼らはみんな、わたしの炎で一瞬のうちに溶け消えました」

淡々と語ろうとするナフェアの声には、隠しきれない震えがあった。

神の決定に従うために、彼女は一つずつ街を訪ねて無数の人間を殺した。

「ビーメの街には最後に行きました。『関わらない』と約束していたから。でもその時には誰も生きていませんでした。彼らは最後まで、わたしと交わりませんでした」

魔法士たちの隠れ里はひとりでに滅んだ。その終わりにさえ楔を関わらせなかった。

だから彼女は残る遺体に触れなかった。魔法士たちと交わした約束を守った。

ナフェアは零れ落ちる涙を両掌で受け止める。小さな掌に色のない涙が滴る。

「わたしは役目を果たしました。それからわたしは……ずっと一人です」

少女の乾いた唇がわななかいた。橙色の瞳がゆらゆらと涙の向こうで揺れる。

「人間は、死ねば戻らない。だからわたしは新しい人間が海の向こうから来るのをずっと待っていました。そしてあなたたちが来ました」

「……俺たちは人間じゃない。普通の人間はきっとここまで来られない」

この大陸は他から遠すぎる。今の人間の技術では辿りつけない。

沈痛さをできるだけ排そうとしたオスカーの声音に、ナフェアは頷く。

「はい。それにわかっているのです。新しい人間が来ても、人間たちが増えたなら、きっとまたわたしは殺してしまうのだと」

「神の命令を覆すことはできないのか？」

「できません。ナフェアとは、そういうものですから」

少女は微笑む。小さな両手が、紅石の首飾りをそっと包みこんだ。

「わたしはたくさんの人間と生きました。笑いかけてもらいました。大事にしてもらいました。お礼を言ってもらえました。贈り物をもらえました。抱きしめてもらいました。わたしは彼らが好きでした。わたしは彼ら全員を殺しました。だからわたしは一人です」

少女は言葉を切る。

疲れ果てた目で波際をなぞって、その口から零れた言葉は魔法大陸のものではなかった。

『でも、いつまでわたしは――』

死と再生を繰り返す神の狼。けれど彼女が殺した人間たちは再生しない。

役目を果たした楔はずっと一人でこの浜辺にい続けたのだろう。

いつか誰かが、海を渡ってここまで来てくれるのではないかと。

そして自分はまたその誰かを、殺してしまうのだろうと。

期待と不安を渾然《こんぜん》と抱えて、少女は待っていた。

そうして孤独にすり切れた彼女に、オスカーは言う。

「俺たちは世界外から来た呪具を壊す役目を持ってここまで来た。だが、かつて人間であった者として言うなら、人を滅亡させるお前のいる大陸に人は暮らせない……と思う」

役目を変えられない以上、この大陸は人間にとって危険すぎる。

海を越えてここにまで来られるほどの人間たちがいるなら、文明と技術はその分進んでいるということだ。再び人口が増えて神の基準に到達すれば終わりだ。

だからナフェアは、ずっと一人でいなければならない。

「でももしお前がそれを変えたいと思うなら。俺の妻なら手を打てるかもしれない」

少女はそれを聞いて顔を上げる。傷ついた双眸に別の感情がよぎる。

「あのビーメのひとが、ですか？」

「ああ。あいつは精霊術士だからそういうこともできる。――お前の力をこの大地に封じる。お前が楔なら大陸そのものと親和性が高いだろう。その力は巡り巡っていつか来る人間を助ける。お前は普通の魔法士と大差ない存在になるだろうが、それで人間と共に暮らしてもいいし、人間を遠くから見守ってもいい」

ティナーシャは「多分できますよ。具体的なところはルクレツィアに相談すればいいですし」とあっさりした様子だった。夫がナフェアに手を貸したいと言い出すことを分かっていたのかもしれない。手間ばかりかけさせてしまうが、自分にはもったいないほどの妻をもらったと思う。

ナフェアは虚をつかれたように彼を見つめたままだ。

「わたしが、また人間と生きる日が、来るのですか？」

「お前がそれを望むなら。新しい人間が来るまで、また当分待たなければならないだろうが」

それでもオスカー自身がちょくちょく顔を出すことはできる。

彼女と言葉を交わし、他愛のない子供のような遊びをすることも。

荒れた波が打ち寄せる。

夕陽色の少女の瞳に、オスカーの顔が映る。

「わたしは――」

人の死に絶えた大地で、人ではない二人は向き合う。

※

オスカーが転移陣で屋敷に戻った時、そこにまだ妻の姿はなかった。

彼は更に転移陣を経由して、外部者の呪具のある場所へ向かう。硝子瓶の工房から長い石の通路を経て出た先に、彼女は待っていた。

木箱の一つに座り書き付けを取っていたティナーシャは、顔を上げる。

「おかえりなさい」

「ああ」

そこから先の言葉は上手く続けられなかった。

ティナーシャはすぐに察したのか、音もなく宙に浮かび上がると彼の前まで滑ってくる。白い手が夫の髪を撫でて頬に触れた。闇色の瞳が労わりを持って彼を見つめる。

「駄目だったんですね」

「……あの娘が一緒に生きたかったのは、新しく来る人間ではなく、自分が殺してしまった人間なんだそうだ」

人間であれば、孤独を打ち消してくれるなら、誰でもよかったわけではない。ナフェアは自分が見守り続けた人間たちを愛していた。彼らと共に生きていたかったのだ。

だから彼女は、本当はずっと終わりたかったのだろう。ただ死と再生を続ける彼女には今までその手段がなかった。神の作った楔を打ち砕けるほどの力には出会えなかった。

ティナーシャは穏やかな声で謳う。

「貴方はできる限りのことをしましたよ」

妻の慰めに、オスカーはややあって頷く。

それでものみこみきれない痛みが残るのは、きっとあの少女の姿が妻の姿に重なって見えたからだ。人を愛し、殺し、煩悶しながら悠久を孤独に生きていかねばならない姿が。だから、違う道を示すことができればいいと思った。

「結局は俺の自己満足だったな」

「いいえ。貴方が未来を示したから気づけたんですよ。過去の方が大事だったって。でなければ彼女はずっと、過去を悔いて未来に期待しながら漫然と時間を過ごしていくしかなかったでしょう」

四百年もの間、一人で塔に棲《す》んでいた魔女は語る。

「貴方が来たから、彼女は終われたんです」

愛情と救いと。

遅すぎた贖罪《しょくざい》と。

その言葉は、もう届かない……失われてしまった過去から響いてくるようだった。

※

二人はそれから一週間ほど滞在し外部者の呪具を調査すると、魔法大陸への帰路についた。

巨樹の下で輝く水盆はまだ破壊していない。ティナーシャが厳重に封印した。

「これは今のところ誰も触れないので、このままにしておいてください」

「放っておいていいのか？」

「ええ。残る呪具が減ってきたら破壊します。転移座標は取ってありますし、時が来たら必ず私が壊しますので」

そう主張する妻の目は、ナフェアが最期に見せた目と同じだ。永い時を生きる者が、己の命をどう使うか計る時の目だ。

ティナーシャには彼女の考えがあるのだろう。それを彼は尊重しようと思う。終わりがない彼らにとって、意思は時に命より重い。彼の抱く妻への愛がそうであるように。

「あと見つけていない大陸は二つか。そこに残りの四つがあるんだろうか」

「どうでしょう。二個ずつあると分かりやすいんですけどね」

「もしそうなら親切な配置だな」

空を滑る船の甲板で、船縁《ふなべり》に座っているティナーシャは風になびく黒髪を押さえる。

一年近くにも及んだこの調査で、雪のようだった彼女の肌も少し焼けた。魔法大陸の暮らしに戻ればまた少しずつ肌の色は戻っていくのだろうが、滅びた都市に楽しそうに手を入れている彼女も愛らしかったと思う。

帆を畳んでいたオスカーは、妻の隣に戻ると船縁に寄りかかる。遠い海を見つめる彼女に言った。

「俺は、ずっとお前の傍《そば》にいるからな」

彼女をこの運命に巻きこんでしまった以上、せめて彼女を孤独にしないように。

それが願いに過ぎなくても口にする。変わらない想いを約束する。

唐突な言葉にティナーシャは目を丸くしたが、すぐに彼に抱き着いてきた。

「知ってますよ。信じてます」

「不満があったら言ってくれ」

「ないです。愛してます」

くすくすと、少女のように彼女は笑う。

その存在は時を追うごとに純化していく。人から遠くなっていく。

それでも彼女は、自分の愛と役目を最後まで手離さないだろう。ならばせめてその愛が彼女を支えるように。

ティナーシャは体を離すと、夫の心を読んでいるかのように微笑む。

「私は大丈夫ですよ。貴方と一緒ですから――私の王」

彼女はそして、遥か遠くに見えなくなった大陸の方角を振り返る。

風が吹いていく先、かつて多くの人間が暮らしていた大陸には小さな白い浜辺がある。

もう誰もいない、波だけが打ち寄せる浜辺だ。

消えていった人間と楔の話を語り継ぐものはない。

ただ浜辺には、持ち主のない紅石の首飾りだけが落ちている。

青の蔓薔薇
〈檻中大陸／埋没の大陸〉-2312年-

7. 新天地

どうすれば失われずに済んだのか。

そんな議論を、ただ繰り返し続けている。

「まだ可能性は残っている」

空々しい言葉は広い部屋に響いただけで、続く言葉を何も生まなかった。

楕円形の会議机を囲む者たちはそれぞれの表情で沈黙している。その中には真剣に聞き入っている者もいれば表情を変えない者もいる。眉を寄せて困惑している者も。

窓の外には無数の青い光が溢れている。その光が常に見えるように、忘れることのないように、参事会の会議室は作られている。

――この街は浮遊する都市だ。己の世界の終わりに間に合わなかった、取り残された都市。

巨大な墓地を抱えて、無数の世界の狭間《はざま》を流れている。

「ただ同じ失敗を繰り返すことはできない。私たちは入念な調査をしなければ。或いは実験を。そのための選定は済んでいる。ワールドa9fe80、もっとも近しい人間種が生きている世界だ」

とんとん、と議長である男が机を指で叩く。それは「資料を見ろ」という合図だ。

各人の前に、小さな投影映像が浮かび上がる。そこには実験対象として選ばれた世界の分析データが流れていた。

失われたものにどれだけ近しいかを数字として語る資料。

それに対し声を上げたのは一人の女だ。

「別の世界に干渉するのですか？　向こうの世界に悪影響が出るのでは……」

「影響が出るとしても、よい影響のはずだ。私たちは世界がどうすれば平穏に存続しえたかを調査する。それは調査対象の世界にとって将来的な安定に繋がるだろう」

断言は、それ以上の議論を拒む意志が明確なものだった。女はまだ何か言いたげな表情をしていたが反論はしない。議長は鷹揚《おうよう》に頷いて続ける。

「具体的な調査案については、一人最低一つは提出してもらう。タワーのリソースは三割までなら使用していい。皆、あの『大崩壊』については思うところがあるだろう。どうすればあれを防げたのか、皆の前向きな考察と調査案を待っている。――今日はこれで解散だ」

参事会の終わりを宣言する言葉に、各人はぱらぱらと立ち上がる。廊下に出ると、親しい者たちはさっそく固まって歩きながら己の思う調査案を口にし始めた。

長身の男が少年に話しかける。

「リソースが足りるなら実験機具は一対のものにした方がいいと思うんだ。それぞれ違う能力を持たせてもう一つを補完するような作りにしてあれば、片方ずつ使われた時と両方使われた時とで、どんな影響の違いが出るかを見られる」

「そういうやり方もあるだろうが、私がやりたいことは違う。理想の都市を作るには設置型の方が都合がいい。二つに分けたら性能が落ちてしまう」

「同時に使う時に本来の性能を発揮するよう設計すればいいさ。ちょうど一つ案がある。未来演算と結果置換を持たせた機具だ」

「それは、あなたの能力なら可能だろうが……」

話者である少年はそこで言葉を切ると、自分たちの後ろを歩いている青年に問う。

「エイリアド、あなたはどうする？」

「二つ作るよ」

青年の即答に、少数派となった少年は肩を竦めた。最初に話し始めた男が機嫌よく早口になる。

「やっぱり君も同じことを考えたか。その方が多様なパターンが調査できるものな。どちらの方が多く使用されるのか、両方での運用が当たり前になるのかを――」

「いや、僕は同じものを二つ作る」

「え？」

「二つ作って、どちらかが破壊されかけたらもう片方がその破壊をキャンセルできるように作る。そうすればいつまでも続けられるだろう？」

楽しそうに笑う青年に、二人が返したものは軽い困惑だ。少年の方が遠慮がちに問う。

「それは……何の意味があるんだ？　破壊されるなんて、早々起こることじゃないだろう。リソースの無駄遣いだ」

「破壊はされるよ」

遠い、まだ知らない世界について、青年はそう断言する。

「されなくたって別にいい。世界を続けるために肝心なのは、僕たちの調査でも実験でもないんだ。

ましてやそれがもたらす結果でもない」

失われてしまったものは、どうして失われてしまったのか。

取り戻せないものばかりを考える同胞たちに、彼は言う。

「必要なのは『挑み続ける』という、ただの人間の意志だよ」

終わってしまった世界では、いつの間にか失われていたもの。

けれどまだそこに至っていない世界には存在しているだろうもの。当たり前の人間の在り方。

「だから僕は、それを可能にするものを彼らに贈る」

調査のためでも実験のためでもなく。

ただ挑めと、それだけの祝福を込めて。

遠くまだ知らぬ世界と、そこに生きる人間たちへ贈る。


数多《あまた》の消滅史は、そして生み出された。

世界を巻き戻しても大事なものを取り戻したいと願う、多くの人間の意志によって。

その試行の果てに、二人の逸脱者が誕生する。

※

空には厚い雲がたちこめていた。

上空は風の流れる速度が速い。その中を、帆を畳んだ船が移動していく。

空を飛ぶ船という明らかに異常な存在は、けれど下からは見ることができない。視覚迷彩を張ってあるのだ。

船首近くに立っていたオスカーが、船の向かう方角を指差す。

「見えてきたぞ。あれだろう」

「え、本当ですか？　あ、ほんとに大陸がある！」

ぱたぱたと足音を立てて走ってきたティナーシャは、夫の横から広がる景色を覗きこむ。

遥か先に見えてきたものは、大地の青い影だ。ここまで操船してきた魔女はほっと息をつく。

「思ったより近くでよかったです。『水の檻《おり》』なんてものがあるとは思いませんでしたが。情報をもらってなかったら辿りつくのは難しかったですね」

妻の言葉に、オスカーは黙って頷く。

以前彼は、三番目の大陸を離れる少し前に、楔であるナフェアから他の大陸の情報をもらったのだ。「一つはこっちの方にあるはず。ただ『水の檻』があります」と聞いた。

その『水の檻』とはナフェアの説明でもよく分からなかったのだが、船で進んでみたところ本当に海上に水でできた高い壁が聳え立っていた。強固な障壁であったそれに、魔法で強引に穴を開けて突破した後が今だ。

「あの『水の檻』は結局なんだったんだろうな」

「神代の産物でしょうね。構成がない高密度の魔力でできていましたし。私の探査用の使い魔もあれにぶつかったら消滅でしょう。かなりの数戻ってこなかった理由が分かりましたよ」

「最後の大陸にもあの『水の檻』があるそうだが、何のために築いたんだろうな」

「ええー。大陸からの脱走防止とか……？」

「どんな主神なんだそれは」

「今までだって散々な主神だったじゃないですか……」

目を逸らしながらの妻の指摘はおおむね事実なので、オスカーは溜息をつくに留める。

そもそも人間への方針が違ったからと言って、大陸を割るような神々なのだ。「自分の方針が一番」と譲らず大陸を囲ったとしても、おかしくはあるのだかあり得るかもしれない。もしくは他からの来訪者から己の大陸を守るためのものか。

「あと残っている二神は、完全統制を謳った長兄と、人口増加に意欲的だった四兄か」

「長兄は手強《てごわ》そうですね。できれば人間が自力でその体制から脱していて欲しいです」

オスカーからすると「人間の完全統制など可能なのだろうか」と思ってしまうが、神の力は絶大だ。外部者の呪具のように法則外の力ではないが、単純に力の量と密度が異常で、大抵の不可能を可能にしてしまう。

ティナーシャは右手を前に差し伸べると小さく詠唱する。

「転移座標は取れますね。次はあの壁を破らずに済みそうです。あれに穴開けるの疲れるんで……」

「寝ててもいいぞ。人里がないところに下ろせばいいんだろう？」

「ん、んー。いえ、ありがたいお言葉ですけど、やっぱり着陸までは様子見てます。地上から狙撃されるかもしれませんから。そしたらこっちも撃ち返しますけど」

「想定が好戦的過ぎる」

今回は文明が絶えていることも考えて、最初から生活基盤を現地で展開できるだけの物資も用意してきている。それが不要であればいいのだが、戦闘になっても籠城くらいはできるだろう。

少しずつ陸地が近づいてくる。山と森と荒野と、その中に小さな町らしきものが見えた。町の建物の中には白い塔らしきものが建っている。遠目だが廃墟らしさはない。

「人が生活していそうだな」

「手近なところで下ろします」

少しずつ船の高度が下がり始める。その景色の中にオスカーはあるものを見つけた。

町の脇を延びている街道と思しきものを何かが走っていく。馬車よりもずっと早く遠ざかっていくそれは煤けた灰色の箱のようなものだ。見たことのないそれにオスカーは考えこむ。

「ティナーシャ、人間以外が繁栄している大陸だったらどうする？」

「そういうものだと思って調査していくしかないですね……」

どんな現状でも受け入れるしかないのだ。妻の頭をぽんと撫でて、オスカーは船が地上に下りるのを待った。

そうして新たな大陸に降り立った二人は、森の中に船を隠すと短距離転移を何回か行い、近くの町が見える場所まで移動する。まずは様子を見るために、自分たちに視覚隠蔽の魔法をかけた。

「これなら余程腕が立つ魔法士でもない限り、私たちの姿は見えないと思います」

「先に偵察だな。疲れてるなら一人で見てくるから寝てていいぞ」

「寝ませんてば！　声は隠蔽かけてないんで町に入ったら小声でお願いしますね」

「分かった」

町は何もない乾いた場所にぽつんと存在している。近づくにつれ見えてくる建物に、ティナーシャはきっぱりと言った。

「初めて見る類の文明ですね」

「だな。大陸分割から二千年以上経ってるから当然なんだろうが」

乾いた荒れ野にある町は、直方体の建物ばかりが並んでいる。どの建物も色が違っており、木でできているものもあれば、何で作られているのか分からない、滑らかな白い素材の建物もある。

窓に嵌まっている硝子は汚れてはいるが、均一の厚みで透明度が高い。飾り気のない建物の一つには縦長の看板がかかっていて、知らない文字が書かれていた。覚悟はしていたが、言葉を覚えるところから始めなければいけないようだ。

建物の向こうに人が行きかっているのが見える。服装は全く違うが、ちゃんと人間のようだ。

その時、遠く道の先に何かが現れた。

かなり速度で町へと近づいてくるそれは、先ほど上空から見たものと同種のものらしい。褪せた赤色の箱状のもので、がたがたと荒れた道で左右に揺れている。

「車輪がついてる。乗り物だろうな。面白い」

興味津々で眺めるオスカーとは逆に、ティナーシャは眉を寄せて向かってくる乗り物を見つめている。箱は一部が硝子張りになっており、中に二人の人間が乗っているのが見てとれた。

彼女はその乗り物が町の中に入っていき見えなくなると、ようやく口を開く。

「あれ、動力に魔力を感じないです」

「ほう」

「というか、町からもまったく魔力運用の気配を感じないです。なのにこれだけ文明が進んでるって……本当に、完全に、根本から違う発展の仕方をした文明かもしれません」

魔法が自身の引きはなせない一部となっている魔女は信じられない、と言った口ぶりでかぶりを振る。その隣でオスカーは感心の息をつくと「俺もあの乗り物を動かしてみたいな」と素直な感想を漏らした。

町の中は初めて見るものばかりだった。

魔法の類はまったくない。

にもかかわらず、他の技術で作られたと思しきものがそこかしこで人々の生活を支えているようだ。先ほどの乗り物だけでなく、町中にはあちこちに映像や音声が流れる箱があり、照明が自動で調整され、火の使われない窯が動いてパンを焼いている。

「ええー……何これ……」

ティナーシャは街角のカウンターに置かれた器具に見入る。それは調理器具の一種のようで、銀色の攪拌棒《かくはん》がひとりでに何かの生地をこねていた。そうやって魔法ではなく動いている謎のものが、あちこちで使われている。

遠くから見えていた白い塔は給水塔のようだ。地下から水を組み上げた後は管で各家に水を回しているようで、あちこちに配管が露出している。同じ魔法がない大陸でも、東の大陸とはまったく異なる。むしろ数段進んだ技術が普及しているようだ。

そこまでを見て回ったティナーシャは、重く頷く。

「すみません、ちょっと寝かせてください。船に戻ります」

「分かった。一人で大丈夫か？」

「転移で戻るんで……。あ、転移座標教えておきます」

ティナーシャはそうして転移を使って姿を消す。疲れているところに情報量が多すぎて限界を超えたのだろう。代わりにオスカーは一人残って町を見て回る。

活気がある町だ。話している言葉は分からないが、様子から推察するだに鉱山近くに作られた町で、採掘に従事する人間が主に生活しているらしい。

建物の汚れ具合や生活用品の使いこまれ具合からして、この大陸基準ではそう裕福な町でもないようだ。それでも当たり前に使われている技術は彼らの知らない、どう動いているか分からないものだ。オスカーは興味津々であちこちを見て回る。

動物の高い唸《うな》り声に似た、けれどそれよりもっと金属的な音に興味を持って近づいてみると、男が激しい音を立てながら手持ちの器具で板に穴を開けていた。高速で回転する錐《きり》のようなものは、溶かすように木に穴を穿《うが》つ。いつまでも見ていられそうだ。

「これが全部外部者の呪具だったら面白いが、違うんだろうな」

人間の技術は、何かのきっかけで飛躍的に前進することがある。数百年の停滞を一年で飛び越してしまうことも珍しくはなく、そういった場面をオスカー自身何度も見てきた。ファルサスの魔法技術が嫁いできた魔女によって跳ね上がったことでさえそうだ。

だからこの大陸は、そのような機会を何度も得てこうなったのだろう。オスカーは感心しながら一通りを確認し、更には視覚隠蔽の魔法を解いて夕方過ぎまで町を回ると、妻のいる船に戻った。


「お、起きたか。朝まで寝てると思ったが」

ティナーシャが寝台からぼんやりする頭を上げた時、降ってきたのは夫のそんな声だ。

「おはようございます……」

目を擦《こす》りながら体を起こす。

眠りが長い体質のティナーシャだが、船の中だとそう長くは眠れない。風呂に入らず疲れ果てて倒れこんだならなおさらだ。

彼女は軽く頭を振って意識を覚醒させる。寝台脇の椅子に座る夫が立ち上がった。

「食事はあるが、食べられるか？」

「食べられますけど……貴方が作ってくれたんですか？」

感謝と困惑が混ざってしまったのは、ありがたくもオスカーの料理は大雑把なものだからだ。

ただ確かに部屋の外からはよい香りが漂ってくる。それは知らない香辛料の香りだ。ティナーシャは恐る恐る夫に問うた。

「ひょっとして貴方、視覚隠蔽を――」

「解いた。町の人間とやりとりして、手伝いをして色々もらってきた」

「うわあ」

出会った頃から予想外のことをしてくる男ではあったが、連れ添って数百年経ってもそれは変わらないようだ。ティナーシャは夫の手を借りて立ち上がると、隣の部屋に移る。テーブルの上には初めて見る料理が数皿置かれていた。

「……相当手伝いをしました？」

「そうでもない。荷物運びの手が足りないところを手伝ったら、賄いを色々くれた。この大陸は言語がいくつかあるらしくてな。言葉が通じなくても不思議がられなかったし、身振り手振りで充分話が通じたぞ。服装もたいして気にされなかったな。使い方が分からない道具が多かったのには手間取ったし面白がられたが」

「……人とうまくやれるのは貴方の天性の性質ですよ。ありがとうございます」

ティナーシャは微笑して席に着く。

夫の人を引く力は、彼自身の気質だ。もちろん王族として生まれ育ったがゆえに、己を律し他者の支持を得る振舞い方を得たせいもあるだろう。だが同じような境遇に育ったからと言って、彼のようになれる者はそういない。優しさと強さを当然のものとして周囲を助け、だからこそ助けられもする。それは別の大陸であっても変わらないのだろう。

ティナーシャはテーブルの上の皿に手をかざす。冷めかけていた料理からたちまち湯気が立ち上った。刺激的な香辛料の香りが強くなる。

「ナフェアと散々言葉の分からないところからやりとりしたからな。大分そういうのに慣れた。簡単な挨拶くらいは覚えたぞ。ところどころ、ナフェアの使っていた言葉と似てるものもあるしな」

「ああ……なるほど。魔法大陸は神代の言語が塗り潰されましたが、他の大陸は違いますからね。同じ一つの言語から分かれたのかもしれません」

寝起きのぼんやりした頭が少しずつ動き始める。ティナーシャは「いただきます」と夫に声をかけると、一番手前の、丸く黄色い果物を手に取った。それはどうやら砂糖を載せて炙ってあるようだ。かじりつくと、じゅわっと熱い果汁が口の中に広がる。甘い。目が覚める。

オスカーはその間に、香辛料をすりこんで焼かれた肉に手を付けた。

「うん、美味《うま》いな」

「ファルサスの料理に似た系統っぽいですね。辛そう」

香りから察しはついていたが、彼の生まれ故郷であるファルサスに近い系統の料理のようだ。そのせいだけではないだろうが、彼も普段に比べて生き生きとして見える。新しいものに飛びこんでいくのが好きなたちなのだ。十年前に訪れたスヴィセトでも、彼は人間も文明も残っていない土地を尽きせぬ興味で探索していた。

あの探索は、ナフェアが彼を見出したことであのような終わりになってしまったが、できることなら彼のその探求心と優しさにふさわしい楽しみが返ってくればいいとティナーシャは思っている。

オスカーは食事を取りながら予想通り切り出してきた。

「それで、俺は明日からあの町に通ってみようと思うんだが。言葉と常識を覚えながら大陸の状況を探ってみる」

「いいと思います。貴方はそういうの向いてますしね」

あっさりと同意するとオスカーは笑い出す。長い付き合いの夫婦だ。お互いの返答など分かっているのだろう。だからティナーシャはもう一歩先を言う。

「私も行きます」

「お？」

夫は目を丸くする。彼にとってティナーシャは「あまり新規の人付き合いをしたがらない、引きこもり型の猫」だ。それはまったくの事実なのだが、能力的には新たな町に居場所を作ることも町から町をわたっていくこともできる。魔女になってすぐはそうしてしばらく暮らしていたのだ。

「引きこもっていても調査は進みませんしね。それより早くこの大陸に馴染《なじ》んだ方が後も楽です」

「分かった。お互い目の届くところにいた方が安心だしな」

「ええ」

やることは多い。まずこの大陸の「普通」を知らなければ外部者の呪具を見分けることも難しいだろう。ティナーシャは、やたらと固いパンに野菜を挟んだものを手に取る。

「あ、美味しい。酢漬けの野菜ですね、これ」

パンに酢と油が染みこんでほどよく塩気が効いている。初めての味を楽しむ彼女に、夫は苦笑して付け足した。

「あとティナーシャ、これは残念な知らせなんだが」

「う、嫌な予感」

「この辺りには、浴槽文化がないみたいだ」

「…………」

乾燥気味の気候からしてそうではないかと思ったが、実際に聞くとずんと来るものはある。

ティナーシャは「そうですか……そうですよね……」と寂しげに零すと、明日からのことを考え始めた。

※

それからの三カ月は、あっという間のことだった。

「ティナ、今日はもう上がっていいよ。おつかれさん！」

「はーい、おやすみなさい！」

酒場のカウンターからかけられた声に、後片付けしていたティナーシャは返す。

もう客も全員帰った時間、彼女は宿屋になっている二階へと戻った。そこの一室が今の彼女たちの私室だ。ドアを開けると先に帰っていた夫が机に向かっている。

「おかえり、ティナーシャ。もう少ししたら手伝いに行こうかと思ってたんだが、すまない」

「貴方の方がちゃんと朝から働いてるじゃないですか。そんなの気にしないでくださいよ」

ティナーシャは言いながら結い上げていた髪をほどくと、部屋着に着替える。

――辺境にあるこの鉱山の町は、訳ありの人間が流れつく場所でもあったらしい。

言葉の分からない夫婦を町の人間はあっさりと受け入れた。人手が慢性的に足りないらしく、二人は食堂兼宿の一室に住み込みとして部屋を借りると、オスカーは鉱山を始めとして積極的に人を募集している仕事に顔を出していった。器用さと力、そして教えられればすぐ覚えて他に生かせる頭の回転の速さで、今では力仕事を中心に、雑用から製図や会計まで頼まれてはこなしている。

一方ティナーシャは、昼は住んでいる食堂の厨房に入っており、夜はそれに加えて酒場の歌手としてホールに出る。若い頃は歌い手として旅をしていたという彼女だが、その美貌と歌声は人を魅了するに充分なものだった。少し物憂げな旋律で歌われる恋の歌は、彼女の身分を知っているオスカーなどからすると退廃的にも思えるが、町の人間は郷愁に近い感情を抱くようだ。

今では酒場には、男女問わず多くの客が彼女の歌を聞きに訪れる。酒を頼まず、ただ歌を聞きにくるだけの人間も増えて、店主夫妻は「商売にはならないけどいいよ。こんな田舎町じゃ大した娯楽もないしね」と笑っていた。

鉱山町であるこの町は、三十年ほど前に銅鉱採掘のために作られた。その時集まった人間たちは、職がなかったり住む国を失ったりしていた者たちが多く、彼らにはもはや帰る場所がない。だからこそ、遠き日を歌う歌が染み入るのだろう。

人の中で暮らせば、言葉は自然に身についていく。歌を覚えるならなおさらだ。

三カ月が過ぎる頃には二人は日常会話に困らなくなった。酒場も閉まった深夜、ティナーシャは質素な寝台の上で買ってきた本を捲る。

「文字が読めると早いですよね。本さえ手に入れば知りたいことが知れます」

「そうだな。電波放送は届かない局の方が多いしな」

この町で外界の情報を得る方法は主に四つだ。

一つは外の町と行き来している人間が語る話。

もう一つは月に一度来る本屋から買い取れる本。これは新刊もあるが古本の方が多い。「こういうものが読みたい」と言えば、次にはそれを持ってきてくれる。

それに類しているのが都市部で発行している新聞だ。これは週に一度くらいの割合で店に並び、現在の社会情勢について知ることができる。

最後の一つが最寄りの都市が周囲に流している電波放送。これは音声だけのものもあれば、映像と音声が共に電波に乗せて流され、受信機で見られるものもある。この町にも街角や酒場など人の集まるところに受信機が設置され、新聞に載るような出来事から生活情報の番組、古いドラマなどが流されている。

この電波や受信機などを含んだ機械技術が、大陸の文明の核だ。

「面白いですよね、機械文明。機械を製造するのは大変ですが、できあがって燃料さえあればどんな人間でも扱える……辺境で少人数でも問題なく暮らせるわけです」

「輸送が早いというのもあるだろうな」

「転移がない代わりに、と言ったところでしょうね。もっとも魔法文明は転移がある代わりに、映像や音声だけを遠隔地に送る方法は未確立です。現状、一長一短と言ったところでしょうか」

この大陸では魔力など別位階に頼らず、人間階の法則だけで発見と実験を繰り返し発展していった。化石燃料を使い、電気や蒸気を動力とする技術を次々発明しては、それらを応用した機器を生み出している。多岐にわたるそれらは、生活に必要不可欠なものから、人間の手間を肩代わりするものまで様々だ。魔法大陸とはまったく別の科学を展開させたと言っていい。

「よくよく思い返すと、雫さんの故郷の世界が、科学技術を突き詰めた世界だったんですよね。向こうは位階構造の世界じゃなかったんで、なおさら迷いなく機械技術が発展していったんでしょう」

ティナーシャは四百五十年ほど前に、別の世界からこの世界に迷いこんできた女性を引率して、彼女の世界を訪れたことがあるのだ。そう長居はしなかったが、今思えばあの世界の科学技術は相当進んでいた。

机に向かって書きものをしているオスカーは首を捻《ひね》る。

「そう言えばお前、向こうの世界から動く造り物の猫とか持って帰ってきていたな。あれも機械仕掛けか」

「今思えばそうですね。『カンデンチ』が切れたとかで動かなくなりましたけど、あれ電気のことだって雫さんが言ってましたし」

それ以上の詳しいことはもはや確かめることはできない。あの世界へは「そこで生まれた水瀬《みなせ》雫という人間」を媒介にして穴を開けていたのだ。雫はもういないのだし、彼女は自分の生まれ故郷の技術をこちらへ持ちこむことを拒んだ。だからティナーシャにできるのは推察くらいだ。

「向こうの世界もこういう感じだったのか？」

「いえ、もっと……何もかも密度が高かったです。塔みたいな建物がたくさん立ってたり、乗り物がみっしり運用されていたり、街の中は常に音が流れていたりで。他に使われてる技術も魔法と見紛うくらいでした。同じ系統の発展を遂げているとしたら、この大陸より先を行ってるんだと思います。もっとも私たちはまだ都市部を見ていないので、地域差はあるかもしれませんが」

現在この大陸には三十ほどの国が存在しており、豊かな場所もあれば貧しい場所もあるという。この鉱山町はその中で言うと、貧困というほどでもないが富んでもいない田舎町だ。都市部に行けばもっと進んだ技術が当たり前になっているかもしれない。

「ただ、この大陸でも魔力を持ってる人間はちゃんと生まれてるんですよね」

「エギューラだったか。病気扱いになっているとはな。迫害されるよりはましだが」

この大陸でも、魔力を持った子供は全体の一割ほどの確率で生まれるそうなのだ。

ただそれは「生まれつきの病気」として捉えられている。魔力は「エギューラ」という名で呼ばれ、これを持って生まれた子供は体調が安定せず、周囲にも影響を及ぼす病気だと思われている。

その結果、現在ではエギューラを持って生まれた子供には投薬治療が行われているらしい。一生飲み続けなければならない薬だが、飲んでいる限りエギューラは体内で抑えこまれる。ティナーシャも話を聞いて取り寄せてみたことがあるのだが、飲んでいる間は魔力が胃の中に集まって淀《よど》んでいて動かしにくくなる感じがする。詳しい仕組みは不明だが、魔力は肉体に宿るものである以上、肉体に働きかけて働きを抑制することも可能なのだろう。

ただ投薬でエギューラを抑えられるのは、あくまでエギューラ量が少ない人間だけだ。薬が効ききらないほど多量の魔力を持って生まれた子供は「重度のエギューラ症候群」と呼ばれ、一生をやまない発熱や頭痛に苛まれ、ひどい場合は寝たきりで過ごすこともあるという。

「薬で何とかしているって大丈夫なのかなって思いますけど、確かに生まれつき魔力の大きい人間ってそんなに人数いませんからね」

「薬が作られる以前はどうなっていたか知りたくない気もするな」

この田舎町では手に入る情報は多くない。昔のことならなおさらだ。調べればいずれ分かるのだろうが、気分のいい話ではない予感はする。ただ、薬を始めとした治療法の改良研究は現在も進んでいるようだ。

オスカーが書きものを終えて寝台に座ると、ティナーシャはいそいそ起き上がりその膝上に収まった。この町で暮らし始めてから、彼女は風呂でだらだらできなくなったので夫にべったりくっついている頻度が増した。オスカーは「風呂を作るか？」と聞いたのだが、彼女は「ここで暮らしている以上、ここのやり方に合わせます」と決めた。時々、船に帰って風呂に浸かる以外は、現地の「ポンプで汲み上げた水を浴びて体を洗う」という習慣に合わせている。

それでもいつもと異なり彼女が疲弊していってしまわないのは、この場所に定住しているという状態のおかげだろう。飛び抜けた美貌で面倒事に巻きこまれないわけではないが、オスカーと夫婦と知れているので大きな問題になるわけでもない。親しくしてくれる人間たちもいる。不自由がないわけではないが、この生活に馴染んでいる。

だが、いずれはここを離れなければならない。オスカーはずり落ちていきそうな妻を抱き直す。

「ティナーシャ、エドが出張仕事を引退するから、今使っている車を売ってもいいそうだ」

「え」

彼女はくりんと首を上げて夫を見つめる。

エドはこの町に住む整備工の老人で、今まで週に一度都市部に出て、顧客を回って整備仕事をしていたのだ。ただ年齢的にも車移動がきつくなってきた頃、彼が整備していた大型機械が買い替えられることになったという。それを機に引退をするから車を買わないか、とオスカーに持ち掛けてきたらしい。

移動手段としての車はずっと欲しかった。

オスカーが乗ってみたがっていたから、というわけではなく、この大陸を目立たず探索するために便利だからだ。長距離転移は座標を取得しなければ使えないため最初は通常の移動が必要になるし、魔法での移動はティナーシャに負うところが大きい。それは長期間にわたればわたるほど彼女の負担になり、問題が起きた時に対応しにくい。だからこの町を出る時は車を買えるようになってからだとは、二人で相談して決めていた。

「それはありがたいお話ですけど」

「値段は相場の六割でいいらしい。さすがに悪いからもう少し出すとは言ったが」

とは言え提示された金額は、二人が三カ月働いて貯《た》めた金額では足りない。あと半年働いて届くかどうかだ。

ただそれは「何も持っていない流れの人間」としての話だ。船に戻れば換金用に持ってきた貴金属がある。それらの六割ほどがこの大陸でも高価で取引されていることは確認済みだ。

だから、出て行こうと思えば来週にも出て行ける。

ティナーシャはそれを分かっているだろう夫に、少し考えて返した。

「あと二カ月、ここにいましょう」

「二カ月でいいのか？　別に急いでないからいいんだぞ」

そう言ってくれる彼は優しい。優しいが、ティナーシャは守られるだけの子供ではないのだ。

「ええ。あまり長くい過ぎても情が移りますし」

ティナーシャは己を振り返って、そう思う。

——自分は、あまり特定の人間に愛着を持ちすぎてはいけない。

情が湧けば肩入れをしたくなる。肩入れをすれば、簡単に人の運命を歪められる。それをするべきではないと、遥か昔、魔女になった時に決めたのだ。人でなくなった今はなおさらだ。自分はまだこの大陸のことをほとんど知らないのだから。

オスカーが何か言いたげな表情になる。人から距離を取ろうとする妻を心配しているのだろう。そんな彼の愛情は嬉しくて、でも彼が思うより自分は酷薄でいられるのだと、ティナーシャは分かっている。己の中で優先順位をつけて、置いていくものを選ぶことができる。ずっとそうして生きてきた。ただ彼と出会って、彼の城で暮らしていた数十年が特別だっただけだ。

だから今大切なのは彼だけで、果たすべきは己の役目だけでいい。そうやって人から切り離された生き方が苦痛ではない。けれど自分のこんな部分を口に出すとオスカーは悲しむだろう。だからティナーシャは微笑んで、夫の顔に手を添える。

「大丈夫ですよ。充分楽しんでます。それにあと一カ月で雑貨屋のミナに子供が生まれるんです。それを見届けて、産後一カ月は手伝っていこうと思って」

「ああ……そう言えばそうだったな」

「この町、医者がいないですからね。念のための待機です。魔力持ちなら投薬が要らないように封印していけますしね。産後のことは私の欲張りですけど」

人は死ぬ。そして生まれ続ける。

変遷する世界を自分たちは通り過ぎていく。

そんな中、人が生まれる瞬間に立ち止まれることは幸運だ。オスカーは妻の小さな我儘《わがまま》に安心したのか表情を緩めた。

そうやって、彼を安心させるために人間らしい心を見せたりもする。

彼に期待をさせ過ぎないように、人から遠ざかってしまったところも見せる。

そうして遠い未来、彼の心が自分から離れてしまう日が来るのだとしても、もういつかのように恐ろしくはない。自分が彼を愛していることは変わらないからだ。

「分かった。そうしよう。エドには言っておく」

「お願いします。周りにも今のうちに言っておかないとですね。最近、地下水が減っているそうなんでこっそり水脈弄っちゃおうかな」

「好きにしろ。心配事を残していくよりずっといい」

優しい声に揺られてティナーシャは目を閉じる。


それから二カ月後、二人は町の人間たちに惜しまれながら旅支度をすると、古い青色のバンで小さな鉱山町を出発した。

ここより、大陸レイジルヴァを探索する逸脱者の旅が始まる。

8. 輸送

車のラジオからは、女性の声で読み上げるニュースが流れていた。

『セネージ公国の建国記念日である本日は、よく晴れた陽気になり、首都セージでのパレードには公女殿下もご参加になりました。このパレードは例年通り巡礼者たちが――』

外は昼過ぎのよい天気だ。助手席のティナーシャは窓を開け、のんびり風に頬をくすぐらせている。膝の上に地図を広げている彼女は、運転席の夫に言う。

「このまま何もなければ、次の三叉路《さんさろ》を北で」

「分かった」

「地図を自分で作らなくていいっていうのはいいですね。助かります」

緑の丘の中を縫う旧道は、数年前に新しい幹線道路が別にできたとあって他に車の姿もない。何の変哲もない青いバンはのんびりとがたつく道を走っていく。

その時、後部座席から強張った男の声が上がった。

「本当に大丈夫なんでしょうか……」

今回の依頼人――否、依頼された「荷物」であるスーツ姿の青年を、オスカーは鏡越しに一瞥《いちべつ》する。彼に答えたのはティナーシャの方だ。

「どうでしょうね。今のところ平和ですけど。セネージ公国にはもうすぐ入れますよ」

「ティナーシャ、追手が来た」

「あ、平和じゃなくなった」

あっさりと翻された前言に、青年は小さな悲鳴を上げた。彼は抱えている銀色のケースをぎゅっと抱きしめる。黒い手袋を嵌めた手が震えた。

「し、死は覚悟してきました……大丈夫です……」

「私たちは全然死ぬつもりがないんですけど。巻きこみやめてください」

「あなたがたは逃げることもできます、私を置いていけば――」

「いや、見逃されないと思うぞ。殺すならまとめてだろう」

「そんな！」

悲痛な声を上げる青年を無視して、ティナーシャは身を捩《よじ》って後ろを振り返る。

黒い車が二台、猛然と追い上げてくる。彼女に車種の区別はあまりつかないが、彼女たちが乗るバンとは性能が雲泥の差だろう。たちまち距離が縮まっていく。

向こうの運転席が見えるようになったくらいのところで、相手の助手席にいる男が窓を開けた。身を乗り出し、先を行く青いバンへと銃口を向けてくる。

「撃ってきます」

「そうか、さすがに避けられないな」

緊張感のない夫婦の会話に、後部座席の青年は「ヒィ」と短い悲鳴を上げて頭を伏せた。

だが、そのまま銃弾はどこに当たった様子もない。平然と走り続けている車に気づいて、青年は恐る恐る問うた。

「う、撃ってこないのですか？」

「いいえ、絶賛撃ってます。銃声ががたがた道で聞こえないだけ」

「え!?　でも……」

「この車、古いけどお気に入りなんですよ。だから傷つけられたくないなって。防いでます」

面白くもなさそうに言うティナーシャの言葉の意味が、青年には分からない。ただ少しだけ冷静になったのか、彼はミラーに映る運転席の男に言った。

「あなたたちが評判のいい運び屋というのは、本当なんですね」

「おかげさまでいい仕事になってる」

名前のない鉱山町を出発してから二年。

彼ら二人は車で各町を回りながら、今では「運び屋」として仕事もしている。人や物を送り届けるだけの仕事だが、行ったことのある街が届け先ならいざとなれば転移が使えるし、そうでないなら新しい転移座標が取得できる。大陸の調査をしていくのにちょうどいい仕事だ。

現在、この大陸は緩やかに国境線が動いている。王を戴《いただ》く国はほとんど残っておらず、政府同士の折衝で同盟が組まれたり敵対関係になったりしている。数カ国を巻きこんだ大きな戦争は起きていないが、小競り合いはいつもどこかで起きている——そんな状況だ。

外部者の呪具はまだ見つかっていないが、聞きこみしやすいと言えばしやすい。この大陸は魔法を活用していないので「何か不思議な現象に心当たりはないか」と聞いて魔法と混同されることがない。その分、魔法でも呪具でもない不思議な事件に行き当たることはたまにある。よくよく調べてみればちゃんと正体は分かるのだが、そういうことを繰り返しているうちにいつの間にか「面倒事をこなせる運び屋」という評判がどこかの業界に流れてしまったようだ。

今運んでいる「名乗らない青年と銀色のケース」もそんな一つで、彼をセネージ公国の指定の場所に送り届けるのが今回の仕事だ。多額の報酬が約束されているが、金額から言って襲撃を受けるだろうことは予想できた。

バックミラーを見ていたオスカーが妻に言う。

「ティナーシャ、対装甲車用のランチャーを出してきたぞ」

「えええー」

不満そうな女の声に、後部座席の青年は再び縮こまる。

「も、もう駄目だ……」

「いや、駄目じゃないですよ。駄目にしないでください。ただ単に、そういうものを使われると『射撃の腕が下手だったんだな』で誤魔化せなくなるので――」

言いながら彼女は開いたままの窓から身を乗り出す。ちょうど小さな白煙を上げて砲弾が撃ち出されるのが見えた。魔女は小さく口を開く。

「爆《は》ぜろ」

紡錘形《ぼうすいけい》の砲弾が、空中で小さな光る壁に衝突する。

次の瞬間、砲弾はその場で爆発した。走ってきた一台目の車は避けきれず小さな爆発にのみこまれる。二台目は燃え上がる炎を避けようとして、けれどそこでティナーシャは更に指を弾いた。

「逸れろ」

二台目の車が、見えない力でぐるんと左に回される。運転手は悲鳴を上げ、なすすべなくそのまま炎の中につっこんだ。

燃え上がる二台の車は、まもなく燃料に引火したのか派手な火柱を上げて爆発した。

ティナーシャはそこまでを窓に座ったまま眺めていたが、他に追手がいないと分かると助手席に座り直す。

「ああいう火器を出されると誤魔化せなくなるから、殺すしかなくなっちゃうんですよね」

窓辺に頬杖をついて言う女は最初から最後まで表情を崩さないままだ。

後部座席の青年は恐怖を以て彼女を見つめる。

「あなたは一体……」

「ああ、貴方も後で記憶を弄らせてもらいます。貴方みたいな国家官僚に言うのはなんですが……余計なことは知らない方が、長生きできるものですよ」

魔女はそして、ダッシュボードを開けて飴《あめ》を一つ取り出すと、それを口の中に放りこんだ。

そもそも二人は、最初から運び屋を生業にしようとしていたわけではない。

ただ車で旅をしていたところ「次の行く先である町に届け物をして欲しい」という頼まれごとを引き受けた。それを叶《かな》えたところ、今度は「隣町に乗せて行って欲しい」という依頼を受け、次第に「無実の罪を着せられて追われているから国外脱出したい」という案件やら「中を見ないでこの箱を指定の場所に」などと怪しい話が増えてきた。もちろんオスカーが精査して分かるような悪事や犯罪は断っているし、逆に依頼人を粉砕したこともあるが、それでも評判はどこかで広がり続けているようだ。拠点の留守番電話には常にいくつかの依頼が吹きこまれている。

「この仕事が終わったら洗車したいですね」

がたがた道を越えて、セネージ公国に向かう古い舗装路、林の中を延びる一本道に入るとティナーシャは呟く。

知人から買ったこの車は、今や彼女のお気に入りだ。調子が悪くなれば部品を変え、禿《は》げた外装は塗り直し、丁寧に磨いて使っている。そういうことをするのが好きらしい。

「そろそろ着くぞ。建国記念日で通行止めが多いから迂回《うかい》しないとならなかったが」

「お祭りですか。ちょっと見てみたいです」

楽しげに言う彼女の横顔を、オスカーはちらりと盗み見る。

単にその言葉がずっと昔の記憶を思い出させたからだ。塔に棲む魔女に自国の祝祭を案内した時のことが蘇る。あの時彼女は少女のように、賑《にぎ》わう光景に目を輝かせていた。

ファルサスの青い空に色とりどりの紙吹雪が舞い散り、楽団の音楽が聞こえてくる風景。魔女はそれを無垢《むく》な目で見上げていた。実年齢からするとあまりにも純真なその目は、彼女が少女らしい時代を過ごせなかったせいだと、後で知った。

あれから七百年が過ぎた今、彼女はまた少女のような目で行き過ぎる景色を見ている。おそらく、これが彼女の核たる部分なのだ。透き通って清冽《せいれつ》な月の光のようだ。

「あ、畑だ」

林を抜けると、道の先に葡萄《ぶどう》畑が見えてくる。整然と並ぶそれらは丁寧に手が入れられていることが分かる。ずっと押し黙っていた後部座席の青年が口を開いた。

「セネージ公国は葡萄酒の生産が盛んなのです。建国時から長い歴史があります」

「ああ、そう言えば初代大公に嫁いだ大公妃が祖国から苗木を持ってきたと読んだことがあるな」

「ええ。大公妃様の祖国であるティヨン国とセネージ公国は、そこから始まって今もよき友人同士であります」

車は葡萄畑の中を走っていく。左右の畑に人はいない。祭りの日だからだろうか。青年はそれきりまた黙りこむ。地図を見ていたティナーシャが道の先を指差した。

「畑を抜けたところで左に曲がってください」

「分かった」

燃料にも余裕がある。青年を目的地に置いたら宿を探して夕飯が食べられそうだ。

オスカーは窓からの風に髪を揺らしながら、ティナーシャの案内で何度か道を曲がる。やがて道の左右から緑が減り、代わりに赤や黄色の木造の建物が増えてくる。

歴史ある田舎町の隅にある邸宅。そこが今回の目的地だ。

「わあ、お祭りだ！」

町の中心部を通る道路は通行止めだ。そこを横に迂回する時に、子供たちが仮装パレードをしているのが見えた。楽団の軽やかな音楽が聞こえてくる。揃いの白と赤の服を着た少女たちが、円形のスカートを翻して踊っていた。窓から窓へ渡された旗がたなびく。

「あの祭りの衣裳《いしょう》いいな。後で売っていないか見に行くか」

「それ私に着せようとしてますよね。今は衣裳部屋ないんですけど」

「貸倉庫でも借りようかなと思ってる」

のんきな会話を交わしながら、オスカーはハンドルを切る。緩く弧を描く細い道を進む。目的の邸宅は町外れだ。後部座席の青年が緊張に息をのむ気配がした。そして——

ドン、と鈍い爆発音が響く。

晴れた空気が震える。遅れて軽い地響きが伝わってきた。

ティナーシャが助手席で闇色の目をまん丸にする。

「なんですか、今の。花火ですか？」

「いや……」

オスカーは車を減速させる。ちょうどカーブの先で建物が途切れ、目的地である邸宅が見える。

生垣に囲まれた瀟洒《しょうしゃ》な邸宅であっただろう場所。

そこは今、大きく火の手を上げて燃え盛っていた。

「さて、どうする？」

バックミラー越しにではなく、運転席に肘を乗せてオスカーは後ろを振り返る。

後部座席の青年は完全に顔色を失くして、遠く燃え上がる屋敷を見つめていた。

※

彼が生まれた場所は、湖の畔《ほとり》にある小さな町だった。

特別なところは何もなかった。ただ鏡のような青い水面の向こうに、連なる緑の山が見える景色が好きだった。時々旅人が来ては、この景色を描いていった。彼の生家にも誰が描いたのか同じ景色の一枚がある。

ティヨンは富んだ国ではない。小さな国で、ほとんどの街は昔ながらの様相を呈している。彼の生まれた町に届くよう電波局ができたのはつい最近だ。

大学進学で王都に出た時はどんな都会なのかと期待もしたが、実際の王都は古い街並みに蓄積された歴史と、人から人へ伝えられる職人技術を大切に保つ、世界から見れば本当に小さな街だった。

王を戴く国は、今の大陸にはほとんど残っていない。

古いやり方なのだと、世界情勢を見れば分かる。刻一刻と変わっていく外界に比べて、自分の国はのんびりとした速度で動いている。

けれど、そのことに気づく頃には自分の国が好きになっていた。

もっと言うならずっと昔から祖国を愛していたのかもしれない。あの湖と山を望む景色が、いつまでもそのままであればいいと願う。

ただそれだけだ。それだけの思いで彼は学問を修め、王と国に仕える官僚になった。

主君は彼と同じ、国を愛する穏やかな人間だった。皆がそうして同じものを大事に守りながら生きていくのだと思っていた。

だが、国の外はどんどん移り変わっていく。まるで濁流だ。彼の愛する国は、濁流の中に残る頼りなげな草だ。いつかは耐えきれず流されてしまうだろう。

だとしてもそれができるだけ先の話であればいいと、そして変わってもなお残るものがあればいいと思っている。だから、命を賭ける任務と分かって引き受けたのだ。

それで自分が死んでも、誰かがあの湖と森を見られるなら構わない。

そう、覚悟していたつもりだった。

※

運び屋の仕事は大陸を転々と移動していくものだが、仕事の合間には彼らは自分たちの家に戻る。

今までの他の大陸と異なるのは、その家を二人は数カ所持っているということだ。

ある都市では集合住宅の一室を、ある街では古い空き家を借りて、時々帰って骨休めをしている。

複数あるのは危険な仕事を引き受けることもある以上、隠れ家として使っているからだ。

そんな隠れ家の一つ、使われなくなった牧場跡に建つ一軒家に二人は予定を変更して帰ってきていた。

ティナーシャは庭に停《と》めたバンにホースで水をかけている。洗車をする彼女は半袖短パンという身軽な格好だ。長い髪を後ろの高い位置で一つに縛っている様は、体の細さもあって遠目からは少女と見間違える。手伝いを申し出て断られたオスカーは、家の前に木の揺り椅子を出してお茶を飲んでいた。妻が楽しそうに洗車している姿を見ながら、途中で買ってきた新聞を捲る。

「派手に燃えていたが、記事にはなってないな」

それを聞いて、傍に立ったままの青年がびくりと震える。届け場所である邸宅が燃えているのを見た昨日から、青年はほとんど口を利かない。食事も取らず、眠れていないのか目の下には色濃い隈《くま》が浮き出ていた。

オスカーは新聞を広げながら青年に問う。

「ティヨンに戻るか？　それともどこか別の国に逃げるか？」

今回の依頼を受けたのは、ティヨン国においてだ。書類ケースを抱えた青年をセネージ公国の邸宅まで送り届けるというだけの依頼で、青年が誰なのか書類ケースの中身が何なのかも教えられていない。「詮索するな」という指示だ。

それでもオスカーは、青年がティヨン国の若き官僚であることを調べていたし、ケースの中身も薄々察しがついている。ティヨンは今、台頭している新興国二つに挟まれ苦しい立場にある。秘密裏に国内の反王家派への援助なども行われているようで、内政干渉すれすれの状況だという噂《うわさ》だ。この苦境を越えるために、近しい状況にあるセネージ公国と連携を取りたいという考えなのだろう。

青年はびくりと震える。

「あ、あなた方は、どこまで分かって……」

「どこまでと言われてもな。最初からお前と俺たちは捨て駒の囮《おとり》だったというくらいか？　こんな怪しい運び屋と若い官僚に、国交の重要事を任せるとは思えないからな」

「し、知っていたならどうして引き受けたんですか！　途中で僕と一緒に死ぬ可能性だってあったんですよ!?」

「俺たちは生半可なことじゃ死なないからな」

苦笑するオスカーに、青年は慄いた顔になる。追手を異様なやり方で撃退したことを思い出したのだろう。青年はティナーシャを視界に入れぬようにして問う。

「彼女は何者なんです」

「俺の妻だ。と言ってても答えになってないな。あれが使っているのはエギューラだ」

「エギューラ？　あの生まれつきの病の原因ですか？」

「そう。エギューラは使いようによっては変わったこともできる。とは言え、妻みたいなことができる人間は稀少だ。絶滅しかけた生き物と思ってくれればいい」

正確には「この大陸には他にいない」のだが、稀少性に関しては間違っていない。ついでなので
オスカーは重ねて問う。

「ちなみに、ああいう不思議なことができるものを俺たちは探しているんだが、何か知らないか？

人でも道具でもいい。今の技術では不可能だったり原因不明な現象があったら教えて欲しい」

「不思議と言われても……」

話題の転換に、青年は恐れる気を削《そ》がれたのか首を傾げる。彼はしばらく考えこんでいたが、ふ
と何かを思い出したのか口を押さえた。

「そう言えば、幼年学校の校舎に白い彫像がありました。子供の彫像なんですが、生徒に死人が出
る時に涙を流すと言われていて――」

「それただの怪談じゃないですか」

「うわっ！」

いつの間にか背後に立っていたティナーシャに、青年は声を上げて飛び退《との》く。洗車用のブラシを
手にした魔女は、呆れ顔で彼を見た。

「それで、実際泣いたりしてたんですか？」

「な、泣いてない、けど、涙の跡が残っていて……」

「子供は怖がりそうな話ですね」

それだけ言ってティナーシャは洗車に戻っていく。興味ある話題に気づいて聞きにきただけらし

い。青年は「何なんだ……」とぼやいた。

「気にしないでくれ。あれは挙動が猫なんだ」

試しに聞いてみたが、おそらく外部者の呪具ではない、と思う。どこの学校か念のため聞いてみたいが、自分の名前も名乗らない青年だ。おそらく教えてくれないだろう。

オスカーはざっと目を通し終わった新聞を畳む。

「それで、どうする？　これで仕事が終わりだというなら俺たちは休暇に入るが。せっかく拾った命だ。無駄にすることもないだろう。どの国でだって多くを望まなければ生きていける」

青年はそれを聞いて唇を噛み締める。

彼には彼で思うところがあるのだろうが、依頼の前金はもらっている。新しい町の転移座標も取れた。オスカーとしては充分な結果だ。

あとは青年の意志次第だ。彼は戸惑いの視線をさまよわせるとまた押し黙った。

風のない晴れた日、ティナーシャはブラシで車の泥汚れを落としている。

やがて彼女が一通りを洗い流し、濡れた車体を拭き上げ始めた頃、青年はようやく口を開いた。

「時代が今まさに変わっていっていることには気づいているんです。ティヨンが古い在り方の国で、今のままではいられないのだということも」

うつむく青年は黒い手袋を嵌めた両拳を固く握っている。その拳が軽く震えているのにオスカーは気づいて、けれど何も言わなかった。

「でも変わらないといけないのだとしても、それは無遠慮な内政干渉によってなされるものではないと……僕は思っています。変えるなら僕たち自身の手で変えなければ」

訥々《とつとつ》と語られる言葉は、若さゆえの理想に寄り過ぎたものなのかもしれない。

けれどその気持ちはよく分かる。祖国を愛し、国のために何かをしたいという感情、祖国を踏《ふ》み躙《にじ》られたくないという思いだ。

「ティヨンに圧力をかけているのは、どちらも南部諸国連合に属している新興国だったか」

「ええ。名目上は二国ですが、同じ人間たちが動かしています。ミッド・ラダフィールの一派です」

「南部諸国連合樹立の立役者か」

ミッド・ラダフィールは一兵卒から成りあがった軍人だ。作戦指揮が巧みで、カリスマ性があり、祖国の軍備の近代化をあっという間に進めると、民衆からの支持を得て軍事政権を樹立した。その後は周辺諸国にも同志を増やし、同じように各国の古い体制を塗り替えて南部諸国連合を築いた。今現在、大陸で十本の指に入る勢いの権力者だろう。

「ラダフィールは表の軍事力と裏の人脈で勢力を広げています。古く小さい国など、彼が本気になれば容易く変質してしまうでしょう。ですが、そうして変わってしまった国がどこまで長続きするというのか。今は熱狂している人々が、やがては苦しむ日が来る気がしてならないのです」

「それはまあ……そうだろうな」

未来を憂える青年を、オスカーはあっさり肯定する。

現在の大陸情勢で彼が把握できているのは報道されている程度のことだけだが、そうして得られた情報だけでもラダフィールが「軍事力と、聞こえの良《い》い言葉で支配圏を広げていくことに特化している」と分かる。

彼の支配下に置かれた国が、その後安定して富んでいけるかというと難しいだろう。現在、南部諸国連合は勢いを増しているが、その勢いは連合外の地域を圧《あっ》して得たものだ。連合に加わる国が増えれば、皆が同じように恩恵を受けられなくなることは明らかだ。

だがラダフィールとその周囲の人間は、人々にそうと分からせないように振舞っている。その上で、子飼いの人間を次々各国に増やしていっている。目指している先は独裁者だろうか。

青年は、オスカーの同意に肩透かしを食らったような顔になったが、我に返ると表情を曇らせる。

「ティヨンには南部諸国連合と敵対するほどの力はありません。ですが、騙され併呑《へいどん》されるのは避けたい……セネージ公国と同盟を組めば、今しばらくは独立も保てるはずです」

それはどうだろうか、とオスカーは思うが口には出さない。

ティヨンもセネージ公国も、共に君主制で軍事の近代化が行き届いていない国だ。戦争にもなれば南部諸国連合にあっさりと蹂躙《じゅうりん》されてしまうだろう。ただそこまでして支配するうまみが両国にないことも事実だ。上手く立ち回れば当面の間は放置されるかもしれない。

青年は、苦渋の滲《にじ》む声で零す。

「ですから……やはり僕は行かなければならないのです」

「国に戻るのか？」

「いえ、セネージ公国に」

青年は持っていたままの書類ケースを開ける。銀色のケースの中身は空っぽだ。それは最初から分かっていたことだった。青年は己の胸を叩く。

「僕は囮ですが、本物でもあります。祖国ティヨンがセネージ公国に向かわせた使者は全部で七人。全員が囮で本物です。誰か一人が生きて辿りつければいい。僕たちは、セネージ公国の重大な危機に関わる情報を持っています」

空のケースを捨て、迷いを捨てた目で。

青年はオスカーに希《こいねが》う。

「だから、改めて依頼します。僕の名前はエド・ヴァンレ。僕をどうかセネージ公国の宰相家のところへ連れて行ってください」

懸命で、苦痛をのみこんでひたむきな。

それはまぎれもなく、今を生きる人間からの依頼だった。


「連続型の依頼になりましたね」

車を洗い終わったティナーシャは、庭でカップアイスを食べながらそう言った。

若きエドは、気を張って宣言した反動で疲労が来たのか、倒れこむように気を失ってしまった。二日ほどほとんど眠れていなかったせいもあるだろう。そんな彼を客室に置いて戻ってきたオスカーは、妻の言葉に笑い出す。

「で、どうする？　返事はまだしていないが」

「え。受けるんですよね？」

「受けるつもりでいるが。お前が反対するなら考えるぞ」

「反対しませんよ。だって彼、エドなんでしょう？」

二人の愛車の前の持ち主である老人。その彼と同じ名前だというだけで、ティナーシャには充分な理由なのだろう。彼女は小さなスプーンでアイスを頬張る。

「それに、彼は粘るだろうなって予想できてましたし。一度命を捨てる覚悟をしてましたからね。もう今は余生なんでしょう」

「余生って。無茶苦茶言うなお前」

単語の選択が違うのでは、と一瞬思ったが、今は二人だけとあって魔法大陸の共通言語で話している。間違いようがない。

ティナーシャは食べ終わったアイスを消すと、細い腰に手を当てて磨き上げた車体を眺める。

「目的地はどこなんですか？」

「セネージ公国の首都だ。その省庁ビルの一つに宰相家の人間が詰めているらしい」

「宰相家でいいんですか？　大公家じゃなくて？」

妻が不思議そうに見上げてくるのを見て、オスカーは思わず噴き出す。彼女がそう言うのは、夫も自分も「王が国の最高決定機関であり実務もしている」という王権が非常に強力な時代の出身だからだ。彼は妻の小さな頭をくりくりと撫でた。

「宰相家は大公家の傍流なんだそうだ。実務に才がある人間を別の家に分けた、という感じらしい。

権威と実務を二分したんだろうな。実際、大公家は公務に出ても安全のためか顔を見せないが、代わりに宰相家の方は前面に出て実務をしてる」

「その実務の方の担当者に直訴ですか。なるほどなるほど。でもセネージ公国の首都までは問題なくいっても五日くらいかかっちゃいますけど、大丈夫そうですか？　急ぎの情報なんでしょう？」

目的地であった邸宅もセネージ公国内ではあったが、国境にほど近い町にあった。

だが今は国外に退いてきてしまっているし、セネージ公国の首都は国土の中央にある。いくら小さな国とは言え、今から向かうにはそこそこ日数がいる。

当然の確認に、オスカーは苦笑した。

「急いではいるが、明確な期限があるわけでもないそうだ」

エド自身が遠慮がちにそう言っていた。無茶な案件に夫婦を巻きこむのだという自覚があるのだろう。ティナーシャは大きな目をしばたたかせる。

「でも早い方がいいんでしょう？」

「それはそうだな。だから、横紙破りを頼めるか？」

「貴方の望みなら何でも」

ティナーシャは両手を広げると夫の首に飛びついてくる。オスカーはその体を抱き上げた。

「あ、でも、先にお風呂入らせてくださいね！　そのためにここを選んだんですから！」

「それくらいの時間はあるから大丈夫だ。俺は装備をそろえておく。あ、でも寝るなよ。移動中に寝られるから我慢しろ。もし寝てたら勝手に運ぶからな」

「……善処します」

強張った笑顔を見せる妻をオスカーは玄関先に下ろすと、家の裏手に回る。生い茂る草を掻き分け、土の中に半ば埋もれた鉄の取っ手を摑んだ。それを彼が引き上げると、土の中にぽっかりと地下への階段が現れる。

オスカーは隠し扉を閉まらないように支柱で支えると、真っ暗な階段を降りていく。最後の一段を降りたところにある鉄扉を開けると、手探りで壁の電灯をつけた。

ぱっと照らされた室内は、言ってしまえば小さな武器庫だ。四方に備え付けられた棚には、各地で少しずつ買い揃えた銃火器がずらりと並べられている。手の中に収まるような短銃から、先日撃ちこまれた対装甲車用のランチャーまで。個人で扱える武器は一通りそろっている。

これら武器を集め始めた当初、ティナーシャは「貴方が銃で戦うんですか？」と不思議そうな顔をしたが、この大陸で長剣を扱うとかなり目立つ。調査が長期間になればなるほどそれは不利になる。現地に合わせた様式が無難だ。

そんなわけでオスカーは一通り手に入れられるものは手に入れて、扱い方を身につけたのだが、ティナーシャの方はまるで駄目だった。特に銃は駄目だ。とんでもない方に弾が飛ぶ。昔から弓も苦手だったので、魔法以外の遠距離攻撃が苦手なのだろう。だから彼女は今でも魔法を使う。

「期せずして俺だけ人間の戦い方に合わせるようになった形だな」

オスカーは苦笑しながら空の武器ケースを取ると、その中に一つ一つ銃を選んで入れていく。

そうして準備を終えた翌日、三人はセネージ公国の首都にほど近い場所を移動していた。

※

「い、一体どうなっているんですか……」

運転席の後ろ、後部座席に座るエドは銀色のケースを抱えている。それは昨日までの空のケースではなく、武器が収められたものだ。彼は窓の外を流れる景色を倦いた顔で眺める。

そこから見えるものは、幹線道路を挟む山間の景色だ。

首都に向かうバイパスとあって、さすがに小国でも整備が行き届いている。出せる速度のぎりぎりの速さで車を走らせながら、オスカーは返した。

「どうなってるも何も。セネージ公国の首都に向かっている」

「距離がおかしいです！　トンネルを越えたと思ったら急にこんな……」

「まあ、細かいことは気にするな」

単純に、トンネル内の退避場所で転移をしたのだが、その魔法を使った当の魔女は助手席を倒して眠っている。もっとも起きていても彼女は説明を面倒がるだろうからちょうどいい。

オスカーは前を向いたまま苦笑した。

「あまり気にしない方がいい。こういう仕事を受けているからな。色々裏技はあるわけだ」

「そうなんでしょうが……いえ、すみません。ありがとうございます」

気を取り直したのかエドは前を向き直す。柔軟性の高さか割り切りの良さか、どちらにしても話が早くてありがたい。

高速走行用のバイパスは、車間も適度に開いていて悠々と走れる。この分なら夕方には首都に入れるだろう。

「他の使者はどうなったのか分かるか？」

「いえ、分かりません。知らされませんでした。誰か一人でも辿りついていればよいのですが」

「妨害をかけてきているのはラダフィールの一派か」

「おそらくは」

ティヨンとセネージ公国の間には東西に延びる小国があるが、その国は南部諸国連合の庇護下にあり、先日襲撃を受けた場所もその国の領内だった。使者の情報が洩《も》れているのだろう。この分だと他の六人の安否も危うい。他の人員についての情報が与えられなかったのは、万が一誰かが捕まって拷問を受けた際、情報を漏らさないようにだ。

緑の道路標識が見えてくる。首都までは約三十分ほどだ。

「さすがに他国の首都内で派手な襲撃はかけられないだろうから、そこに入るまでが勝負かな」

「恐ろしいことを言わないでください……。こんな謎めいたショートカットをしたのに追いつかれるなんてあるんですか」

「俺たちを追いかけられる人間はいないだろう。ただ定点で張っていれば別だ」

「そんな」

オスカーの言葉を証明するように、バイパスの先に赤い何かが見えてくる。

それが検問だと気づいたエドは呻《うめ》き声を上げた。助手席のティナーシャは眠ったままだ。

検問は道路を完全に封鎖して行っているようで、赤い整備員の作業服を着た数人の男たちが一台一台を止めて中を覗きこんでいるのが見えた。オスカーは減速しながら依頼人に尋ねる。

「全部撥《は》ね飛《と》ばして強行突破するという手段もあるが」

「や、やめてください！　セネージ公国と問題になってしまいます！」

「そうだな。聞いてみただけだ。一応車の外見は変えてあるしな」

こういう時のために、青いバンはラッピングで白に変えてある。車体の横には清掃業者のロゴが貼られていた。乗っている人間は清掃業者には見えないが、その辺りは誤魔化しようもあるだろう。

エドは銀色の武器ケースを抱きしめる。

「でももしこの中身を見られたら……」

「その時はその時ということで」

検問では道の脇に誘導され留められる車と、あっさり通過が許される車があるようだ。速度を緩めたバンが検問の最後尾に並んでまもなく、順番がやってきた。

赤い作業着の男が近づいてきて運転席の窓をコツコツと叩く。オスカーが窓を開けると、男はぶっきらぼうに言った。

「検問だ。中を改めさせてもらう」

「何を探す検問なんだ？」

物怖《ものお》じしない運転手の質問に男は鼻白んだようだ。それでも言い争うのが面倒なのか、投げやりに教えてくれる。

「反体制の過激派が首都に入りこもうとしていると通報があった。危険人物が乗っていないか確認するだけだ」

言いながら助手席を覗きこんだ男は、そこで寝ているティナーシャに気づいた。運転席側に顔を向けて目を閉じている彼女は、まだ安らかな寝息を立ててよく眠っている。検問にまったく気づいていない。男が眉を寄せた。

「この女……」

「一度寝ると起きないんだ。無理に起こすとぐったりして使い物にならなくなる」

「何だそりゃ。子供か？」

男は後部座席を一瞥する。息を詰めていたエドと目が合った。エドがびくりと身を固くするのを男は鼻で笑う。

「ふん、取って食われるわけでもないだろうが」

そう言って男は覗きこんでいた窓から体を引く。エドがほっと安堵した時、代わりに外から何かが差しこまれた。それが短銃であると気づいた時には既に、小さな銃口がオスカーのこめかみに当てられている。

「悪いな」

それだけの言葉で引き金を引く指に力が込められる。エドはそれを止めようと咄嗟に身を乗り出した。

続いて聞こえたものは、軽い銃声と男の悲鳴だ。

「ぐあっ」

蹴り開けられたドアに弾き飛ばされ、男は路面に転がる。その間にオスカーは開けたドアから外に出た。ついでのようにエドに言い残す。

「やはりまともな検問じゃなかったか。外に出るなよ。すぐ済ませる」

「え、でも武器は……」

エドは抱えたままのケースを示したが、オスカーはもう彼を見ていなかった。

起き上がろうとする作業服姿の男を蹴り上げて昏倒《こんとう》させると銃を取り上げる。異変に気づいた他の作業員が振り返るより先に、その足を撃ち抜いた。

「なんだ!?」

他の車を止めていた男の肩が銃弾を受けて跳ねる。

立て続けに軽い銃声が鳴る。場が一瞬で騒然となった。

「お、おい！　ふざけんな！」

「始末していい！　誰か止めろ！」

外で響く怒声のせいか助手席のティナーシャが身じろぎする。エドは急いで彼女の肩を揺すった。

「お、起きてください！　大変です！」

「……う」

「起こさなくていいぞ」

買い物帰りのような気軽さで、ドアを開けてオスカーが戻ってくる。

まったく何事もなかった様子で車を発進させる男に、エドはぽかんと口を開けた。

「大丈夫だったんですか……？」

「あれくらいなら平気だ。それより急ぐぞ。この一件で確実に追手が来る」

今は向こうも油断していて一蹴できたが、次は戦闘を主目的にした人間が来るだろう。オスカーは遠ざかる検問をバックミラーで見ながら、隣で寝ている妻の頭を撫でる。

エドが両手で自分の顔を覆った。

「ぼ、僕の顔が割れていたんでしょうか」

「かもしれないし、車で気づかれたのかもしれない。大穴としてはティナーシャだな。こいつの外見は特殊だから、高く売れそうでよく揉め事《もごと》になる」

「はは……命知らずですね」

強張った笑いを見せるエドは、ティナーシャの外見より恐ろしさの方が第一印象に来ているようだ。ただ乾いた笑いを漏らした分、いくらか落ち着きもしたらしい。エドは真っ直ぐに延びる道の先、見えてくる首都の高層ビル群に視線を定める。

「訛《なま》りから言って彼らは南部諸国連合の手の者でしょう。ただここに検問があったということは、まだ誰も使者が到達できていないようです。なら僕は、何としても行きつかなければ」

自らを奮い立たせる言葉にオスカーは微苦笑すると、更にスピードを上げた。

「安心しろ。今日の夜には全部終わっている。それまでの辛抱だ」

「終わったら、次はぜひティヨンに来てください。地元の人間しか知らない景色があるんです」

「そうだな。ちょうどこれが終わったら休暇を入れようと思っていた」

大抵のことは、逸脱者二人にとって障害にもならない。

ただ彼らは人の歴史を動かすことはできない。依頼人を送り届けることはできるが、肝心なのはその先だ。エドはそれを分かっているのだろう。何度も固く黒い手袋を嵌めた拳を握り直す。

そうしているうちに、古いバンはセネージ公国の首都、セージへと入っていた。


首都セージは、セネージ公国でもっとも近代化された街だ。

大公家が住む城がある郊外は昔のままの趣を残しているが、省庁が集まる中央部は旧来の城下町を潰してかなりの広さを取られ、聳え立つビル群が整然と並んでいる。

中央区は川で囲まれており、それら川を越えた外周の商業区は、国内の名だたる企業がビルを構え、華やかな劇場や商業施設と混ざり合って、小さな国の経済を動かしていた。商業区は歴史ある建物を各所に点々と面影を残しながらも、すっかり区画整理された街へと変質している。幅広の道路が縦横に整備され、車の行き来も多い。

人が住んでいるのは商業区の更に外側のほんのわずかな区域だけで、古い建造物が多い旧市街は、昔ながらの石畳の細い路地が入り組んでいた。

そんな入り組んだ道を、青い小さなバンは走っていく。偽装のためのラッピングは首都に入る前に剝がした。今のバンは、青空を切り取ったような明るい色だ。古い街並みによく映える。

カーブが多い道は対向車とすれ違うのも難しい狭さだが、小さなバンは歩行者や自転車を避けてすいすいと進んでいく。助手席では目が覚めたティナーシャがぼんやりと窓に頰杖をついて、新旧入り混じる街並みを眺めていた。

「うー……ねむい……」

「お前、昨日からさすがに寝すぎじゃないか？　仕事なんだから起きてろ」

「なんかすごくだるっと眠いんですよね……この国、眠くなる電磁波とか出てるんじゃないですか」

「俺は眠くない。起きろ起きろ」

「うう……」

ティナーシャは自分の頰をぺしぺしと叩くと、小さな欠伸をする。

「追手が来ませんね。諦めたのかな」

「諦めてはないだろう。ただ向こうにとってここは他国の首都だからな。あんまり無茶もできないんじゃないか？」

「無茶されてこの街並みが壊れたら気の毒ですしね。石造りだったら私が直せなくもないですけど、そういう問題じゃないでしょうしね」

緊張感のない夫婦の会話に、エドもそろそろ慣れてきたのだろう。肩の力が抜けた様子で返す。

「セネージ公国にも色々な人間がいます。古い体制をそのまま継承したい一派と、他国のように開発を推し進めたい一派と……後者は他国の企業の誘致や移民に積極的です。一方旧体制派はそのような他国からの流入によって国民の生活が変質してしまうことを危ぶんでいます。この二派の対立はティヨンよりもよほど深刻です」

「と言っても君主制だろう。上の方針はどうなんだ？」

「中立です。両輪欠くことなく国民を守る、という感じですね」

「無難ですね。どちらか極端に動けば相応の問題が出るでしょうし。よっぽど現状に問題があるのでなければ、時代の流れに合わせて少しずつ国内を変えていくのが一番でしょう」

そう言う妻の声が普段よりも不透明なものに聞こえて、オスカーは助手席を見やる。遠くを見る闇色の目に、彼は遥か昔の記憶を思い起こす。

――彼女のかつての祖国も、そうやって二派に分かれて争っていたのだ。

国交を開くか、孤高の魔法大国のままでいるか。

悲劇を生んだのは、その国が「王の絶対的な強さによって治められる国」だったことだ。結果として、女王になるはずだった彼女は魔女になり、国は一夜にして滅んだ。

魔法のないセネージ公国はそのような事態にならないだろうが、ティナーシャとしては思うところがあるのかもしれない。

彼女はすぐに夫の視線に気づくと、愛らしい笑顔を向けてきた。オスカーはふわりとその頭を撫でる。

「宰相家に会いに行くという話だが、誰に会うか決めているのか？」

「候補は二人います。現当主のバルナベ・オーリク侯爵か、その息子のマルク・オーリクです」

「バルナベ・オーリクは知ってるな。公国の実質的な指導者だろう」

セネージ公国のニュースで名が挙がるのは、基本的に大公家の人間とバルナベ・オーリクだけだ。宰相家が大公家の傍系とは知らなかったが、古い小国を動かす辣腕を見るだに、血筋も合わせて考えると国内でもっとも発言力があるのは彼ではないだろうか。

だがエドは軽くかぶりを振る。

「それが、バルナベ・オーリク侯爵は確かに今でも強権を持っていますが、ティヨンが得た情報では昨年から息子にほとんどの実務を任せているという話なのです」

「代替わりですか。バルナベ・オーリクってまだ結構若かった気がしますけど」

「はい。オーリク侯は四十歳、息子は十三歳です」

「え」

ティナーシャが頬杖から顔をずり落ちさせる。オスカーもさすがに意表を突かれた。

「十三歳は……早いな。よっぽど英才教育がなされているのか？」

「王剣を継がなきゃいけないから代替わりが早い面白国とかですか？」

「お前、ファルサスのことをそんな風に思っていたのか……」

夫婦の脱線会話は、エドには半分しか意味が分からなかっただろうが、彼は律儀に教えてくれる。

「英才教育はされていると思います。オーリク家の人間は代々大公家に仕えるために育てられますから。エヴリーヌ公女が五歳下の八歳で、今年から公務に参加なさるようになったので、主君である彼女に合わせてマルク・オーリクも実務を継いだのかもしれません」

「そういうこともあるのか。いや、その事情を聞いても若すぎる気がするんだが」

十三歳の肩に、国は重過ぎる荷だ。それでも周囲の人間が支えてやるなら回していけるのだろうか。エドも同感なのか苦笑した。

「実は、宰相家には少し不思議な話があるんです」

「大公家じゃなくてか。どんな話なんだ?」

「お二人とも、オーリク侯の写真をご覧になったことはありますか?」

「ある」

「ありますー。黒い眼帯している人ですよね。軍人みたいな感じで」

新聞などに載るバルナベ・オーリクは、よく鍛えた体に軍服を着こみ、左目に眼帯をしているというものだ。なかなかに威圧的な外見で、大柄な体格は集合写真などでは一際目立つ。

「ええ。あの眼帯は怪我や病気でしているのではなく、色が違う瞳を隠すものなんだそうです」

「え。でも両目色が違うって、時々いませんか?」

ティナーシャが首を捻ったのも無理はない。極稀にではあるが、先天的、或いは後天的に左右の眼の色が異なる人間はいる。金目銀目とも呼ばれるそれは動物に多く人間では珍しいが、二人も長い旅路の中で、魔法によらずそうなっている者を見かけたことがある。

エドは頷きながらも続けた。

「そうなんですが、オーリク家の金目銀目はもっと特殊で『本来は黒目であるが、その時もっとも大公家に仕えるにふさわしい人間の左目が、大公家と同じ緑に染まる』んだそうです」

「何だそれは。急に怪しい話になったな」

「怪談第二弾ですね」

「……もっと神秘的な話だと思うのですが」

軽く肩を落とすエドに、ティナーシャは軽く手を振る。

「だってふさわしさで瞳の色が変わるって、ちょっと意味が分からないですよ。魔法でなら可能ですけど。単純に考えると何らかの手術で弄って色を変えてるんじゃないですか？」

「ティナーシャ、余計に闇が深い話になってるぞ。もっと簡易な方法なんじゃないか？　フィルムを張るとか」

「あの、お二人とも……そういう話ではなく……」

身も蓋もない考察はさておき、肝心なのはオーリク親子の話らしい。

エドはオーリク侯を模して、自分の左目を手で隠して見せる。

「この話はあくまで伝説ですが、確かに今まで宰相家の当主は、代々メディアには露出してきませんでした。これだけ表に出ているのはオーリク侯が初めてで、でも彼は最初の時からずっと眼帯をしています。怪我や病気の話は一切ないにもかかわらずです」

「それは面白いな。伝説通り緑に変わったのを見せたくないのか、それとも黒のままであるのを隠したいのか。……まあ、普通に考えたら後者だな」

瞳の色が忠誠心で変わる、などというより「伝説が偽りだとばらして求心力を失いたくない」という方がよほどありそうな話だ。実際の目の色を見せなければ、伝説を信じたい人間も否定する人間もそれぞれの考えを否定されずに済む。というか、当事者からすると他に方法がない。どうしてそんな伝説が生まれたかは分からないが迷惑な話だ。

ハンドルを切りながらそんなことを考えていたオスカーは、しかし続く話に困惑した。

エドは車内にもかかわらず、更に声を潜めて言う。

「それが、ここからが問題なんです。噂では十三歳のマルク・オーリクは、右目が黒で左目が緑の……つまり現状、もっとも大公家に仕えるにふさわしい人間なんだそうです」


マルク・オーリクの名は、セネージ公国の政情に詳しい人間であれば皆知っている。

だがその顔は、写真や映像共に露出していない。

国を支える宰相家の次期当主なのだから、安全を期すためには当然かもしれないが、信憑《しんぴょう》性の怪しい伝説と合わさった時、それは要らぬ憶測を生む、とオスカーは思う。

「おそらく話の順番としては、十二歳で実務を継ぎ始めたマルクがあまりにも若すぎるから理由が詮索されたんだろうな。それで『目の色が変わったからじゃないか』という話が持ち上がったとか」

「もしくは別の理由があって実務を任せ始めたけど、伝説の方が理由として通しやすいから手術か何かで目の色を変えさせた、ですね」

「どうしてお前はそう闇深い発想をするんだ」

「王侯貴族ってそういうものだという先入観ですかね……」

ティナーシャの冷めた視点はともかく世間話としては面白かった。真実はどうあれ、つまり十三歳のマルク・オーリクも父親と同じく「訴え出るにふさわしい重鎮」ということなのだろう。

二人の脱線を聞き流すことにしたらしいエドは、本題に戻る。

「父親のオーリク侯は内務省に詰めていて面会は難しいですが、マルク・オーリクであれば外務省を中心に各省庁を移動しているという話です。狙うならそこかと。本来、待ち合わせていた相手もオーリク親子に伝手《つて》があるという外務省の人間でした」

「当初の仲介を飛ばして直接本人に、という形か。いけそうだな。あの邸宅の火事が向こうにも伝わっているなら話が早い」

車外の景色は旧市街の街並みから徐々に新しいビルが増え始めている。首都内を大きく弧を描いて迂回している形だが、そろそろ中心部に近づきつつある。オスカーはバンを走らせながら、ちらちらと窓の外やミラーを見ていたが、不意に助手席の妻に言った。

「ティナーシャ、二輪を持ってこられるか？」

「できますよ。整備して倉庫に置いてありますし。すぐに動かせます」

「なら頼む。あ、ケースをこっちにくれ」

「は、はい！」

エドがケースを前に渡すなり、オスカーはすぐそこの角を右折したところ、人気のない路地でバンを停止させる。同時に逸脱者の二人ともが車から降りた。エドがどうしていいか分からず腰を浮かす間に、運転席側からティナーシャが再び車に乗りこんでくる。彼女は当然のように車を発進させた。

「え？　あ、あの人は……」

「別働です。追手がかかりましたから。ほら」

　ティナーシャが指さした窓の外を、赤い大型のモーターバイクがすり抜けていく。ショットガンホルダーがついているバイクは明らかに軍用を塗装したものだ。先の角を滑らかに左に曲がって消える男を、エドは唖然《あぜん》として見送った。

　ティナーシャは夫と反対に右折しながらぼやく。

「ナーク色にしたい、って言ったの私なのに、絶対後ろに乗せてくれないんですよね。転ぶと危ないからって」

「いや、そうじゃなくて。別行動で大丈夫なんですか!?」

「大丈夫大丈夫。私たちを行かせるための遊撃を引き受けてくれたんですから。追手の始末はあの人に任せて行きましょう」

　彼女の言葉を証明するように、断続的に銃声が聞こえてくる。

　バンはけれど、その銃声から遠ざかるように悠々と走りだし、省庁が集まる中央部へと向かっていった。

※

ラダフィール一派が追ってきているのだとしたら、他国の首都で大きな騒動は起こさないだろうと言っていたのだが、相手はなかなか自信家のようだ。派手な事件にせずに済ませられる確信があるのか、二台の黒い車で追ってきている。

「それともなりふり構っていられないか、だな」

エドが関わるセネージ公国の危機についての情報はどれほどのものなのか。オスカーは巧みにハンドルを操って、狭い道、人々の間をすり抜けていく。脇を走るバイクに驚いた人間たちが悲鳴を上げた。

「うおっ、なんだよ！」

「危ないだろ！」

非難の声に心の中で詫《わ》びながら、オスカーは先ほどまで走っていた大通りに戻る。

ちょうど黒い車が一台、ティナーシャたちのバンを追いかけて曲がろうとするのが見えた。

ショットガンを抜く。ハンドルから両手を離して構える。

一連の動作は素早く、淀みがない。そうなるように訓練して体に叩きこんだ。つまり常にやっていることと同じだ。

銃声は軽い。運転席の窓ガラスにヒビが入る。運転手がぎょっとしてオスカーに気づいた。

続いてもう一発。それはヒビの入った窓ガラスを割り砕き、運転手の肩に命中して爆ぜた。

本来なら防弾仕様のガラスだったのだろう。だがオスカーが扱っているのは、ティナーシャが一つ一つ魔法をかけて貫通力を増した、いわば魔女の弾丸だ。

跳弾もしない。二発も同じところに命中すれば対象を確実に破砕する。

「この大陸でもあいつは無茶苦茶だな……」

運転手の男は半ば弾き飛ばされるようにしてハンドルから手を離す。操作不能になった車が路地の壁を擦り上げながら停止した。近くで見ていた女性が悲鳴を上げる。

「よし次」

片手をハンドルに戻し、車体を大きく寝かせて旋回させる。

来た道の方へ素早く向き直ったその動きは、追ってきた二台目の黒い車にとって予想外だったのだろう。咄嗟にブレーキを踏む車のフロントガラスにオスカーは銃口を向ける。

立て続けに二発。砕け散るガラスに構わずその脇をすり抜ける。

すれ違いざまに見えた運転手は、工事現場の作業員のような格好だ。だが纏《まと》っている雰囲気からして、荒事を生業にしている人間だ。この分だと思っていたより追手は街中に入りこんでいるかもしれない。

「これは派手に立ち回って、できるだけこっちに引きつけるしかないか」

ティナーシャは、車の運転は好きだが、無茶な動きができるほどの技術はない。普通に走って行って普通に停まるだけだ。だから襲撃に遭ったなら必然的に魔法で反撃になるし、おそらくどうしようもない騒ぎになる。それを防ぐためにも、ある程度自分が対処しなければ。

振り返るも二台の車は停止したままで追ってくる様子はない。代わりにカーブする道の先に、巨大トレーラーが現れるのが見えた。道を塞いで停止するトレーラーの荷台から、武装した黒い戦闘服の男たちがぱらぱらと降りてくる。

避けられる隙間はない。素直に反転すれば銃撃のいい的になる。迷う隙もない。オスカーはショットガンをホルダーに戻すと、代わりに小さなナイフを抜いた。

ナイフを持つ肘から先が、真っ直ぐ綺麗な弧を描く。

投擲《とうてき》された薄刃が武装した男たちの只中に到達する——瞬間、暴力的な閃光《せんこう》が辺りを焼いた。

「ギャッ」

引《ひ》き攣《つ》るような悲鳴がいくつも重なる。それを聞きながら、オスカーは旋回すると手近な路地に入りこんだ。速度を落として通行人を避けながら、彼はぼやく。

「できるだけ魔法具は使いたくないんだが、仕方ないか」

魔法具作りの腕が上がったティナーシャは、この大陸で初めて見る武器の数々に感心したようだ。時々火器に似せた変な魔法武器を自作しているし、先ほどのナイフもそうだ。「閃光手榴弾《しゅりゅうだん》って便利ですけど狙ったところに投げられないんですよね。短剣ならちゃんと飛ぶのになー。短剣の形してた方が嬉しいなー」と言いながら作っていた。見かけと違う効果を発揮するので初見の人間はまず引っかかる。

ただ市街戦は街の人間に迷惑なので、ほどほどに離れた方がいいだろう。路地の先に川が見えてくると、オスカーは川に沿う形で進行方向を変える。

※

省庁ビルが集まる中央区は橋を越えた先にあった。

そこはもう整然と区画整理されたエリアで、一般の人間は用事もないため広い道路を走っている車は少ない。

「うー眠い……寝ても寝ても眠い……何これ……」

「起きてください……」

目を擦りながら運転しているティナーシャは、言われて欠伸をのみこむ。

「で、どこの省庁から強襲します？　三つのビルに分かれてるみたいですけど」

「い、いえ、もっと穏便に……外務省があるビルからでお願いします」

「了解です。はりきって行きましょう」

地図は頭に入っている。オスカーのおかげで追手も来ていない。ティナーシャは口で「きゅるきゅるきゅる」と言いながらハンドルを派手に切った。青いバンがおもちゃのような動きで後輪を滑らせながら右折する。

大きく揺られる後部座席から、エドが恐る恐る尋ねた。

「あの、運転できるんですか？」

「してるじゃないですか」

「そうじゃなくてもっと技術的なこととか……」

「運転好きなんですよ。でも一緒にいるとオスカーは私に運転させてくれないんですよね」

「それは……何故ですか」

「何ででしょう。雑だから？」

エドが絶望的な顔になるのが鏡越しに見えたが、今までぶつけたことはない。車全体に強固な物理結界を張ってあるからだ。

道の先に十五階建てのビルが見えてくる。高い塀に挟まれた門に警備兵が立っているのが見えた。

「よし、突っこみますか」

「いやそれはちょっと」

「冗談ですよ冗談。でもこのまま普通に行っても絶対通してもらえないんで、ちょっと小細工しませんとね」

「小細工って。嫌な予感しかしないんですが」

そろそろティナーシャの挙動に慣れてきたエドは、制止したそうな顔だ。

魔女は気づかぬふりで続ける。

「時間の猶予があれば精神を弄る方向性で行けたんですが、ないので物理でいきましょう」

「それってどういう意味――」

「定義せよ」

詠唱は、魔法大陸の共通言語でのものだ。だからエドには意味が分からない。

目指す門との間、何もない路上に複雑な魔法構成が生まれる。

「呼び、命ず。力よ、形成せよ」

この大陸にも魔力を持った人間が生まれるということは、神の意思によって人間に別位階の力が与えられているということだ。それを為すためにこの地にも神の意思を継ぐ楔がいるのだろう。だが楔は逸脱者と敵対するものではない。何事もなければ関わり合うこともない。その方がずっといい。先の大陸の一件で、確かにオスカーは忘れ得ぬ記憶を抱えこむことになったのだから。

「——疾《と》く、至れ」

構成から、渦巻く風が呼び出される。

それはまたたく間に小さな竜巻となって門へと向かい始めた。

警備兵たちが突然現れた竜巻にぎょっとするのが見える。同時にティナーシャはよたよたとハンドルを切ると、手近な歩道に乗り上げて停車させた。

「よし、行きますよ！」

「え、あ、はい！」

大分のみこみがよくなったエドは、ティナーシャに続いて車外に飛び出すと門へと走り出す。見ると竜巻は鉄門に接触し、それを捩《ね》じり上げていた。エドがぞっと青ざめる。

「あれ、人間が巻きこまれたら死にませんか」

「多分死にます。だから避けられる速度にしてあるので……突っこむ人は自殺志願者というか」

実際、警備兵たちもあわてて逃げ出したようだ。何に反応したのか警報ベルが鳴り響く。ビルの中からは新たな警備兵たちが姿を見せたが、彼らもどうしたらいいか分からないようだ。止められず遠巻きに見守る中、竜巻はそのまま手前に突き出たエントランス部分に到達すると、入口のガラス扉を粉々に割り砕いた。

門の手前まで来ていたティナーシャは、緊張感のない感想を口にする。

「あ、結構大惨事」

「門を破壊したあたりで既に大惨事だったと思います……」

「大変！　怪我人がいたら救助しないと！」

芝居がかった大声を上げてティナーシャはひしゃげた門の間を通り抜ける。通常ならこの時点で警報が鳴り警備兵が駆けつけてきたのだろうが、今はそれどころではない。

「避難だ！　中に知らせろ！」

一旦外に出てきた警備兵たちも半数があわてて中に戻っていく。竜巻は速度を落としながらもゆっくりエントランスを削ってビル本体に食いこみ始めた。

割れたガラス片が渦巻く風に乗って舞い上がる。強風で歪む景色の向こうに、警備兵に囲まれた誰かがエレベーターから降りてくるのが見えた。

「あれは……」

金髪の小柄な少年。顔は見えない。だがこのビルにいる要人の少年など一人しかいない。

ティナーシャはエドに目配せする。彼も同じ人間を見ていたのだろう。エドは混乱するロビー内を駆け出した。少年を取り囲む護衛が気づいて、エドを留めるように両手を広げる。

それに臆さずエドは、ずっと嵌めていた手袋を取りながら声を張った。

「オーリク卿《きょう》！　ティヨンから参りました！」

「ティヨン?」

少年が振り返る。その顔を見てティナーシャは目を丸くした。

右目は黒い。そしてふわりと浮き上がった前髪に隠された左目は……緑だ。

──大公家に仕えるに、もっともふさわしい人間。

そんな伝説を体現する少年に、エドは手袋を取り去った両手の甲を見せる。

ティナーシャには角度的に見えない。ただそこにはエドの所属を保証するに足る何かがあったのだろう。少年が顔色を変え、周囲の護衛を避けさせた。

ティナーシャは竜巻を減衰させ、巻き上げた破片を消しながらそれを見守る。

エドは少年の前に立つと頭を下げる。そうして礼を尽くすエドを少年はじっと見ている。

緑の瞳はもう下ろされた前髪に隠れて見えない。エドを注視する黒眼《くろめ》の瞳孔が一瞬大きくなった。

少年の口元がわななく。まるでこれから話されることを先んじて理解したかのようなその変化にティナーシャは眉を寄せる。

「実は、南部諸国連合が──」

「聞かない」

「え?」

「お前の話は聞かない……ティヨンには与《くみ》しない」

非情に言いきる少年の声は、けれど微《かす》かに震えていた。その顔色は蒼白《そうはく》で今にも倒れそうだ。

エドは一瞬、呆然《ぼうぜん》としたものの、すぐに言い募る。

「お待ちください！　すぐに動かねばセネージ公国が、」

「聞かない。僕はもう決めた」

マルクは軽く手を払うとエドに背を向け歩き出す。

「丁重にお引き取り願え」

「はっ」

護衛たちが命令を受けてエドの肩を摑む。そこでようやくティナーシャは動いた。消し去った竜巻の代わりに別の構成を右手の中に組む。

精神に干渉するそれを撃ち出そうとしたその時、だがティナーシャの視界に黒いものがよぎった。

「――見つけた」

「え？」

振り返る間も、魔法を撃ち出す間もない。

ティナーシャの意識はそして、呆気《あっけ》なく暗転した。

※

一通りの追手を足止めし終わると、オスカーはバイクを路地裏に置いて中央区に向かった。本当は所有している倉庫に戻したいのだが、遠くから物を呼び寄せたり戻したりするような転移は、オスカーには操れない。後でティナーシャと合流してから回収に来るしかないだろう。

そうして移動したビル街は、外務省の入っているビルを中心にちょっとした騒ぎになっている。警備車両が何台も集まり、警備兵や避難する官僚たちでざわめいている。大きな門が捩じり上げられたようにひしゃげているのを見つけて、オスカーはさすがに呆れた。

「結局強行突破したのか」

短距離転移で潜入するかと思ったが、正面から行ったらしい。もっとも潜入していたらこの大きなビルで相手を探しあてるまで大変だっただろうから、正解と言えば正解だ。

オスカーは、当の建物から死角にあたる角に青いバンが停まっているのを見つける。二人がまだ中だとしたら先に車を回収した方がいい。そう考えて車に向かいかけた時、ビルの方から誰かが走ってくるのが見えた。

青ざめて息を切らせているのはエドだ。何があったか聞くより先に、彼は口を開く。

「お、奥方が……」

「ティナーシャが？　捕まったのか？」

真っ先に考えたことは「無茶苦茶をし過ぎてセネージ公国の警備当局に拘束されたのか」というものだ。その場合、依頼人であるエドが無事であるなら問題ない。

だがエドからもたらされた答えは、予想とは異なるものだった。

「つ、捕まりました。突然男たちが現れて……多分、これまでの追手と同じ人たちだと思います。後ろからこう、腕で首をきゅっと」

「落とされたのか。相性が悪いやつに当たったんだな」

ティナーシャは生きた兵器であり普通の人間にはどうにもできないが、彼女を出し抜ける可能性があるとしたら、単純に近接戦の戦闘技術がずばぬけた人間を当てることだ。それも武器を使えば防御結界で無効化されてしまう。その点、後ろから首を絞め落とすのは最適解に近い。彼女が目覚めるまでのしばらくは時間が稼げる。ただ、目覚めた後は多分どうしようもない。

「それで、追手は南部諸国連合の研究員だと名乗って、奥方を『エギューラ症候群の患者が逃げ出したから追ってきた』と……。どういうわけか僕は見向きもされませんでした。い、いつの間にか狙いは僕ではなくなっていたんです！」

混乱しているらしいエドの説明は、それでも整然としている。事態を理解したオスカーは思わず舌打ちしたくなった。

「そういうことか……」

車に向かいかけて、だがオスカーは依頼のことを思い出す。

「マルク・オーリクには会えなかったのか？」

「それは……」

エドは目に見えて表情を曇らせるも、すぐにかぶりを振った。

「いえ、先に奥方を！　今なら国外に出る前に追いつけます！　南方面に出て行きました！　白い医療用のトレーラーです！」

「……分かった。すぐに連れ戻してくる」

オスカーはバンに向かうと運転席のドアを開ける。こういう時のために車のキーはついたままだ。

本当は二輪の方が速度が出るのだが、取りに戻っている暇はない。

オスカーは青いバンを発進させる。南方面という曖昧なことしか分からなくても問題はない。彼は口の中で詠唱する。それは、妻の魔力を探し当てるための構成だ。

暗い海の中に石を投じて波紋が広がるように。

構成は広がっていく。ただ一人を探して世界を探るための魔法だ。

反応はすぐに返ってきた。

南東にかなりの速度で移動している。国境に向かうバイパスだろう。

「さて、追いつけるか……？」

彼にはティナーシャのように移動している車ごと転移させるような真似はできない。普通に追いつくしかないが、古いバンはそこまで速度が出ない。

中央区から出る橋を渡りながら、オスカーは窓を開けた。腰につけた装備の中から掌に収まるほどの赤い水晶球を取り出す。その球に向かって声をかけた。

「ナーク、起きろ」

主人の命令に赤い水晶球が光り出す。外殻である水晶部分がとろりと溶けた。

赤い翼が広がる。光が消えると同時に、小さなドラゴンが飛び出してきた。嬉しそうな声を上げて主人の頭に乗るドラゴンに、オスカーは命じる。

「起きてすぐで悪い。ティナーシャを追ってくれ。連れ去られてる」

ナークは怪訝そうに首を傾げたが、すぐに了承の声を上げると窓から飛び出した。みるみる大きさを変じ、空に巨大な翼を広げる。

「行け、ナーク。あいつを連れてるやつらは殺していい」

了承の代わりに小さく炎を吐いて、ナークは速度を上げる。その姿はたちまちビルの合間を抜けていった。通りにいる人々が初めて見る魔法種にざわめく。

「なんだあれ……」

「お、おい！　誰かカメラ持ってないか！　空だ！」

車が次々に混乱して停車する中を、青いバンはすり抜けていく。騒ぎになるのも仕方ない。この大陸に鳥以外に空を飛ぶものは存在しない。明らかな異物だ。

——ティナーシャも、似た理由で目をつけられたのだろう。

おそらく最初の襲撃を魔法で退けた時だ。ティナーシャは口封じを兼ねて車ごと相手を処分したが、その映像か情報が報告されていたのだ。だから彼らは、ティナーシャを捜索対象とした。

検問で引っかかったのも、助手席で眠るティナーシャを見られたからだ。エドの聞いた話が本当なら、目的は彼女の持つ多大な魔力……エギューラだ。この大陸では、エギューラを持って生まれることは不治の病なのだ。

「命知らずなことをしてくれる」

忌々しさに悪態をつきながらオスカーは速度を上げる。

広がる青空に溶け入るように、青いバンは郊外へと向かっていった。

※

夢は見ていなかった。

真っ暗な中、ただ海に漂うように横たわっていた。

『――アイティ』

ふっと。

懐かしい声で懐かしい名を呼ばれる。それを契機にティナーシャは目を開けた。

薄暗い天井は揺れている。体が上手く動かない。目が暗さに慣れてくると、自分が何かの台の上に仰臥させられていることが分かった。

手首足首と、首が金属環《かん》で台に固定されている。鼻と口を覆うように透明なマスクが被《かぶ》されており、少しの異臭が鼻をついた。それを自覚すると同時に吐き気がこみあげてくる。

「っ、かはっ」

「……おい、目が覚めたみたいだぞ」

「早すぎる」

囁《ささや》き合う声と共に、ティナーシャの左側に二人の男が現れる。

その二人は簡単に言ってしまえば「異様に大きな男と小柄な男」だ。大きな男の方は黒い戦闘用の姿で、腕の太さがティナーシャの腰ほどもある。先ほど気を失ったのはこの男が原因だろう。

もう一人の小柄な男はよれた白衣を着ている。白衣の男は実験動物を見るようにティナーシャを眺め下ろした。

「意識がない方が苦しくないぞ。そのガスはエギューラを鎮静化させる代わりに、副作用で強い嘔《おう》気《き》が出る」

「……この状態で吐いたら窒息するじゃないですか。外してくださいよ……」

かろうじて口にできたのはそれくらいだ。エギューラを鎮静化するガスということは医療用なのだろうが、非常に気持ちが悪いし魔力が動かしにくい。ずっと昔、ファルサス城の地下にある無言の湖の水を飲んだ時のようだ。

「注射液の方が副作用は少ないんだが、君には何故か針が刺さらなかった」

「防護結界を展開してますからね……外してください」

だが白衣の男はティナーシャの言葉を無視して話を変える。

「エギューラは、単なる先天性の病気と思われているが、その力には使い道があると私は思っている。自分や周囲に影響を及ぼすほどの力があるなら、利用のしようもあるだろう。君はそれができているのではないか？」

「さあ、どうでしょうね……」

「君のエギューラ量は測定不能と出ている。明らかな異常だ。この大陸の地下深くにあるエネルギー体と何か関係あるのか？」

「地下ってなんですか……私のこれは天然ですよ……」

正確にはもともとは後天的な魔力だったが、今は彼女自身の魂と肉体に結びついている。嘔気を堪えながら言うティナーシャに、男は「ふむ？」と首を捻った。

「とにかく、膨大なエギューラの持ち主は貴重だ。君の存在が医療にも軍事にも各段の飛躍をもたらすかもしれない」

「そうですか……お断りします」

気持ちが悪い。頭が痛い。非常に不愉快だ。

「君自身が協力したくないなら、被検体を何人か産んでもらうのでもいい。一定以上のエギューラの持ち主は、子供にも遺伝しやすいことが判明している。できるだけエギューラが大きい人間を父親として選出しよう」

滔々《とうとう》と語る男はこちらの話を聞いているようで聞いていない。自分の目的しか意識にないのだ。

ティナーシャは喉につかえる気持ち悪さを、深い溜息で吐き出す。

「いや私、不妊体質なんで……。夫以外に触られるの無理ですし。あと——そういう実験をやった国を、私は既に一つ知ってますよ」

パキン、と軽い音が鳴る。

それは彼女の四肢を拘束する金属環が割れた音だ。ティナーシャは自由になった右手で首の環に触れる。

「は？　なんで、君……」

「暗黒時代に、ローステンという国でとある実験が行われたんです。強力な魔法士の男女を番《つが》わせ、臨月の母親を代償に召喚した魔力を、赤子に継がせようという実験です」

首を拘束していた環が砕ける。ティナーシャはそのままガスを送り続けるマスクをもぎとった。

ゆっくりと、優美な仕草で拘束台の上に体を起こす。

「この実験で四十九人の女性が亡くなり、生まれた子供たちは魂が欠損していました。彼らは成長後、ローステンを滅ぼし、今では惨禍の子と言われています」

ティナーシャの白い手が、白衣の男の襟首を摑んで引き寄せる。

彼女は凄絶に笑う。

「魔法士への、忌むべき迫害の一頁《ページ》です」

鈍い音を挙げて、男の首が折られる。

がっくりとうなだれて膝から崩れ落ちる白衣の男に、ようやく隣の男が動いた。

「きさま」

彼女の細い腕を摑もうとする——その手は見えない壁に弾かれた。

「!?」

「結界を拡張させてもらいました……二度同じことをされるのは困るので……」

そこまで言って、ティナーシャは口元を押さえる。耐えきれず台の下に嘔吐《おうと》した。

とは言え、セネージ公国に入ってからやたらと眠くて何も食べていない。だから吐き出せたのは胃液くらいだ。

「う……気持ち悪い……最悪……」

汚れた口元を拭って辺りを見回す。この揺れからしてトレーラーの荷台のようだ。気を失っている間にどこまで運ばれてしまったのか。自分がいなくてエドは大丈夫だろうか。

そんな思考がぐるぐると頭を回る。視界も回る。

大柄な男が、もう一度手を伸ばしてくるのが見えた。彼女の頭まるごと掴めるほどの大きな掌。

それを破裂させようとティナーシャは顔を顰める。

その時、ガン、と外から何かがぶつかる音が響いた。車体が大きく左に傾く。

「え？」

男の体が転がって左の壁にぶつかる。

ティナーシャも同様に台から振り落とされたが、何とか空中に留まった。

その間にも、ガンガンと何かがトレーラーに叩きつけられる。その振動と相まってティナーシャがくらくらする頭を押さえた時、天井に何かが穴を開けた。

鋭く黒い、大きな爪。

「ナーク？」

爪は、穴を開けたところからバリバリとトレーラーの天井を引き剥がしていく。外の新鮮な空気が流れこんでくる。見えたものは、空ではなく赤いドラゴンだ。

「あ、本当にナークだ」

トレーラーの屋根を剥がしたナークは、一旦爪を退《ひ》くと中を覗きこむ。燃えるような赤い目がティナーシャを見つけた。喜びの声が上がる。

「ナークがここにいるってことは、相当街から離されましたか……」

オスカーのドラゴンであるナークは、寿命を保つために休眠していたはずなのだ。それに加えてこの大陸には魔力を持つ生物自体がいないため出さないようにしていた。その切り札を夫が切ったということは、簡単には追いつけないところまで連れてこられてしまったのだろう。

「も、申し訳ない……ありがとう、ナーク」

言いながらティナーシャは天井に開けられた穴から外に出る。ナークの上に何とか移動して景色を見ると、そこは真っ直ぐに延びる道路の上だ。よろよろと蛇行して走るトレーラーは、上に取りついているドラゴンを何とか振り落とそうとしているのかもしれない。

その努力が実る前に、ナークは大きく翼をはためかせ空に飛び上がった。ようやく身軽になったトレーラーは速度を上げて離脱しようとする。そのトレーラーに、ナークは炎を吐いた。

「あ」

ドラゴンの炎は、広範囲を焼くものと貫通力がある火線の二種類あるが、今吹きつけたのは火線の方だ。止める間もなかったそれは、あっさり荷台を貫通した。

当然の結果として、燃料タンクに引火し爆発する。

「ああー」

吹きつける爆風を、ティナーシャは結界を張って防ぐ。

爆発すると思っていなかったらしいナークがびくっと翼を震わせた。燃え上がるトレーラーは、軽く回転しながらついに停止し炎の塊となる。それを見てまだ遠くにいる車たちが停車していくのが見えた。中にはナークを追ってきたのか中継車も見える。車に乗る人間たちが見ているものは、燃えるトレーラーよりも空を飛ぶドラゴンだ。

ティナーシャは自分が乗っているドラゴンの首を撫でた。

「これは大ニュースになりそうですね」

ナークはよく分かっていないのか、小さく炎を吐いて答える。

それはそれとして、大きな騒ぎを引き起こしてしまった。停車していく車のずっと向こうに青いバンを見つけたティナーシャは頭を抱える。

「うう、怒られる……」

現実から逃避したいが逃避できる場所がない。

ティナーシャは腕組みをして悩むと、それでも元の依頼に戻るため、転移構成を展開した。

※

「——別に怒らない。無事でよかった」

転移を使い、自分とナークと夫の乗る車を首都郊外に戻したティナーシャに、オスカーは深く息をついた後そう言った。絶対に怒られるだろうと、助手席で小さくなったナークを抱きしめていたティナーシャは気の抜けた思いを味わう。

「え、いいんですか。油断が過ぎるとか言わないんですか」

「油断がない生き物はいないだろ。むしろ追手の目的に気づくのが遅れた俺の失敗だ」

「私の失敗、全部貴方が引き受けてくれてる……」

車窓にもたれかかり、外の風を浴びながらティナーシャはぼやく。口を漱《すす》いで新鮮な空気を吸っていると、気持ち悪さは減じていくが眠気が強くなっていく。絞め落とされた影響かもしれない。

歩道を見ると、人々がまだざわめきながら空を見上げている。ビルの間を飛んでいったドラゴンを探しているのだろう。あまりにも荒唐無稽な光景だったので、現実味がない白昼夢と思われているかもしれないが、写真を撮られた可能性は高い。夕方のニュースになりそうだ。

ただセネージ公国としては、外務省ビルを破壊した竜巻の方が問題だろうか。

「エドだ」

夫の言葉にティナーシャが顔を上げると、中央区に渡る橋の前で一人の青年が手を振っている。ティナーシャはその姿に安堵した。マルク・オーリクに直訴を断られたところで置いてきてしまったので、どうなったのか不安だったのだ。

路肩にバンが停まると、エドは窓の外に駆けてきてティナーシャを見るなり胸を撫で下ろした。

「ご無事でよかったです」

「こちらこそごめんなさい。とんだ失態をしました」

「失態だなんて……」

かぶりを振るエドは消沈して見える。

結局、交渉はどうなったのか夫婦二人ともがちゃんと確認できていないのだ。オスカーは後部座席を示す。

「乗るといい。現状を教えてくれ」

どの道、隠してある二輪を回収にいかねばならない。エドは頷いて後部座席に乗りこむと、何があったかぽつぽつと語り出した。

「マルク・オーリクは一切聞く耳を持ってくれませんでした」

「話が通らなかったのか？　素性が怪しまれたとか」

「いえ、素性は通ったと思います。これがありますから」

エドは己の両掌を前にかざして見せる。そこには両手で一つの図柄になるよう、青い蔓薔薇《つるバラ》の入れ墨が入っていた。

「ティヨンにおいて特命を与えられる可能性のある官僚は、これを入れられるんです。昔ながらの伝統ですが、セネージ公国の宰相家の方ならご存じだと思います。事実、最初は話を聞いてくださろうとしたのです。護衛を下がらせ、僕に向き合ってくれました」

「そこまでは私も見ました。でもその後、実際の話を聞かずに急に断られたんですよね」

ティナーシャはナークを抱き直す。ナークはぬいぐるみの振りをするつもりなのか、ぴしっと背筋を伸ばして固まったままだ。

「はい。『話は聞かない。ティヨンには与しない』との一点張りで……。ただ僕を拘束しようとはしませんでした。むしろ『早く国に帰った方がいい』と言ったくらいです」

「断られたところ、私も見てましたけどちょっと変な感じでしたよね」

ティナーシャは、金髪の少年の挙動を思い起こす。

あの時少年は、確かに一度はエドの話を聞こうとしているように見えた。

だが実際エドがセネージ公国の危機について言及しようとした時、その話を急に遮ったのだ。

「まるで、他の人間に話を聞かせたくなかった、みたいな……」

「何だそれは。話の内容を知らないから聞こうとしたんだろう？」

「そのはずなんですけど。一瞬で青ざめてましたし。何か心当たりがあったのかもしれません」

車内に判然としない空気が広がる。オスカーは後部座席のエドに問うた。

「父親のオーリク侯の方にもあたってみるか。追手が蒸発したから余裕があるぞ」

「……いいんですか？」

「もちろん。そこまでを引き受けたつもりだからな」

「蒸発はしてませんよ……爆発に巻きこまれただけで……」

ティナーシャは気まずげに視線を窓の外へ逸らしたが、おそらくそこは問題ではない。

エドは張りつめていた緊張がわずかに緩んだのか、泣き出しそうな笑いを見せる。

「すみません、お二人に迷惑ばかりをかけて……」

「迷惑じゃないぞ。少なくともちゃんと話を聞いてもらうまでは付き合うさ」

穏やかな声に、ティナーシャは夫の横顔を盗み見る。

その優しさが、強さが、かつて孤独な魔女だった彼女に手を伸ばさせた。

そして彼は、今でも自分を隣に置いてくれている。嘘《うそ》のような幸福だ。ここが自分の居場所だ。

眠気が強くなってくる。うつらうつらする彼女に「寝てていいぞ」と運転席から声がかかる。

※

その二日後、エドはオーリク侯に面会を申し出て許可された。

ただ現オーリク家当主の答えは「息子が否と言ったなら、ティヨンと同盟は組めない」というものだった。

面会から戻った彼は、悔しさを隠せないまでも二人に笑って見せる。

「非常に残念ですが……私のできることはやりきりました。これからは国に戻り、ティヨンだけでも外圧に抵抗できるよう挑んでみます」

「そうか……」

それ以上のことは言えないしできない。人の歴史は人が動かしていくべきだ。

だから二人は、エドを祖国まで送り届けた。短い間だが、道中は彼の故郷の話や在学時代の話を聞いて過ごした。ティナーシャは現在の彼の職務についても興味があったが、それはさすがに機密だ。だから彼女は彼女なりに小国が生き残る方法をいくつか提案していった。

到着したのは、小さな湖が美しい古い町だ。故郷なのだと、二人にこの景色を見せたかったとエドは言った。この澄んだ景色が彼の原風景で、これを守るために彼はこれからも挑むのだろう。

そうして車から降りる別れ際、彼の中から夫婦の記憶は全て消された。それは魔法を見聞きし過ぎたエドを守るためでもあり、今までも何度か依頼人にしてきたことだ。

エドにはこの数日での経験も得た知識も残っているが、誰が手伝ったのか誰がそれを教えたのかはぼやけて思い出せない。一生解けぬ魔法だ。

二人だけになった車内で、ティナーシャはハンドルを握る夫に問う。

「寂しいですか？」

「いや。人を見送るのは悪くない。昔のお前もずっとそうだっただろう？」

「ええ。最初は貴方にもそうするつもりだったんですけどね。子孫を見守るくらいの気持ちで」

「いっしょに来てくれて感謝してる」

「貴方の子孫、私の子孫でもありますからね……びっくり」

小さな青いバンは、そして連なる山々を見ながら帰路につく。

セネージ公国はそれから半年後、突如侵攻してきた南部諸国連合の前に呆気なく滅んだ。

一方、ティィヨンには侵攻こそなかったものの諸国からの外圧は増し、けれどティィヨンはそこから十年間、根強く南部諸国連合と折衝した。結果として王権は放棄したものの自治権のある属領として残ることを許される。

故郷を愛する青年は、きっと夢中で挑み続けたのだろう。

緑の山と青い湖で知られる街は、今でも変わらぬままあの場所に残っている。

我が愛しき深淵よ
〈檻中大陸／埋没の大陸〉 -2314年-

9．岐路

「絶対に振り返っては駄目ですよ」

そう少女たちに囁いた侍女の声は、息が切れて震えていた。

まだ八歳のエヴリーヌ・フォデュテと、十歳のアレット・オーリクは頷く。

彼女たち三人が走っているのは人知れぬ細い山道だ。セネージ公国の離宮から秘密の抜け道を使って出た先。幼い少女たちには遠く辛い道のりだが、今はここを越えるしかない。追手はきっとすぐそこまで来ている。

「ここを越えれば迎えが来てくれているはずです。さあ、お早く」

侍女に急《せ》かされ二人は走る。振り返りたくも怖くて振り返れない。

抜け道に入る直前に見た離宮は、略奪者となった敵兵たちが内部を荒らしまわり、火が放たれていた。その所業は同じ人間とは思えないほど醜悪なもので、自分が別の世界に入りこんでしまったような気さえした。

だがそれでも少女たち二人が離宮にいたのは不幸中の幸いだ。南部諸国連合は前触れなしに国境線を越えて侵攻してくると、首都セージをあっという間に陥落させてしまったのだ。もし普段通り城にいたのなら、今頃二人はよくて虜囚か、悪くて顔の判別できぬ肉塊にされてしまっただろう。

セネージ公国大公家の末娘、エヴリーヌは口を開く。

「マ、マルクは、大丈夫、かしら」

宰相家の次期当主と言われるマルク・オーリク。エヴリーヌからは五歳年上の幼馴染《おさななじみ》で、アレットの兄である少年だ。若くして政務に関わる彼は首都にいるはずで、どうか無事であって欲しいと祈らずにはいられない。

だがアレットは気丈にも答えた。

「平気です。兄はきっとエヴリーヌ様を残して死んだりしませんから」

マルクは宰相家の人間だ。大公家に一生を捧《ささ》げ生きる人間。そして彼はエヴリーヌの片翼だ。だからきっと石にかじりついてでも泥水を飲んででも生き残るだろう。エヴリーヌを生かすために何でもするはずだ。妹のアレットを彼女につけて離宮に行かせたのも兄で「絶対にエヴリーヌ様をお守りしろ」とくどいくらい念を押されたのだ。或いは政務を預かる兄は、今回のことを何らかの形で予感していたのかもしれない。

「もうすぐ下り坂になります。さあ」

最後尾を行く侍女が二人を励ます。もう何年もアレットに仕えている姉のような侍女だ。異変を覚《さと》るや二人を抜け道から逃がしてくれた彼女は、幼い少女たちを励ます。

けれどその時、後ろから複数の足音が聞こえた。近づいてくるそれに、三人は息をのむ。

速度から言って逃げきれない。そう判断したのだろう侍女は、二人を急いで近くの叢《くさむら》に押しこんだ。木の陰、背の高い草の中にしゃがみこませる。

「絶対に出てきては駄目です。声も上げてはいけません」

「でも……」

肝心の侍女は隠れていないではないか、と言いかけるアレットに、侍女は黙るよう指示した。そして彼女は細い山道に戻って先に駆け出す。

幾許《いくばく》もしないうちに複数人の男が現れた。銃を携えた彼らは逃げる侍女を見て声を上げる。

「いたぞ！　大公家の召使だ！」

「公女は？」

「いない。行方を聞き出せ」

軽い銃声が続く。侍女の小さな悲鳴と倒れる音が聞こえ、男たちが叢の前を通り過ぎていった。

二人の少女はしゃがみこんで震えている。無慈悲な応酬と侍女の苦痛を堪《こら》える泣き声が聞こえてくる。アレットはエヴリーヌを抱きしめながら神に祈った。

——早く終わって欲しい。諦めて帰って欲しい。そうすれば駆けつけて、侍女の手当をして、エヴリーヌを連れて逃げられる。

けれどそう祈る彼女の耳に聞こえてきたのは、立て続けの銃声だ。

びくりと体を震わせる。男たちの声が聞こえた。

「はずれか。どうする？」

「一応持って帰ろう。手ぶらじゃ何言われるか分からん」

ずるずると何かを引きずる音が戻ってくる。

アレットの失敗は、ここで恐怖に固まってしまったことだ。

彼女はエヴリーヌの目か口かを覆っておくべきだった。

男たちの姿が再び山道に現れる。そのうちの一人は、侍女の細い足首を掴んで引きずっていた。

遅れて侍女の姿が少女たちの視界に入る。

絶命していることが明らかな顔。両眼は見開き、開いたままの口から舌が垂れている。頭の一部は割れて、血と何かが溢れ出していた。

それは生前の美しい侍女の顔とはあまりに違う。アレットは初めて目の当たりにする死に凍りついた。腕の中でエヴリーヌが身じろぎする。

「ひっ」

小さな悲鳴。アレットが公女の口を押さえた時にはもう遅い。

男たちがぴたりと足を止める。

その目が二人の隠れている木陰の方を見た。

死の匂いが漂う。

——ああ、神さま。

※

「うーん、やっぱりこの色ですね」

庭に停められているのは、新しく買った車だ。ティナーシャは腕組みをして、まるっとしたフォルムの青いバンを眺める。今日納車されたばかりのこの車の周りを、彼女は先ほどからぐるぐる回って眺めているのだ。まるで猫が新しいおもちゃを吟味しているようで可愛らしい。

妻の様子を、庭先に置いた椅子から眺めているオスカーは笑った。

「わざわざ近い色に塗ってもらってよかったな」

「本当は廃車にしたくなかったんですよ……なんで機械の類って寿命があるんですか。中身全部魔法仕掛けに変換したらまだ乗れたのに」

「そこまで中身を入れ替えたら元の車と同じなのかどうかは難しい問題だな」

この大陸に来て十二年が過ぎた。以前のバンは修理を繰り返し部品を変えて使っていたが、それにも限界はある。ほどよく無茶をして回ったので一部で有名になってしまったということもあり、ついに車を買い替えたのだ。

今のところ主要都市は回って転移座標を取ったが、外部者の呪具はまだ見つかっていない。

ただティナーシャはすっかりこの大陸での暮らしに慣れたようだ。町から離れた郊外の家を買ったとあって、休みの日には庭にラジオを流してビニールプールでアイスを食べていたりする。自由過ぎて見ていて面白い。

今日の彼女は白いオーバーサイズのワンピースの上から、青いコルセットを締めている。最近の東部の流行でオスカーが買ってきたものだ。この大陸の服は目新しいデザインが多く、着せ替えがかなり楽しい。魔法大陸だとあまり彼女に短い丈の服を着せたくなかったのだが、こちらでは膝が見える服が珍しくない。おかげで健康的な可愛らしさの服もあり、そういうものは着せるのにさほど抵抗がない。時々元気な子供みたいになっている。

一方彼女は彼女で、この大陸の男性服が面白いらしい。「スーツ着てください！　スーツ！　格好いいから！」とねだられるので、今のオスカーは大体スーツだ。何百年も妻を好きに着せ替えていたので拒否はできない。

彼女は一通り新車を眺めて満足したのか、オスカーの膝に乗ってくる。

「自分で地図を作らなくていいのはいいんですけど、国の入れ替わりが激しいのは大変ですね」

「ちょうど時代の境目だったんだろうな。この間、ティヨンが属領になっただろう。あれで君主制の国は大陸から消滅したわけだ」

「併呑されちゃいましたけど、結構いい条件だと思いますよ。セネージ公国の方はひどい蹂躙のされ方をしたらしいですから」

セネージ公国は、十年前に二人が仕事で訪れた国だ。その時には既に周囲の南部諸国連合から圧力を受けていたようだが、その半年後に突然の侵攻を受けて滅亡してしまった。大公家の人間は皆殺しにされ、首都セージだった場所は今では軍事基地になっている。セージ侵攻は大陸のこの十年間で「もっとも凄惨な戦闘だった」と言われるくらいだ。

オスカーは開いていた本を閉じ、膝の上に座る妻を抱き直す。

「セネージ公国侵略はな……正直不可解だ。あそこまでする必要があったとは思えない。ティヨンへの対応と差があり過ぎる」

「ああ、確かに。ちょっと徹底的過ぎたというか。私怨でもあったんでしょうかね」

「ラダフィール一派にか？　いや、そういう印象でもないんだが……」

かつての南部諸国連合は汎西域同盟と名を変え、今や大陸の半分に広がる軍事同盟となっている。その勢いは凄まじく、ただ代わりに敵も多く生んでいるようだ。支配区域での抵抗運動も断続的に起きていると聞く。同盟設立の立役者であったミッド・ラダフィールは五年ほど前に一線を退き、現在は彼の後継者たちが同盟を動かしているようだが、その方針は一貫して「支配領域を広げ、軍が行き来できる国を増やす」というものだ。

彼らの動きは合理的な過程を辿っており、ただセネージ公国侵攻だけが浮いている。セネージ公国の大公家の虐殺は当時八歳だった公女にも及び、酸鼻をきわめたという。交渉の猶予も人質の選択もなく、大公家は皆殺しにされた。そこには執着に似た異様な何かを感じてしまうのだ。

「単なる現場の暴走でやり過ぎたのかもしれないが……。エドが知らせようとしたのは、この侵攻に絡んだ情報だったのかもな」

「あー、それは思いました。もう確かめられない話ですけどね。――でもオーリク侯は聞いたうえでティヨンとの同盟を断ったんですよね」

「息子が駄目だと言ったら駄目、か。十三歳の息子にそこまで信頼を置いてるっていうのは何だったんだろうな」

もし自分がオーリク侯の立場だったら、あの時点で打つ手は何があっただろうか、とオスカーは考える。

軍事力ではそもそも敵《かな》わないが、南部諸国連合に属していない他の国と連携することならできたはずだ。ティヨンのような小国以外にも、東部まで視界を広げればいくつか強国があった。今でも東部には、名だたる資産家や力のある企業が多く、一国一国が大国と言って差し支えない。現在、汎西域同盟と敵対しているそれらの国を味方につけて、南部諸国連合を牽制《けんせい》する道もあっただろう。或いは先に南部諸国連合に入ることを申し出る道もあった。あの時点ならまだ交渉のしようがあったはずだ。

だがセネージ公国は何もしなかった。何もしないまま戦火に沈んだ。

あの侵攻は、侵攻する側とされる側の両方に不可解さがあったのだ。

ティナーシャは夫の上で膝を抱える。

「長く生きていると、こういう歴史の不思議ってどんどん溜まっていきますよね。正解が知りたいなって思うんですけど、それができる呪具は破壊しちゃいましたから」

「過度な好奇心は命取りになるぞ。俺が見るだに魔法士はそこを誤る人間が多い」

「思いつくとできるか試したくなるんですよ……」

「お前、この間それでアイスクリームメーカーを魔法で自作しようとしてテーブルごと凍らせてただろ。寝てたナークがテーブルにくっついてたぞ」

「ドラゴンは氷も平気なんで……動きたければ自分で溶かせますし……」

ティナーシャは分の悪い言い訳を重ねていたが、家の中から電話のベルが鳴り出すと、好機とばかりに膝上から逃げ出してしまった。開け放たれたままの玄関ドアから、電話を取る彼女の声が聞こえてくる。

「ああ、いつもお世話になってます。依頼ですか。……そこなら空いてますよ。ええ。大丈夫です」

十年以上も運び屋の仕事をしていると、受けられる仕事も増えた。単純に転移で回れる場所が多くなったからだ。だから今では人より物を運ぶ仕事を受けることが多い。その方が融通が利くし、何年経っても容姿が変わらないことを不審に思われずに済む。

「分かりました。ではその条件で。指定時間に伺います」

電話が終わると、ティナーシャは玄関から顔を覗かせた。

「オスカー、仕事です。猫運んで欲しいんですって！　猫！　里子に出す子猫を隣の国まで！」

「受ける」

「そう言うと思って受けときました」

二人の毎日は、おおむねこのようなものだ。


二人の家は、小さなセーフハウスを含めれば大陸に八カ所ある。

できるだけ均等に、各地を回るのに支障がないように配置しているが、旧南部諸国連合——汎西域同盟の支配領域は家を借りるにも買うにも制限が多い。軍部の力が強くて一般市民の生活にも影響が及んでいるのだ。統制が利いているというほどではないが、新しいことをするには審査が多い。それは各地で起こっている反体制派運動の影響かもしれない。

おかげで汎西域同盟の領域内では生き物を連れて国境を越えるのに、面倒な手続きや審査が必要となる。

「だから生き物を運べる運び屋って重宝されるんですよね」

「おかげでいい商売になってる」

オスカーは、子猫の入ったケージを揺らさないように提げながら広い歩道を歩いていく。

汎西域同盟のうちの一国、旧セネージ公国の隣国であるこの国は、同盟下に入ってから下向きだった経済が改善し、雇用も回復して街の整備が進んだ。ペットを飼う余裕が出た人間が増え、今は密かな流行になっているらしい。ただ数年前までは国全体にそんな余裕がなかったため、国内にいる愛玩動物の数自体が少ないという状況だ。必然的に国外からもらう、という手を取る人間も出てきたが、猫が国境を越えるのは大変だ。

「転移で越えちゃえばいいんですもんね」

「身も蓋もない話だがそうだな」

国境を越えての生き物輸送は高めの値段設定をしている。それでもいいという客が多いからだ。

今回の依頼主は常連で、譲渡する相手を相当厳しい目で選んでいるらしい。結果として譲渡先が他国になることも多く、「今回もよろしくお願いしますね。あなたたちなら大丈夫と思っていますので」と二人に依頼をしてくる。その費用は自分持ちというこだわりようだ。

しかし、だからと言って普通に受け取って転移をして届けると、異常な速さになってしまうためある程度時間潰しをしないといけない。昨日オスカーはそれで一晩中子猫を構っていた。真白い子猫は人馴《ひとな》れしていて実に楽しかった。だがそんなことを口にすると、ティナーシャが「黒い猫は駄目なんですか!? 猫の可愛さは一律じゃないんですか!?」とむきになるので言わない。ティナーシャ自身も猫好きなのだが、白猫には妙なライバル心があるようだ。

ティナーシャは半歩後ろを行きながら、身を屈めてケージを覗きこむ。

「ずっとこういう仕事だけ受けていたいですね！」

「それはそう。戦闘が絡む仕事になると、報酬はいいんだが連鎖的に揉め事が増える」

「私たちは絶対に誰かの味方、ってことがないですからね」

一応、依頼は吟味して受けてはいるし、依頼人の意向に添いたいとは思っているが、そこから二転三転して状況が変わることもある。戦闘が絡めば彼らのついている方が勝ってしまうのだ。だから時には両成敗することもある。そういう判断や配慮が難しくて面倒だ。

向かいの車道を、広告トラックが通っていく。『エギューラにお悩みの方に！』と女性が快活な笑顔を見せている宣伝だ。広告主の製薬会社は、最近、汎西域同盟内で業績を上げている。治験の人員も常に募集しているらしい。

「あとは、魔法を使っていると割れるとおかしなやつにつけ狙われるしな」

「エギューラ症候群の治療研究、ってだけならいいんですけどね」

東部の製薬会社がエギューラの抑制法を常に研究し続けているのに対し、汎西域同盟はどうもきなくさい。エギューラを抑えるだけでなく転用できないか模索している節があるのだ。十年前にティナーシャを捕らえた人間たちもそうで、彼らはエギューラの軍事転用を考えていた。

「魔力って本来別位階のもので、それを神の意思で人間にも触れさせているんですよね。でもこの大陸はそれを使う術が失伝しているというか……初めからなかった感じ？」

「神が魔力を与えて魔法を伝えなかったのか？　何のために魔力を与えたんだそれ」

「うーん、謎ですね。魔法以外の運用法を考えていたのかもしれませんし、そもそも魔力を与えることが主目的ではなく、何かの副産物だったのかもしれません。意図しない結果としてくっついてきてしまった、みたいな」

「雲をつかむような話だな」

「この大陸の楔を捕まえられれば聞けるかもしれませんけどね。地下のエギューラ溜まりについてとか」

それは十年前、ティナーシャを捕まえた研究員が言っていたことだ。『地下に巨大なエネルギー体がある』と。気になってティナーシャがその後調べていたが、確かに大陸中央部の地中奥深くに膨大なエギューラ溜まりが存在しているようだ。

けれど掘り起こすには深すぎるし、そこまで掘ってもエギューラ利用の方法が確立していない以上どうしようもない。ただあるだけだ。

「エギューラ溜まりか。掘り当ててしまったらどうなるんだろうな」

「爆発するとかですか」

「掘ったらまずいだろう、それは」

「場所に固着する構成があればいいんですけどね。魔法湖はおかげで地表に出ていたけど特に問題はなかったわけですし。ここのは魔法湖の数百倍の魔力がありますけど」

「途方もないな。この大陸を沈められるんじゃないか？」

目的の看板が見えてきてオスカーは歩く速度を緩める。指定された待合場所はオープンカフェだ。そこには小さな男の子を連れた夫婦が席についており、オスカーは彼らに声をかけて無事子猫の引き渡しを済ませた。

「ありがとう！　大事にするね！」

待ちきれないといった様子で少年はケージを覗きこむ。そんな少年を連れて、夫婦は何度もお礼を言うと帰っていった。

「さて、せっかくだから何か食べて帰りますか」

「そうだな……」

「あ、ちょっとしょんぼりしてる！　貴方、子猫を引き渡した後はいつもそうですよね。一匹もらいます？」

「いや、いい。うちには一匹いるし」

「それ私ですよね。しょうがないですね……今日は猫で一緒に寝てあげます」

「俺を何だと思ってるんだ。せっかくなら大きい子猫にしてくれ。っと、ここにするか」

一軒の大衆食堂の前でオスカーは足を止める。ガラス越しに小さなホールが賑わっているのが見え、外にもメニューの看板が出ているが、どの料理も美味しそうだ。カウンターで注文し、椅子のないテーブルで食べる形式の店だが、ティナーシャの身長でもちゃんとテーブルに届く。

二人が中に入ってカウンターに向かうと、薄い色の眼鏡をかけた女性店員が応対してくれた。

「いらっしゃいませ。食前酒はサービスよ」

淡い琥珀《こはく》色の酒が入った小さなグラスがカウンターに置かれる。オスカーが礼を言って受け取りながら二、三品頼むと、店員はにっこり笑って会計してくれる。テーブルを選びながら、ティナーシャは気になるのか女性店員を振り返った。

「どうした？」

「うーん……。いえ、大したことではないです」

ティナーシャは気を取り直してテーブルに置かれたメニューを見始める。その間にオスカーは食前酒に口をつけた。ほろ苦さと甘さが入り混じった果実酒で癖になりそうな味だ。

もう一口飲もうとしたところで、オスカーは窓の外に気づく。妻を呼ぼうとした時には遅い。

店のドアが開かれ、黒い制服姿の男が数名入ってくる。

「憲兵隊だ！　立ち入り調査を行う！」

ざわっと店内に動揺が走る。

この国の憲兵隊は、汎西域同盟と繋がる軍事警察だ。何故そんな者たちが大衆食堂に立ち入り調査に来るのか。

客たちに緊張が走る。オスカーとティナーシャは、表情こそ変えないものの目配せをした。

――彼ら二人には、この国への入国履歴がない。調べられたら拘禁は間違いない。場をひっくり返すことは簡単だが、それにもやりようがある。オスカーは、妻が無茶をしないよう無言で命じた。長く連れ添っているのでさすがに通じたのか、彼女は軽く頷く。

店の厨房から主人らしき男が出てくる。

「憲兵さん!? 何ですか一体……」

「この店が反体制派の拠点の一つだという情報が入った」

「え!? そんな馬鹿な。誰がそんなことを言ったっていうんですかい」

「お前には関係ない。とにかく調べさせてもらうぞ。おい、連れていけ」

「ちょ、ちょっと!」

憲兵の一人が主人を拘束して外に連れ出す。他の憲兵たちは、ある者は客席に目を光らせながらテーブルの間に踏み入り、ある者は厨房の方へ向かった。隊長らしき一人は、腕組みをして客たちを見やる。反体制派と聞いて、客たちは関わり合いになりたくないのか煩わしげな表情で押し黙った。先ほどの女店員が、あわてた様子で連れていかれる店主を追った。

「ま、待ってよ! 反体制派なんて何かの間違いよ!」

「騒ぐな。お前も拘束するぞ」

「そんな!」

嫌な空気が立ちこめる。客たちが、奥の人間から順に壁際へ立たされていった。ティナーシャが小声で夫に問う。

「どうします？」

「俺たちへの尋問にだけ精神操作できるか？」

「分かりました」

二人のやり取りは魔法大陸言語でのものだ。たとえ聞かれても意味は分からないだろうし、ティナーシャが遮音の結界を張っているだろう。

巻きこまれた揉め事も、どちらに肩入れするのも難しい状況だ。きちんとした捜査が為されて店が潔白なら店主は解放されるだろう。

とりあえず様子を見ようというオスカーの指示に、ティナーシャは頷く。

その時、店の外から言い争う声が聞こえてきた。

「その子は関係ない！」

「この娘、エギューラ症候群の患者だな。向こうのトラックに乗せろ」

「待ってくれ！」

見ると、路上で憲兵に押さえられた店主がもがいている。連れていかれようとしているのは女性店員だ。彼女が両手首を後ろ手に拘束され、黒いトラックに乗せられるのをオスカーとティナーシャは軽く眉を顰《ひそ》めて見ていた。

すぐに外から新しい憲兵が一人入ってくる。彼は手に銀色のリモコンのようなものを持っていた。

それが何かオスカーは知っている。半年ほど前にニュースで見たのだ。製薬会社が開発したエギューラ量測定器だ。測定部分を体にあてれば体内にエギューラがあるかどうか測定してくれる。ティナーシャが興味を持って欲しがっていたが、市販されてはいない。

黒髪の魔女はテーブルに頬杖をついた。

「魔法大陸にも昔はああいう道具があったんですよ。魔法士狩りに使われていたんですけどね。それを作っていたのも魔法士です。魔法士を脅して同胞を狩るための魔法具を作らせていたんですよ」

「嫌な話だな」

「でもこれ、単純な対抗策があります」

測定器を持った憲兵は、入口に近い客から順にエギューラ測定をかけていく。客のうちの一人が手の甲に当てられた途端、青ざめた。ピー、と小さな電子音が鳴る。

「連れていけ」

「お、俺は反体制派とは関係ない！　薬もちゃんと飲んでる！」

抗議もむなしく男は憲兵に引きずられて外に出される。店内の空気が一段重苦しいものになった。

「どういう対抗策なんだ？」

「こうです」

ティナーシャが目を細めるなり、測定器から大きな異音が上がる。

先ほどの電子音と同じ、けれど先ほどのボリュームを遥かに上回る音。鼓膜を破壊しそうなほどの怪音に、店内にいた人間たちは客も憲兵も悲鳴を上げて耳を押さえた。憲兵の手から取り落とされた測定器は床を転がる。音を遮断しているティナーシャだけが平然と言った。

「測定できる魔力を上回る魔力をぶつけると壊れちゃうんですよね。パーンって」

つんざくような電子音が、不意にぴたりとやむ。近くにいた憲兵があわててそれを拾い上げた。

「こ、壊れた？　電源が入らないぞ」

「予備があるだろう。持ってこい」

言われた憲兵はあわてて外に出て行く。彼はすぐに新しいものを取って戻ってこようとしたが、今度は路上で怪音が鳴り響いた。頬杖をついたままティナーシャは窓ガラス越しにそれを見ている。

「……全部壊さずに一つもらえばよかったですね。しまった」

「別に欲しければ後からでも手に入るだろ」

「あとは、わざと捕まって魔力持ちがどんな目に遭うのか見ればよかったかなってちょっと思ってます」

「十年前に一度見ただろ」

「あれが普通の人にもやられているなら、汎西域同盟は今すぐ灰燼《かいじん》コースに乗せてあげますよ」

ティナーシャの物言いにオスカーは小さな溜息をつく。

確かにこの国でエギューラ症候群の人間が強制連行されているなどとは聞いたことがない。おそらく反体制派にエギューラ持ちがいるなどの情報が流れているのだろう。

次々測定器が壊れる外では、まだ店主が憲兵と揉めている。ついには憲兵が拳を振り上げ店主を殴りつけるのを見て、オスカーは眉根を寄せた。

「……度が過ぎるな」

「介入しますか？」

ちょうどそこで、厨房などを調べていた憲兵が戻ってくる。

「見つかりませんね……」

「そんなはずがないだろう。もっとよく調べろ」

緊張していた客たちに白けた空気が漂い始める。オスカーは妻に頷いて見せた。

「穏便に諦めさせられるか？」

「承りました」

オスカーの目に、店内に広げられる構成が見えた。ティナーシャが無詠唱で展開させたのだろう。

憲兵たちは途端にぼんやりした目になった。だがすぐに彼らは夢から覚めたようにかぶりを振る。

「……情報は空振りだったか。これ以上は時間の無駄だ。帰るぞ」

隊長らしき男がそう命じると、憲兵たちは次々店を出て行く。その足取りはふらついてもいない確かなものだ。オスカーは感心して妻に問うた。

「すごいな。どうやったんだ？」

「貴方の毛嫌いしている精神魔法の一種です。今一番抱いている大きな感情を増幅させたんですよ。みんな『何もなさそうだから帰りたい』って思い始めていたみたいだったんで、ちょうどよかったですね。長続きはしないですけど、もともと自分が思っていることなんで自然に上書きされる感じです」

憲兵たち全員が出て行くと、店の中の空気も緩む。ティナーシャの精神魔法は客たちにも影響しているのか、あちこちの席から憲兵への悪態が上がった。

オスカーは感心の目で周囲を見回す。

「面白いな……。でも俺が知らないところでは使わないでくれ」

「貴方、本当に精神魔法嫌いなんですね。猫大好き事件がそんなに効いたんですか？」

「二百年以上前のことを引き合いに出すな。店主を回収してくる」

ティナーシャの魔法は店外までは及んでいない。このままだと店主と女店員、そして最初にエギューラ症候群で捕まった客は解放されないままだろう。オスカーは「いってらっしゃいませ」と妻に手を振られて路上に出る。

精神魔法で外に出て行った憲兵たちはゆるゆると撤収準備を始めている。そんな中、店主周りはまだ揉めていた。一度はトラックに乗せられた女性店員が、店主が殴られたのを見て憲兵を振り切って止めに来たのだ。

「何もなかったならもういいでしょう！　わたしたちを返して！」

「この店主は公務に逆らった」

「殴ったのはあなたたちの方です！」

後ろに縛られながら言い募る店員は、青ざめて強張った表情ながらも譲る気配がない。その気丈さに感心しながらオスカーは、店主の腕を摑んでいる憲兵に声をかけた。

「立ち入り調査が終わったなら、彼らを解放して欲しいんだが」

「なんだお前、邪魔をするな」

「ただの客だが、前払い制だから料金を払い済みなんだ。店に問題がなく撤収するというなら、その二人を置いていってもらいたい」

「この二人は反抗的だ。すぐには解放できない」

「じゃあ反抗的じゃないそっちの客をまず解放してくれ」

オスカーが示したのは、トラックに乗せられたエギューラ症候群の男だ。憲兵は煩わしげに困り果てた顔の男を見やる。男は好機を逃せないと思ったのか腰を浮かせた。

「み、身分証ならある！　職場に問い合わせてもらってもいい！　この近くの会計事務所だ！」

「……うるさいぞ。逆らうのか」

憲兵が一睨みすると、男は怯んで黙りこむ。だが憲兵はすぐに仲間たちの撤収支度を振り返って溜息をついた。トラックに歩み寄ると男の拘束を解く。

「身分証を見せてもらう」

「は、はい」

出された身分証の内容を、憲兵は手早くメモに書きとる。そうして解放された男があわてて店内に戻っていくのを見て、オスカーは言った。

「じゃあ残りの二人も頼む」

「は？　お前、さっきの話聞いてたか？　すぐには解放できないと言っただろう」

「取り調べなら客がいない時にでもできるだろう。店に問題がなかったなら急ぐ理由もない。身分証を確かめて解放できるなら、店を動かせない店主も同様の扱いでいいんじゃないか？」

「こいつは反抗的で――」

「疑いをかけたのはそちらで、殴ったのもそちらだ。店の二人は無実を主張しただけだろう。それでも二人を連れて行くというなら、食事の代金の返金処理をしていってくれ」

「後日来ればいいだろう」

「旅行者なんだ。後日はない。今日のことを全て上に訴えて返金処理しろというならそれに従うが。ちょうど南部諸国連合時代からの伝手がある」

憲兵は目に見えて顔を強張らせる。自分の裁量を越える問題だと気づいたのだろう。彼は舌打ちすると、別の車に乗りこもうとする隊長に駆け寄った。二、三言話すと追い払われ戻ってくる。

「分かった、解放してやる。こういうことになるから、次は態度に気をつけろ」

店主と女性店員を解放すると、憲兵はさっさと車に乗りこむ。トラックを含めた車が走り去ると、店主は我に返ったようにオスカーに礼を言った。

「あ、ありがとうございます……」

「怪我がひどいようだったら店のことは手伝うが」

「いや、これくらい全然平気ですよ。すみません、お待たせしちまって」

店主は小走りに店へ戻っていく。眼鏡の女性店員もオスカーに深々と頭を下げるとその後を追った。オスカーが店に戻った時、店主は客たちに「すぐに作りますんで！」と声をかけると厨房に入っていく。

彼がテーブルに戻ると、ティナーシャが軽く手を振った。

「お疲れ様です。どうやったんですか？」

「ただの詭弁《きべん》だ。その場しのぎでしかないが、後のことは後の人間にやってもらう」

「店主の怪我は徐々に治癒するようにしときました」

「手厚いな」

「お腹《なか》空いたので……」

ティナーシャはついにはテーブルの上に萎《しお》れる。いつの間にか日が落ちている。ティナーシャは空腹に酒を飲めるほど酒が強くないので、食前酒も手を付けていないままだ。オスカーは妻の頭を撫でる。

そうしているうちに、テーブルにチーズの盛り合わせが運ばれてきた。

「頼んでいないんだが」

「さっきのお礼！　ありがとうね！」

愛想のよい笑顔で女性店員はそう言うと、もう一人一緒に捕まってしまった男性のところへサービスの皿を運ぶ。オスカーは、顔だけ上げて店員を目で追っている妻の方に、皿を押しやった。

「ほら、食べられるぞ」

「あの人……」

「どうした？　お前、最初の時もじっと見てたよな。猫みたいなことするの、相手を怖がらせるからやめろ」

「いえ……」

ティナーシャはぽつりと呟く。

「あの人、マルク・オーリクと同じ目をしていますね」

ざわめきの中に消えるはずだった言葉。

その言葉に、店員の女は振り返った。

10. 亡国

一番摩耗しない感情とは、なんであろう。

あの血と銃声で汚れた日を生き延びた今、彼女は思う。

十年前、もっとも強かった感情は恐怖だ。

ただひたすら怖かった。叢の中で人が死ぬ音を聞いていた。「死にたくない」と、あんなに神に祈ったのは最初で最後だ。

そして恐怖と同じくらい強い感情だったのは、後悔だろう。

どうしてこんなことになってしまったのか。もっと上手く立ち回ればよかった。子供だったことを理由にはできない。運命は訪れる時を選ばない。

少なくともあの瞬間まで、エヴリーヌ・フォデュテは大公を継ぐ可能性があったのだ。

けれどそれを彼女が台無しにした。何もかもが血に汚れてしまった。見捨てるべきではなかった少女を見捨てて、自分だけが助かったのだ。それからの日々は、恐怖と後悔にまみれながらのものだった。彼女は自分の身分を捨てて、ただのアレットになった。

滅ぼされる自国から命からがら逃げだして、何人もの手を借りながら生きてきた。時には助けてくれた人間の死を乗り越えながら、時には善意の顔をした人間に騙されながらここまできた。とにかく必死だった。

彼女が逃げ出した後、首都は軍事基地に変えられたという。その話を聞いて、もう自分に帰る国はないのだと思った。せっかく生きられたのだから、生き延びるべきだと思った。

ただ……「何故」という思いが消えないのだ。

何故、セネージ公国は襲われたのか。

何故、あそこまで執拗《しつよう》に蹂躙されたのか。

何故、彼女たちは死なねばならなかったのか。

常に腹の底に溜まったままのそんな疑問の答えは、一生得られないのかもしれない。今の彼女はただのアレットだ。

けれどそんな時、知ってしまったのだ。

マルク・オーリク。

色の違う両目を持つ、大公家の次期当主。

誰よりも信じていた。家族だった彼。

——なのに、どうして。

※

頼んだ料理は全て美味しかった。

閉店まで一通り酒と料理を楽しんだ二人は店を出る。

「さて、じゃあ帰るか」

帰りは転移を使う予定だが、人目につかないところでやらなければならない。まだ人通りがある時間、オスカーは妻の様子を窺《うかが》った。

「大丈夫か？　家まで転移できるか？」

「んー、大丈夫でーす」

「酔ってるな……。泊まっていくでもいいぞ。変なところに出たら困る」

珍しく妻が飲み過ぎているのは、酒の味が気に入ったのだろう。オスカーは隣に並ぶ彼女の腰に手を回して軽く持ち上げる。地面からほんの少し浮いているのに気づいていないのか、ティナーシャはもたもたと両足を動かしているままだ。

そのままオスカーは妻を持ち運んで角を曲がる。

一本入った道は裏路地で人目につかない。転移を使うか泊まる場所を探すかもう一度妻に問おうとした時、オスカーは気配を感じて振り返った。少し速足に二人を追ってきた相手と目が合う。

眼鏡をかけ、金色の髪を下ろした若い女。

今出てきたばかりの食堂の店員に、オスカーは問うた。

「何か困ったことでも？」

「先ほどは助けてくださり、ありがとうございました。実は、あなたではなくそちらの女性の方にお伺いしたいことがございまして」

——言葉遣いが違う。

食堂にいた時の愛想のいい女店員とは違う空気に、半分眠っていたティナーシャが目を開けた。ティナーシャは夫の方側に首を傾ける。

「私に？　何の用です？」

「わたくしの目を、似ていると仰《おつしや》いましたね」

女は薄く色のついた眼鏡を取り、長めの前髪を上げる。

その左目は黒。右目は——濃い緑色だ。

彼女は優美に己の左目を指差す。

「わたくしの名はアレット。マルク・オーリクの妹です。あなたは、兄がどこにいるか知っているのですか？」

その声は、古い血の臭いがした。


セネージ公国が滅ぼされた時、大公家は大公から末娘に至るまで惨殺された。

無残に変わり果てた彼らの首は、首都の中央区に晒《さら》されたと聞く。

ならば同じ血を分けた宰相家の人間はどうなったのかと言えば、オーリク侯は同様に殺され、遺体を晒された。重職にいた他の何人かの者たちも同じだ。

ただ、宰相家の中で行方不明になっている人間もいる。

一人は次期当主であったマルク・オーリク。

そしてもう一人が、彼の妹アレット・オーリクだ。


「首都が占領された日、私はエヴリーヌ殿下と共に国境近くの離宮にいたの」

二人が案内されたアパートは、貴族令嬢が暮らす場所とは到底思えない小さく質素な部屋だった。

アレットと名乗った少女は、小さな木の椅子に座っている。過去を語る言葉遣いが戻っているのは、ティナーシャが「マルク・オーリク？　今はどこにいるのか知りません」と答えたせいだろう。張りつめていた気が緩んだのだ。

小さな部屋には一人掛けのソファしかないため、ソファに座る夫の足の間に座っているティナーシャが問うた。

「一緒に？　ですがエヴリーヌ公女は亡くなっていますよね」

「……ええ。私と殿下は、侍女の手引きで離宮を抜け出したわ。でも国境に至る前に追手に追いつかれて、侍女が私たちを隠してくれたけど……。侍女が殺された姿を見て、殿下は声を上げて見つかってしまった。結果、その場で……」

そこから先をアレットは語らなかった。

ただ黒と緑の双眼が、闇を覗きこんだように一段深く染まって見える。

アレット・オーリクは当時十歳だったはずだ。十歳の子供が見るには悲惨過ぎる光景であっただろう。自分たちを守ろうとした侍女と、主君筋の姫が揃って目の前で殺されたというのは。

オスカーは苦い顔になり、ティナーシャは表情を消す。彼女がそういう顔をするのは、心の何かに触れてしまった時だ。

「追手たちがすっかりいなくなった後、私は一人で隠れていた叢から出たわ。そして、二人の体が引きずられていったのとは逆の方へ、国境へ走ったの。国境先でようやく助けに来てくれた人間たちと合流したけど、その後も全然楽じゃなかったし、ひどい目にもあった。一人になった今は、オーリクの名を捨てて、ただの給仕として暮らしてる」

「……苦労をしたんだな」

心からの言葉を口にすると、アレットは淋しげに微笑んだ。その微笑には確かに、彼女が貴人であったことを窺わせる気品が垣間《かいま》見《み》える。オスカーは、自分の足の間に収まっている妻を抱きしめたい衝動に駆られた。

自国の滅亡を目の当たりにしたのは、ティナーシャもだ。その出来事は彼女の一生を捻《ね》じ曲《ま》げた。その過去をかつてのオスカーはずっと気にして、何とかしてやりたかったと思っていたのだ。

――結局のところ、時を巻き戻したあのただ一回において、オスカーはティナーシャを救えた。けれどそれは「彼女が魔女になるのを防いだ」のであって「魔女になってしまった直後の彼女に寄り添えた」わけではない。最後の歴史になった正史において、ティナーシャはやはり兄に裏切られ、苦痛の中を一人でさまよったのだ。そのことを思うとただ胸が痛む。

ティナーシャは、今は汎西域同盟の国の一つで暮らしている女を見つめる。

「それで、貴女《あなた》は行方不明になった兄を探しているんですか？」

「探しているっていうか、生きているとは思わなかったんだけど、いるのなら会いたいと思って」

「それで私の言葉に引っかかったんですね」

ティナーシャが「マルク・オーリクと同じ目だ」と言ったのを聞いて、兄の居場所を聞きに来たのだろう。マルク・オーリクは十年前、緑の左目を前髪で隠していた。にもかかわらずアレットを兄と同じ金目銀目だと言えるのは、現在の彼を知っているからではないかと思ったのだ。

ただ蓋を開ければ、単純に十年前の偶然で見えただけだ。ティナーシャは自分の左目を指で示す。

「貴女は色の左右がお兄さんと逆ですよね。その緑の瞳は『もっとも大公家に仕えるにふさわしい人間に発現する』って話ですけど、もしそうなら失礼ですが、お兄さんは既に亡くなっているんじゃないですか？」

マルク・オーリクが死んだから、その妹に瞳の色が継がれたのではないか。

そう示唆する女に、アレットはかぶりを振る。

「これは兄の目とは関係ないの。宰相家の金目銀目で意味を持つのは、左目が緑になった時だけ。私のは亜種だわ」

「そうなんですね。ちなみに色が変わるのってどういう仕組みなんですか？」

「何も。自然に色が変わるの。見てみる？」

アレットは黒い左目を押さえて、緑の右目を示す。ティナーシャはソファから立ち上がると、三歩歩み寄ってその瞳を覗きこんだ。狭い部屋なのでそれくらいで至近になるのだ。

「うーん、確かに普通に見える」

「今みたいな暮らしだと不気味がられるだけだから、普段は眼鏡で誤魔化してるの」

アレットはベッド脇のテーブルに置いた眼鏡を一瞥する。その硝子には薄茶色の色が入っていた。

ティナーシャが戻ってくると、オスカーは本題に入る。

「で、どうして俺たちにその話を？　妻があなたの兄を見たのはセネージ公国が侵攻を受ける前だ。そんな人間はいくらでもいるだろう」

「いくらでもはいないわ。国の中枢近くにいた人間はほとんどの者が死んでしまった」

重い言葉だ。普通の人間ならアレットの見た凄絶な光景を連想し、腰が引けただろう。けれど二人は表情を変えぬまま受け止めた。アレットは気づいたのか、困ったように笑う。

「ごめんなさい。不幸自慢をしたいわけじゃないの。でもお願いしたいのは本当のことで……つまり、兄の顔を知っているあなたに、もし兄を見かけたら教えて欲しいの」

「見かけたら、ですか」

「うん。それにあなたは、旧南部諸国連合に伝手があるんでしょ？」

「ああ……、いや、あれは嘘だ」

「え!? そ、そうなの？」

「オスカー、そんな嘘ついたんですか？」

「憲兵にな。嘘と言うか方便というか。南部諸国連合所属の依頼人はいたけど、特に親しいわけじゃない」

アレットは、オスカーが憲兵を煙《けむ》に巻《ま》いたのを見て期待を持ったのだろう。兄の顔を知っていて、現汎西域同盟の上層部にも顔が利く夫婦だと思ったのだ。

ぽかんとしているアレットにオスカーは詫びる。

「おかしな期待をさせてすまなかった。そういうわけで役には立てないだろう」

「あ、ううん。こっちが勝手に期待しただけなの。ごめんなさい」

アレットはあわてて両手を前に出して謝った。色の違う両眼に淋しさがよぎる。

「大丈夫。せっかく命を拾ったんだから、今の第二の人生をちゃんと生きなきゃって分かってる。ただ兄に会いたいって気持ちは捨てられなくて」

「肉親なんだから当然だろう」

それは嘘偽りのない言葉だ。オスカーは何度か生まれ直しをした際に異母兄を持ったこともあるが、家族というものは良くも悪くも特別な感情を抱かせる。それは他人からどうこう言えるものではない。

オスカーは妻を抱き上げて立ち上がった。

「これも縁だ。もしマルク・オーリクを見かけたら連絡しよう」

「え、いいの？」

「ちょうどあちこちを回る商売をしているしな」

「ああ、旅行者って言ってたわね。買い付けでもしてるの？」

「そうだな」

運び屋と言うより、目利きの買い付け師の方が怪しまれにくい。オスカーはついでに、自分たちの主目的の方を口にした。

「ついでで悪いんだが、何か不思議な力を持つ人や道具を知らないか？　技術的に不可能だったり原因不明な現象があったら教えて欲しい」

仕事で関わった人間には大体聞く問いだが、アレットは元侯爵令嬢だ。珍しい話を知っているかもしれない。

それを聞いた女は長い睫毛をしばたたかせた。

「強いて言うなら、オーリク家の金目銀目がそうだけど……」

「ああ、そうなるのか。いやもっと不思議な現象というか」

妹にも出ているということは、おそらく両眼の色の違いは遺伝的なものだ。不思議ではあるが捜している呪具ではない。説明が難しいことを説明しようとするオスカーに、アレットは続ける。

「あの目を持つ人間が『大公家に仕えるに一番ふさわしい』と言われるのは、選択を間違えないからなの」

「は？」

咄嗟に理解できない逸脱者の夫婦に、アレットは「ええっと……」と言葉を探す。

「重大な局面にさしかかると、あの目の持ち主には二択か三択かの選択肢が見えるんだって。それはどれも必ず起こり得る未来で、いわば運命の分岐点よね。どの選択をするとどんな未来になるかまで見えて……だから絶対に正しい方を選べる。まるであらかじめ全部の選択をシミュレートして、それが外れないみたいな……」

「――未来演算」

ぽつりと、その言葉を口にしたのはティナーシャだ。

オスカーは妻の顔を覗きこむ。

「未来視か？　カサンドラも持ってたよな」

「あれはこの世界の異能ですよ。そうじゃなくて、一時期アイティリスでそういうのが研究されてたんです。未来を計算する構成ができないかって……机上の空論です」

「空論なのか」

「だって不確定要素は絶対ありますから。蓋然的な結果しか出せません。実用できませんよ」

二人のやり取りは、アレットの前とあってこの大陸での言語で為されたものだ。ただそれでも意味が分からないように問題のある単語は出さないようにしている。このやり取りを聞いて「カサンドラ」が『水の魔女』であるとは分からないし、「アイティリス」が「魔法大陸」とも通じない。ただオスカーに「魔法では実用不可能だった」と伝わっただけだ。

アレットは苦笑する。

「もちろん、いつでも絶対に正しい方があるとは限らないんだけど、そういう時は『ちょっとでも大公家のためになる方』を選べるの。その能力があるから、セネージ公国はあの日まで繁栄できてたって話」

「なるほど……？」

大陸全土を見ているオスカーたちからすると、セネージ公国が特別だという感じはさほどしなかったが、言われて思い返してみれば首都中央区の近代化はあの時代あの規模の国としては際立っていた。似た状況にあったティヨンはもっと牧歌的な国だったのだ。

オーリク侯の「切れ者」との評判が、その目の能力から来ているのだとしたら。

「興味深い話だ。ありがとう」

真面目に礼を言うと、アレットは自嘲気味に首を横に振る。

「そんな目があるなら、どうしてセネージ公国はひどい滅び方をしたんだろうって話だけど」

彼女のその述懐には返すことも難しい。「いつでも良い選択肢があるわけではない」ということを二人は知っているが、それはまだ若く、亡国の当事者である彼女に言うのは酷だ。

オスカーは時刻が夜更け過ぎになっていることに気づく。

「遅くまで邪魔した。今の話はこちらとしても気になるからな。マルク・オーリクを見かけたなら連絡しよう」

「あ、ありがとう！　連絡先って聞いても平気？」

「仕事で出かけて出られない時も多いが。そういう時は録音を入れておいてくれ」

オスカーは手近なメモに家の電話番号を書くと、自分の名前を添えて渡した。

アレットの部屋を辞す去り際、ティナーシャが彼女に問う。

「今日の立ち入り調査、あれでエギューラ症候群と判定された人たちはどこに連れていかれるんですか？」

今回は未然に防いだが、二人が介入しない場合どうなっていたのか。

アレットも分からないのか「うーん」と悩む表情を見せた。

「取り調べはされるんだろうけど、治験の協力を求められることもあるって聞いたよ。何日か決まった部屋で生活して、その後解放されるんだって。報酬ももらえるらしいけど、仕事を休まなきゃいけなくなるからちょっと困るよね」

庶民的な感想。肩を竦める仕草はいたって普通の今を生きる人間のもので、オスカーは少しの苦みを嚥下《えんか》した。


アレットのアパートを出た時には、すっかりティナーシャの酔いも覚めていたようだ。彼女の転移で二人は家へと帰る。

牧場跡に買い上げた一軒家はもう十年以上細々改装して暮らしているティナーシャのお気に入りだ。ただ家自体の大きさは決まっているため、二人暮らしとしては広い家だが今までのように風呂場を大浴場にするわけにはいかなかった。結果として、普通の家よりも少し広く深い浴槽があるだけだが、ティナーシャは充分満足らしい。

のんびり浸かって出てきた彼女は、長い髪を魔法で乾かしながらソファで足を組む。

彼女が浴槽で伸びている間、一緒に風呂に入って先に出てきたオスカーは、妻に水を入れたグラスを渡した。ティナーシャは礼を言ってそれを受け取る。

妻がこくこくと水を飲むのを見ながら、オスカーはソファの隣に座った。

「マルク・オーリクの話をどう思う？　魔法だと再現が難しいんだろう？」

「本当に未来演算だとしたら、ですね」

ティナーシャは立ち上がると台所に向かう。流しでグラスを洗いながら、彼女は言った。

「未来演算って、それっぽく見せることは容易いんですよ。手に入っている情報からこの先どうなるか予測するなんて、私たちも普通にやることでしょう？　でもたとえば二通りの未来が提示されたとしたら、選ばなかった片方が本当に起こりうる未来だったのかどうかは、時を巻き戻せない以上分からないわけです」

「まあ、そうだな。どうにでも言いようがあるわけだ」

オスカーはそう言ってから、ふと昔自分が経験したことを思い出す。

「お前はでも、似たようなことを魔法でやっていなかったか？　シェライーデの時、現実の世界を写し取って、仮想で未来まで動かしていただろう」

かつてティナーシャがシェライーデという名で生まれた時、その死の間際にオスカーへ魔法をかけたことがあるのだ。数カ月をほんの数十分のうちに経験させるという魔法は、現実に限りなく近かったように思える。

グラスを洗い終わったティナーシャはしかし、あっさりと否定した。

「あれは精神魔法ですね。でもあれも『こうなるかもしれない可能性の高い未来の一つ』でしかありません。絶対に正しい未来、なんてとてもじゃないけど言えませんよ。貴方の判断の匙加減《さじかげん》でも変わりますし、新たな人間が関わってくることもあれば天災が起きることだってあるわけです。魔法の構成始動時に予兆がなかったものは組みこみようがありません」

「なるほど、そうなるのか」

たとえて言うなら、あの精神魔法は戦術盤の先を読んで定石を動かすようなものなのだろう。だが現実は、盤上だけで動くとは限らない。外から石を投げこまれることもある。

「なら、全部を完全に演算するのは確かに異能や呪具の域だろうな」

「ええ。けど、呪具の力にしては、それは弱すぎる気もするんですよね。魔法での実現はほぼ不可能だけど、できたからと言ってそれほど効果があるかと言ったら疑問です。貴方が言わなかったように『外れ籤《くじ》の未来しかない』って場合もあるわけですし、他の呪具だったらそれくらい覆してくるくらいの理不尽さがあった気がするんですけど」

「呪具も様々だったが……確かにそういう印象がなくもないな」

ただ「できる」「できない」や「効果が強い」「弱い」はいずれもこちらの世界からの印象だ。向こうには向こうの事情があって呪具を送りこんできているのだから、そこで判断はできない。

「でもマルク・オーリクがもし呪具を使っているのだとしたら、謎が一つ解けます」

「どの謎だ」

「十年前、何故マルク・オーリクはエドの話を聞かずに追い返したかです」

「ああ、それか」

当時のことはオスカーもエドと妻から後で詳しく聞いた。マルク・オーリクは、一度はエドの話を聞く姿勢を見せながら、急に話を遮って「聞かない」と言い張ったらしいのだ。

「そうか。『聞く』と『聞かない』の演算結果が出て『聞かない』を選んだのか」

「という仮説です。あの一瞬で未来演算が為されたのだとしたら急な豹変《ひょうへん》の理由が分かります」

「確かに」

そこまで言って二人は真顔で視線を合わせる。

――絶対に正しい選択をできる呪具で演算をしてなお、セネージ公国があれほど無残な終わり方をしたのだとしたら。

十三歳のマルク・オーリクに見えた他の未来は、どのようなものだったのだろう。

それぞれ自国を負ったことのある二人は己の戦慄を味わう。

だが、それも今のところ不確定な推察だ。オスカーは気を取り直すと妻を手招く。ティナーシャは小走りに戻ってくると向かい合わせに彼の膝に乗った。オスカーはまだ濡れている妻の髪を、一房ずつ手に取り乾かしていく。

「アレットの頼みもある。マルク・オーリクについては探してみよう」

「はーい。明日は猫の譲渡主さんに報告に行くんで、その後になりますけど」

「俺も行く」

「よその猫が触りたいんですね。いいですよ」

この場合の「うちの猫」はティナーシャ自身だ。オスカーは艶《つや》やかな髪を乾かしていく。

彼女はオスカーの首に両腕を巻きつけると、その肩に顔を埋めた。

「それにしても、アレットの頼み、ですか」

「どうかしたのか?」

ティナーシャは嫉妬心を持たない女だ。だから引っかかるような口ぶりは何か本当に引っかかることがあるのだろう。彼女は感情をできるだけ排した、乾いた声で言う。

「あの話を聞くだに、アレットは目の前で侍女と公女が殺されるのを見て、その後命からがら逃げだして今に至るわけです。国も人も、何もかもを一度失くしたわけですけど……それでも『絶対に選択を間違わないはずの兄』を、彼女は恨まないでいられたんでしょうか」

※

「少尉、今週の立ち入り調査の結果はこれで全てです」

部下が提出してきた書類を、青年は頷いて受け取る。

そこには知っていることしか書かれていない。どこに調査に行くかは集まった情報から彼が決めることだが、そこでどんな成果が得られるかは、場所を決めた時点で分かりきっている。皆にはそのことを不気味がられて距離を取られているが、青年にとってはむしろありがたいくらいだ。あまり人付き合いはしたくない。

彼は黙ったままパラパラと書類に目を通す。沈黙に耐えきれなくなったのか、部下が強張った口を開いた。

「少尉の采配のおかげで、今週も指定の人数を満たせそうでありますな」

「そうか」

話は弾まない。部下が作りかけの笑顔のまま固まった時、彼は最後の一枚を見て眉を寄せた。

「この食堂は……？」

彼の知っている結果と違う。異常はなく、連行者もいないという結果はありえない。部下が固まった表情を戻して補足した。

「エギューラ測定装置が故障したとのことで、調査を中断したそうです。もう一度立ち入り調査を行わせますか？」

「なんだと？」

青年は迷う。

――これは異常だ。詳しく調査するべきか、それとも避けて通るべきか。

彼は、己の中の岐路を意識する。その時、ドアが外から叩かれた。

「少尉、お届け物です」

「届け物？」

見慣れない封書を彼は受け取る。ペーパーナイフでそれを切って中を読んだ青年は、みるみるうちに顔色を失くした。上着を摑んで部屋を出る。

そうして彼が向かった先に待っていたのは——一人の男と、やたらと長い地下への階段だ。

真っ暗な中を続く階段は、銀色の段板だけが斜めに並ぶ、非常階段にありがちなスケルトン構造だ。二段置きに非常灯が段板の半分を淡い青色に照らし出している。二人分の軍靴が鳴らす足音は硬質に響いて、まるでこの階段が世界の深淵《しんえん》へと降りていくような錯覚を青年に抱かせた。

先を行く男が、不意に重い声を上げる。

「この下に何があるか分かるか？」

壮年の男の問いは、正解を求めていないことが明らかだ。

それでも無言でいれば余計な不興を買う。

この壮年の男は、表向きは第一線を退いた人間なのだが、実際は未だ内部で強い発言力を持っている。実質上官だ。ただそんな人間が何故自分を呼び出したのか、青年は分からず当たり障りない答えを返した。

「高密度なエギューラ体が地下にある、とは聞いたことがあります」

それは、今の組織に所属してから聞いた話だ。まことしやかに、というより既定の事実のように語られている話に、壮年の男は鼻で笑った。

「あれはもっと地中奥深くだ。とても物理的に辿りつけるような深度ではない」

「そうなのですか」

青年の相槌《あいづち》は追従にしては熱が足りなかった。

だが実際、彼は驚いていたのだ。まるで御伽噺のような地下深くの力の存在を、上官は当然のように肯定したのだ。それは彼が負っている任務と関係があるのか。エギューラ症候群の治験任務に携わっている青年は不可解さを覚える。

上官は階段を降りて行く。

どこまでも闇の中に降りていくように思える中、ようやく階段の終わりが見えてくる。

そこは円形の広場になっていた。照明は階段にあったのと同じ非常灯が、外縁の床に沿って点々とあるだけだ。だから壁がどうなっているのか、天井はあるのかもよく分からない。ただがらんとした空間に、一つだけ異質なものが存在していた。

「扉……？」

両開きの大きな扉が、階段とは反対側に置かれている。

白い石造りの扉はずいぶん古いものに見えた。上部はアーチ形になっており、何かのレリーフが刻まれている。横に倒した卵のようなものがレリーフの中に見て取れた。

青年は、上官の後に続いて最後の段から降りる。上官はそのまま扉に向かうかと思われたが、円形の広場の中央で足を止めた。

「あの扉が何か分かるかね」

「いえ……申し訳ありません」

「あれが、君の言う地中深くにあるエギューラ体へ続く扉だよ」

「え？」

からかわれたのか、と青年は上官の表情を窺う。先ほどの話が正しいならここは深度が足りていないはずだ。しかもエギューラ体があるとされているのは大陸中央部で、ここから大分距離がある。

だが上官はいつもと同じ真意の知れない柔和な笑顔のままだ。ただ糸のような目は笑っていない。

「あの扉は物理的に繋がっているのではない。大陸のどこか一カ所に常に存在している。それがたまたま今はここだというだけだ。君は本当に知らなかったのかね？」

「……いえ」

知らなかった。第一降りてきた階段は、真新しいものに見えた。

喉元まで一つの疑問が出かかる。それは十年前からずっと胃の中に渦巻き続けたものだ。

つまり――何のために彼の祖国は滅ぼされたのか、という思い。

それを彼は決して面に出さないように生きてきた。理由が分かったとしても、もはや全て遅いのだ。失われてしまった。取り戻すことはできない。

「この扉は普通には開けられない。特定の鍵が必要だ。それを持っているなら、わざわざここの真上に首都中央区を作った大公家だろうと思っていたが、どうやら違ったようだ」

「っ、鍵など……」

そんな話は知らない。ここの真上に中央区があったのは「そうした方が人が死ににくい」からだ。

彼は喉の渇きを覚える。言うべきではないと思っていたことが、今だけは抑えられなかった。

「た、大公家が鍵を持っているかもと疑われたのなら……どうして彼らは殺されたのです」

当時の大公から末の公女に至るまで、大公家の人間は問答無用に殺害されたのだ。鍵の在りかの尋問などなかったことを彼は知っている。胃の中にわだかまる感情が熱を持つ。

動揺を見せる彼に、上官は笑った。

「簡単なことだ。大公家の中に『管理者』が混ざっているかもしれない。だとしたら生かして逃がす方が面倒だからだよ。鍵など後からゆっくり探せばいい」

「は……」

行き場を失った感情が渦巻く。指先が痺れて、体が冷えきる。

おかしくもないのに空気だけの笑声が零れそうで、それと同時に涙が滲んだ。

笑声だと思ったものが嗚咽《おえつ》なのだと気づくまでに、とても長い一瞬が必要だった。

思考が壊れそうになったその時、上官は彼の何にも気づいていないように続ける。

「南部諸国連合も汎西域同盟も、そのために作ったようなものだ。この扉を開けるためにね」

「そんな、ことは……」

あってはならないはずだ。汎西域同盟は、今や巨大な一つの国だ。軍が実権を握っている巨大な国。そうと気づいていない者も多いが、やがては皆気づく。

その軍の目的が、地中深くにある扉一つを開くことなど、誰が信じるというのか。

「君のこれからの役目は、鍵探しだ」

彼は答えられない。己の強い吐き気と戦っている。

「鍵がどんな形をしているのかは分からない。誰が持っているかも不明だ。ただこの扉には代々『管理者』がいるはずだ。その人物を見つけるか、彼らが書き連ねているだろう『本』を手に入れることでも前進する。そちらは別の人間が担当しているが」

「『管理者』、は……」

大公家は、決してそんな管理者などではなかったはずだ。そう訴えたかった彼の言葉は違う意味として受け取られた。

「『管理者』は一般的な患者を超えるエギューラ量を擁しているはずだ。血で継承していくため、今がどんな人間なのかは分からない。ただ君であれば今の任務と似たようなものだ。合わせて柔軟に動けるだろう」

話だけが勝手に進んでいく。震えが足に伝播《でんぱ》する。

答えない青年を、上官が笑顔で振り返る。

ミッド・ラダフィール、南部諸国連合を作った男が。

「できるだろう？　マルク・オーリク。せっかく助かった命と、手に入れた地位なのだからな」

色の違う目に見える分岐点は、今はない。

どこにも行けない。一本道を進み続けるしかない。

マルクはやまない吐き気の中で、自分が救わなかった少女のことを思い出していた。

11. 約束の連続

アレットの朝は早い。

日が昇る少し前に部屋を出て、人通りが少ない街中をジョギングする。そうして戻って汗を流してから、身支度をして出勤する。走って出勤する彼女に、街のあちこちから声がかかる。

「おはよう、アレット」

「今日も元気だねえ」

「おはよう、ダーナさん！　ユザさん！」

大きく手を振るアレットに気づいて、他の人間たちも笑顔になった。

「アレット、この間考えてくれたレシピ好評だったよ！」

「医者を紹介してくれてありがとうな。おかげで早いうちに治せたよ」

親しげな彼らの声はいつものことだ。

アレットの街での評判は「目端が利く」「気立てがいい」「色んなことを知っている」「頭がいい」「親身になってくれる」「そそっかしい」「放っておけない」などというものだ。

その中に「育ちがいい」というものはない。アレットはそれを見せないくらいには慎重に立ち回っている。

元の身分が惜しいとは思わない。今の暮らしで充分だ。周りの人間は優しく、やりたいことはいくらでもある。何かを思いついたらすぐに実行できる。それを助けてくれる人たちがいる。成功したり失敗したりの繰り返しだが、それが楽しい。先週は近所のパン屋と新しい持ち帰りのパンのアイデアを出し合い、試しに限定数を店に出したが非常に売れた。そういう瞬間瞬間に感じる喜びは得難くて、充実していると感じる。

もし自分が生まれた時のまま何不自由なく成長していたら、彼らと出会わず彼らのことも知らなかったのだ――そんな風に思う時、喪失感に似たものが胸をよぎる。

別の場所でお互いを知らずに生きていたなら、もし彼らが窮状に陥ったとしても何の手助けもできなかった。ならば、今は今でよかったのかもしれない。

アレットは食堂の裏口に回るとドアを開けて中に入る。

ランチから営業するこの店は、朝から仕込みが行われる。この時間、店主は市場に仕入れにいっており、その間に店内から外の道路までを一通り掃除するのがアレットの仕事だ。重いカーテンを引いて窓を開ける。空気を入れながら、椅子のないホールを掃き清め、厨房の床にモップをかける。

それが終わる頃に店主が帰ってきて、スープの仕込みが始まる。アレットは仕込みを手伝い、ランチメニューに出す付け合わせの下ごしらえをする。

この店は、ランチタイムが近づくまで店主とアレットの二人で準備を行う。昼近くなると他の店員も出勤してくるが、朝から夜までいる店員はアレットだけだ。

「アレット、野菜の皮剝きを頼むよ」

「はーい。まかせて」

野菜箱を引き取り、その前に椅子を置くと、アレットは小さなナイフを使って黙々と皮を剝いていく。スープのよい香りが店内に漂い始める。アレットは、自分の年齢の倍以上は年上の店主を見やった。

彼は、身寄りがなく行き場もないアレットを、何も聞かずに身内として受け入れてくれた。掃除や料理を始め身の回りのことを教え、身元保証人になって部屋を借りてくれた。まるで親のように面倒を見てくれたのだ。感謝してもし足りないし、彼がいなければ自分の人生はもっと違う方に行っていたのではないかとも感じる。

それとも、己の運命は変わらぬものなのだろうか。

「アレット、今日くらい休んでもよかったんだよ。昨日あんなことがあったのに」

「休んだ方がいいのはマスターもでしょ。殴られてたんだし」

「あれくらい大したことないよ、すぐに痛くなくなったしね。腫れてもいない」

店主はにやりと笑う。さすがの貫禄《かんろく》かもしれないが心配になってしまう。

——昨晩、憲兵たちが突然の立ち入り調査に来たのにはさすがに驚いた。

最近は反政府運動があちこちで起こっているせいか、こうして憲兵たちが押しかけてくる事例がぽつぽつ増えた。よその話を聞いていると、昨日みたいに何事もなく帰っていくことは稀だ。難癖をつけて店主や店員、エギューラ症候群の人間が連行されるのがほとんどで、前者のうち疑いが晴れない者はいつまでも拘留される。エギューラ症候群の人間は一週間ほどで帰されるという話で、治験に駆り出されているのでは、という噂だ。

この噂がある程度の信憑性を持って語られているのは、憲兵の立ち入り調査が入った場所が、旧セネージ公国内やその周辺の地域に偏っているからだろう。旧セネージ公国の首都は、今や軍事基地となっており、中央区にはエギューラ症候群の研究施設があるという。そこに人間を輸送するのに便利だから、近隣区域で理由をつけて人を連行しているのではないかという話なのだ。

「まったく迷惑な話だよ。治験の人数が集まらないからっていい加減な立ち入り調査なんてさ」

「でも、おかげでうちは大丈夫ってお墨付きがもらえたようなものじゃない。憲兵さんに感謝したいくらいでしょ？」

おどけて言うと、マスターは笑って肩を竦める。「アレットは前向きだな」とよく言われる言葉が聞こえてくるようだ。

だが前向きでなければ生きていけなかった。どんなことにでも針先ほどの「よかった」はきっとあるのだ。アレットが巡り巡って今生きていられるように。

けれど、十年前のあの悲劇に関してだけは、未だにそれが見つけられていない。

見つけられていない分、他の出来事に探そうとしているのだろうか。

店主は寸胴鍋を丁寧に混ぜながら言う。

「アレットも、いつでもよそに行っていいんだからな」

「え？」

どうして突然そんなことを言うのか。驚いてナイフを空ぶらせたアレットに、店主は苦笑する。

「いくら立ち入り調査で何も出なかったからって、ここが危険なことには変わらない。憲兵がまたいつ来るか分からないし、店を閉めなきゃいけない日はいつか必ず来る。その時に君が犠牲になる必要はない」

「マスター……」

「君は大きくなった。もう一人で好きなところに行って好きなことだってできる。路地裏で一人で怯《おび》えてる君じゃない」

懐かしい日のことを、彼女は思い出す。


店主に出会った時、彼女は十三歳になったばかりだった。

滅びていくセネージ公国の国境を越えた時、彼女を助けてくれたのは数人の大人だ。遠い血縁の男と、彼に仕える者たち。

けれどすぐに彼らにも追手がかかった。男は南部諸国連合の兵士たちによって殺され、彼の遺志を継ぐ人間たちが彼女を連れて逃げた。

一人、また一人と彼女と同行する者たちは減っていった。殺された。消えた。無力な彼女は、彼らにとって厄介な荷物だった。最後の一人には売られそうになって、だから彼女は逃げた。

やせ細った体を抱えて、彼女は路地裏でしゃがみこんでいた。

自分もあの時、一緒に死んでいればよかった——そう思ったことは一度や二度ではない。

その度に「そんなことを思ってはいけない」と言い聞かせた。在るものをなくすことはできても、なくなったものを戻すことはできない。だから、自分は踏み留まらねばならないと。

それでも、もうやめたいと思って死体のように座っていた時、彼女に温かいスープが差し出されたのだ。

「飲めるかい？」

まだ生きられるのか、生きたいのか。

そんな問いであるはずの男の言葉は、ただ子供を気遣う慈しみに満ちていた。

だから彼女は震えながら乾いた唇をつけたのだ。

そのスープは、失われた祖国の味だった。


「アレット、君はどう思ってるかは分からないけど、僕は自分を君の親代わりだと思ってる。だから、その……君に無理はさせたくないんだよ」

口ごもって言葉を選びながら、それでも真摯に店主は言う。

それはまぎれもなく彼の愛情だ。この数年間、彼は真実アレットの親代わりだった。熱を出した時は一晩中傍についていてくれた。彼女に新しいワンピースを着せるために、自分は穴の開いた古着を繕って着ていた。いずれも本当の親さえできなかったことだ。

そして今も。アレットがいなくなれば困ることもあるだろうに、変わらず彼女自身を大事にしてくれている。その溢れるばかりの愛情を彼女はよく知っている。思い出を振り返るだけで自然と胸が熱くなる。

アレットは滲む視界を何度かまばたきしてのみこむと、野菜剝きに戻る。

「ありがとう。でも、私は私の生きたいように生きてるの。ここにいるのもそう。私が一緒に暮らしたいの。だから心配しないで」

助けられた恩に報いる。愛情に愛情を返す。

そうしたいとアレット自身が思っている。この街の人たちが、父のような店主が、好きだ。

「心配しないで。大丈夫だから。……絶対、裏切らないから」

そんな風に付け加えてしまったのは、マルク・オーリクのことが脳裏をよぎったからだろうか。

彼と自分の関係は店主にも言えていない。店主はアレットの瞳のことを知っているが、「病気でこうなった」という言い訳を信じてくれている。本当のことを言えばもっと早くマルクを見つけられるのかもしれないが、そうなったが最後、何かが変わってしまう気がして怖かった。

だから、恐ろしかったのだ。昨夜店にふらりと来た女が、自分のことを「マルク・オーリクと同じ目だ」と言った時に。

「ダーナさんとね、明日お昼を一緒に食べる約束があるの。セアとは明後日《あさって》買い物に行く。毎日そうやって誰かと約束してる。もちろん、あなたとも」

自らに言い聞かせるように、アレッタは微笑んでナイフを動かす。

「大丈夫。裏切らない」

マルクを見つけたい。

マルクが見つからなければいい。

真反対のことを同じだけアレッタは祈る。

けれどそれでも、人にはある日突然運命と呼ぶしかない岐路がやって来るのだ。

※

その家は、小さな田舎町の外れに建つ一軒家だ。

煉瓦《れんが》の壁に囲まれた広い庭の家。玄関のベルを鳴らすと、しばらくして「どうぞお入りになって」と返答がある。オスカーは鍵のかかっていないドアを開けた。

中は小さな玄関ホールになっており、もう一枚ガラス扉が奥にある。

ガラス扉の向こうには、来客の音を聞きつけて集まった猫たちが数匹、興味ありげにオスカー夫妻を見上げていた。

この家に来るといつもの光景なのだが、物見高い猫たちに注目される一瞬がオスカーは好きだ。

ガラス扉の前にしゃがみこんで猫を扉越しに構い出す夫を見ながら、ティナーシャは玄関扉を閉めて鍵をかける。この家は動物の脱走防止に二重扉になっているのだ。

ティナーシャが鍵をかけた音を確認して、オスカーはようやくガラス扉の方を開ける。さっそく灰色の長毛の猫がホールに出ようとするのを、彼はひょいと抱き上げて中に入った。他にも出てこようとする猫を、ティナーシャがぐいぐいと押し戻しながら入って後ろ手にガラス扉を閉める。

「この家に来るといつもこれが楽しいんですよね」

「人馴れしてる猫だけが見に来るからな。客が嫌いな猫は出てこない」

猫を抱いたままオスカーは短い廊下を通って奥の部屋に向かう。猫たちは全部のドアに小さな猫用の扉がついているので通行自由だ。

突き当たりは、日の光が良く入るリビングになっていた。

そこには一人の老婦人が揺り椅子に座っている。膝の上には大きな縞猫《しまねこ》が丸くなっていた。

「今回も無事依頼を叶えてくれたようね。ありがとう」

「こちらこそご依頼ありがとうございます。里親はよさそうな親子でしたよ」

労《ねぎら》いを口にする老婦人に、オスカーは胸に手をあてて一礼する。さすがに猫は部屋に入る時に下ろした。

旧ティヨンの田舎に住む彼女が、いつも動物の移送を依頼してくる女性だ。家の中にうろうろしているのは猫が目立つが、犬もいる。この時間は使用人が散歩に連れて出ているはずだ。

依頼料はいつも前金でもらっているが、この老婦人が一番気にしているのは里親の人柄だ。事前のやりとりで見極めをするが、直接会えない相手も多い。だから自分たちが事後報告する。それは頼まれたからではなく、オスカーたちが察して始めた習慣だ。

ミシリエという姓を持つ老婦人、詳しくは知らないが、元は上流階級の人間だったのだろう彼女は微笑む。

「ありがたいお話ね。こういうものはご縁だから」

穏やかに微笑むミシリエが撫でているのは、もう十五年以上生きている老猫だ。彼女は野良猫や野良犬を保護する活動をしており、子猫や子犬は貰い手《もらいて》を探すが、老いた動物たちは手元に残す。屋敷に来たばかりの子猫などは、別室でケージに入っているので、自由に歩いている猫はこの屋敷で一生を過ごすものたちだけだ。

「あなたたちは飼わないの？　里親はいつでも募集しているわよ」

「移動が多い生活なもので。こちらに伺っているのも下心です」

ティナーシャは猫のおもちゃを手に取り、さっそくついてきた猫たち相手に遊んでいる。夫には「猫触りたさで行くんでしょう」などと言っている彼女だが、ティナーシャも充分に猫を構うのが好きだ。

「お茶をお出しするわ」

「いえ、お構いなく」

「私がやりますよ」

ミシリエ婦人は足がよくないのだ。ティナーシャは率先してそう言うとキッチンに向かった。いつの間にか頭の上に猫が乗っているが気にする様子もない。ミシリエ婦人とはもう三年もの付き合いとあって、勝手知ったる様子でお茶を淹れ始める。

オスカーは妻の代わりに、じゃれついてくる猫を遊んでやり始めた。

お茶のよい香りが漂う。ミシリエ婦人は膝上の猫を撫でる。

「老いは嫌ね。体の自由が利かなくなって、できていたことを人に頼らざるを得なくなるわ」

「あなたはまだまだお元気ですよ」

それは追従ではなく事実だ。ミシリエ婦人は微笑んだ。

「そうね。全ての子たちを看取《みと》ると決めているから、長生きしないとね」

人馴れしている猫たちは、しゃがみこんでいるとオスカーの背中に飛び乗ってくる。これがこの家の醍醐味《だいごみ》だ。しばらくすると、猫を下ろしたティナーシャがお茶を運んできた。三人はテーブルに移って世間話を始める。

ミシリエ婦人は、二人が憲兵の立ち入り調査とかちあったことを聞くと眉を寄せた。

「あの辺りはそんな風になっているのね。なら、ひょっとしたら……」

「こちらにも噂が流れてきましたか？」

ティナーシャが小首を傾げると、ミシリエ婦人はかぶりを振る。

「違うの。あなたたちに仕事を頼み始める前に、その辺りの会社に子猫を何匹か譲渡したのよ。ペット用品の会社なのだけれど、会社で飼うからって。感じがよくて、今までは毎月写真を添えて手紙をくれていたの。けれど、先月から急に来なくなって……」

「その会社も憲兵に立ち入り調査を受けたかも、ですか」

「ええ。電話も通じないから」

そうなると、別の国に住んでいる人間は確かめようがない。ミシリエ婦人はこの屋敷から離れられないのだ。ティナーシャがカップから顔を上げる。

「私たちが見てきましょうか。どうせあの国には戻らないといけませんし」

「いいの？　ならお願いしたいわ。報酬はお支払いするから」

「報酬は猫の安否が確認できてからでいいですよ」

ミシリエ婦人は微笑んで立ち上がると部屋を出て行く。すぐに戻ってきた彼女は猫の写真を三枚と会社の住所を書いた紙を持っていた。オスカーはそれを受け取る。見ると昨日と同じ街内にある会社だ。

「よろしくお願いするわね」

「承りました」

猫たちは躾《しつけ》が利いていてテーブルの上には乗ってこない。その代わりに膝上や足下に集まってくる。オスカーは身を屈めて足下の茶色い猫を撫でた。膝上にいた白い長毛種が、胸と膝の間に挟まれる形になって「みゃー」と苦情の声を上げる。オスカーは平等に二匹の猫を順番に撫でた。それをやっていると他の猫も無限に集まってくる。だから他の猫も撫でる。

無心で猫撫で反復をしている夫を無視して、ティナーシャが問うた。

「そういえば、私たち人探しの頼みも受けているんです。旧セネージ公国の宰相家の人間なんですけどご存じないですか？　マルク・オーリクっていって十年前は十三歳だったんですけど」

「ああ、宰相家の子供ね。十年前はずいぶんひどかったと聞くわ」

ミシリエ婦人はそこで何か考えるようにカップを置くと口元を押さえた。

「確か……その立ち入り調査でエギューラ症候群の人間も連行しようとしていたんでしょう？　憲兵内にそういう任務を負った部隊があるらしいのよね」

「治験用に、ですか。普通に報酬を払って集めるだけにすればいいのに」

「連行した中からエギューラ量が多い人間をより集めているって噂だけれど。その部隊の中に旧セネージ公国の貴族の子弟がいるって話を聞いたことがあるわ」

「憲兵に？」

予想外の話にティナーシャは聞き返してしまう。てっきりマルク・オーリクも妹と同じように素性を隠して生きているのかと思ったのだ。

「ええ。相当の切れ者で、彼が関わった作戦は全部成功するんですって。顔が似ている別人かもしれないけど」

敗残国の人間が、勝戦国に仕官することはありえない話ではない。城や離宮にいた大公家以上に、首都の中心で執務をしていた彼は逃げられなかったはずだ。捕虜になった後、そのまま向こうの軍属に組みこまれたという可能性もある。

ただその推察の全ては「マルク・オーリクが何ら特殊な力を持たない少年であったなら」という条件付きだ。複雑な表情で黙りこんでしまったティナーシャに、ミシリエは苦笑した。

「あなたたちはいつも何かを探して忙しそうね」

「休む時は休んでいるので大丈夫です。あなたからの依頼ならできる限り受けますよ」

「ありがとう。上手くいくことを願っているわ」

カップのお茶が空になる頃、二人は挨拶をし、また二重扉で猫たちを押し戻して屋敷を辞した。

その後二人が向かったのは、同じティヨン国内にある田舎町だ。

山と湖に囲まれた景勝地には小さな学校があり、その学校が二人の目的地だ。

日が落ちるまで校門から少し離れたところに車を停めて待っていた二人は、目的の男が出てくると車を降りた。話しかけようとしたところで、相手の方から真っ直ぐ車に向かって歩いてくる。

第一声は厳しさが強いものだ。

「そんなところで何をしているんです？」

不審者と思われたのだろう。小さな子供も通う学校である以上、当然と言えば当然だ。

オスカーは妻が精神魔法を使い出す前に、前に出て話し始めた。

「すまない。あなたに用があって来た。エド・ヴァンレ」

男は軽く目を瞠る。懐かしい名を呼ばれたからだろう。

今の彼は官僚をやめて生まれ故郷で教師をしており、結婚後は妻の姓を名乗っているらしい。そこまでは調べがついたのだが、肝心の彼には二人についての記憶がない。ティナーシャが消してしまったからだ。

十年経った彼は、すっかり面差しから青さが抜け、落ち着いた男性になっていた。もっともたかが十年だ。面影は充分にある。誠実そうな、少し融通の利かなそうな生真面目さも変わらない。二人を「子供に興味を持った不審者かもしれない」と見ていることでも明らかだ。

それでもまったく話が通じないというわけではないだろう。オスカーは、まじまじと青い車を見ている男に問うた。

「十年前のことについて聞きたくて来た。セネージ公国にあなたが任務で向かった時のことだ」

「……何者です？」

エドの顔色が変わる。誰も知るはずのない機密だ。エド自身も官僚をやめるのは容易くはなかっただろう。今は手袋を嵌めていない彼の両手の甲は、皮膚を剝がしたかのように引き攣れて変色していた。

レトロなガス灯が照らし出す道には他の人間の姿はない。オスカーは率直に切り出す。

「十年前、あなたは密命を受けてセネージ公国の首都まで行った。その時に移動を請け負っていたのが俺たちだ。記憶がないのは、秘匿事項が多いので処理が為された」

魔法に関してはぼかして正直に言う。エドは一度に呈された情報に、ぽかんとした顔になった。のみこみきれない表情で固まり……けれど不意に大きな溜息をつく。

「なるほど。道理で記憶が曖昧な部分があるわけです。僕一人では難しい任務でした」

「理解が早くてありがたい。あの時、こっちの妻があなたと一緒にマルク・オーリクのところまで行った。そしてあなたはセネージ公国について重要な情報を話そうとしてマルク・オーリクに突然拒絶された。そこまではいいだろうか」

「……ああ。合っている。よくよく考えると外務省ビルの門が突然竜巻で吹き飛ばされたのもおかしな話だったな。あれは君たちですか」

「俺じゃなくて妻だけどな」

「あっ、なんでそこ正確を期すんですか！　いいじゃないですか、どっちだって！」

「危険度が高い人間はどっちか片方に寄せておいた方が、印象が若干いい。あと事実だ」

「あの時は急いでたんですよ！　おかげでマルク・オーリクが下に出てきたんだからちょうどよかったじゃないですか！」

夫婦の会話にエドは呆れ顔になったが、今の会話で二人が関係者だったと確信したらしい。軽く溜息をつく。

「それで、何が聞きたいんです？」

「あの時、あなたがマルク・オーリクに何を言おうとしたかだ」

「…………」

エドはさすがに用心の目で押し黙る。それはそうだろう。十年の時が流れたとは言え、ティヨンの国家機密だ。だから当時も彼は二人にその内容を話さなかった。

かつての青年は探る目でオスカーに返す。

「何故そんなことを？」

「マルク・オーリクを探している。そのために、伝説に謳われていたような『もっとも大公家に仕えるにふさわしい力』が彼にあったか確かめたい」

——今になっては酷な確認だ。大公家は滅ぼされている。

つまりオスカーは「彼にそのような力などなかったのではないか」というのを確かめようとしているのと同じだ。エドも質問の皮肉さには気づいているのだろう。軽くかぶりを振る。

「さすがにそれには答えられない」

「そうか。だろうな」

返事を聞いて、ティナーシャが一歩踏み出そうとするのをオスカーは手で制する。精神魔法を使おうとするのを止めたのだ。

魔法の記憶のないエドにはそんなことは分からない。だから彼は、普通に言った。

「答えられません。だが、それを知りたければ歴史書を読めばいいです。それも、できるだけ新しいものを」

ティナーシャが形の良い眉を顰める。つまりそれは「旧セネージ公国の首都が襲われた」かそれに類することだ。エドが忠告しようとしたことは現実になり、歴史になった。

これを「マルク・オーリクには特別な力などなかった」としていいものなのか。

エドは黙りこんだ二人を臆せず見返す。

「これでいいでしょうか。今の僕はただの教師ですし、これ以上は大したことも知りませんが」

「充分だ。ありがとう。突然来て悪かった」

軽く一礼してオスカーは妻に車へ乗るよう促す。ティナーシャが助手席に乗りこむと、オスカーは会釈をして自分の運転席に乗りこもうとした。

そこへ、ぽつりと声がかかる。

「……同じ色の車にしたんですね」

それは、聞き漏らしてしまうような小さな独り言だった。

オスカーが目を丸くすると、エドははっと我に返ってかぶりを振る。

「いえ、なんでもありません。何故か急にそう思っただけで……失礼します」

彼は踵を返すと、ガス灯が照らす道を自分の家へと帰っていく。その後ろ姿を見送ったオスカーは、車に乗りこむと妻に問う。

「記憶操作は戻ったりするのか？」

「うーん、私はルクレツィアじゃないんで簡単にかけた術にそう強度があるわけでもないですけど。何かしら断片的なものが引っかかったりするかもしれませんね。起きたらぼやけてしまう夢みたいなものです」

「そうか」

十年前のあの冒険は、彼にとって穴だらけの断片になってなお、何かしらの思い出になっているのだろうか。

オスカーは微笑して車を発進させる。

帰り際に見た湖は、月を映し出して波一つなく美しかった。

※

二人はその日は家に戻り、翌日から調査を始めた。

一つはマルク・オーリクの捜索。

二つ目は連絡が取れなかった猫の譲渡先の会社だ。

明らかに場所が分かっているのは後者で、二人は住所を頼りに小さなオフィスビルに辿りつく。

「閉まってますね」

「閉まってるな。お前が寝坊したからだな。夕方五時過ぎには閉まる会社も多い」

「いや待ってくださいよ！　朝から閉まってたかもしれないじゃないですか！」

オフィスビルの玄関であるガラスドアは鍵がしまっているようだ。中も暗い。これが全員残業せずに帰れる優良企業というならいいのだが、多分違う。ペット用品を発売しているこの会社は、商品問い合わせ用の電話窓口を置いてあるのだ。そして受付時間終了まではあと二時間ある。電話専門の会社に外部委託しているのかもしれないが、そちらにかけても電話には誰も出なかった。

オフィス街とあって、道を行く人間も帰宅する勤め人が多い。隣のビルは空きビルのようで話を聞ける人間がいない。

オスカーは辺りを見回した結果、向かいの道路の少しずれたところで、古本を売っている露天商に声をかけた。

「あそこの会社を訪ねてきたんだが、何があったか分かるか？」

あらかじめ「何か面倒事があったのだろう」ということを前提にした問いは、すぐに通じたらしい。オスカーが手近な雑誌を買いながら尋ねたのもあって、露天商は気さくに教えてくれた。

「憲兵の立ち入り調査があったんだよ。昨日だったかな？　それでみんな連れていかれちまった。反政府の一派なんじゃないかと疑われてさ。近頃多いんだよ」

「やっぱりか。ありがとう」

礼を言って二人はビルの前に戻る。ティナーシャが壁を軽く叩いた。

「壁抜けはちょっと厳しいですかね。どれくらい厚みがあるか分かりませんし、壁の向こうに何があるかも分かりません。短距離転移で抜けるならガラスドアの方ですね」

「本当に無人なら中を見るか」

「さっと行きましょう。猫が取り残されてたら困ります」

ティナーシャは左手に夫の手を摑むと、ガラスドアに右手を触れさせる。短く詠唱した直後、二人はガラスドアの向こう、風除《かぜよ》け室に立っていた。もう一つのガラスドアも同じようにして抜ける。

露天商の男が遠くから目を丸くして二人を見ていた。

「目撃されてるぞ」

「また怪談を新作してしまいましたね。目の錯覚だと思われるでしょう」

「まあそうか」

夜の遠目だ。鍵を持っていたのだと思われるくらいだろう。二人は真っ暗なビルの中を明かりを灯して進む。オフィスの各部屋には鍵がかかっているかと思っていたが、それらはどれも壊されていた。暗く広い部屋に入ったティナーシャは、魔法で複数の明かりを灯すなり顔を顰める。

「ひどいですね……」

「憲兵の仕業か」

元は整然と並んでいたのだろうデスクは全ての引き出しがひっくり返され、壁際のファイル棚もわずかな物品しか残っていない。乱雑に調べてなんでも持ち去ったとしか見えない有様に二人は眉根を寄せた。

「とりあえず猫を捜索しますか」

「そうだな。手分けしよう。明かりを一つくれ」

「はーい」

ティナーシャの魔法の光がオスカーの方へふわりと一つ移動する。周囲を追従してくるその光を伴って、二人は五階建てのビルを探索し始めた。

どのフロアも散々たる有様で、なくなっているものも多い。これは連行された人間が解放されてもすぐには業務が再開できないのではないだろうか。

オスカーは壁に並ぶファイル棚の中に、一つだけ全部の中身が取り出されているものを見つける。天井まで届く大きなファイル棚自体が、斜めに前へ引き出されている状態だ。オスカーは光を手招くとファイル棚の裏側を覗きこむ。

「……これは」

「オスカー、猫はいませんでした」

「猫中心で探索したのか……それはともかくここを見てくれ」

「んー？」

ティナーシャは夫の横からファイル棚の向こうを覗きこむ。

「隠し扉ですね」

「そうなんだ」

棚の向こうにあるのは、銀色の金属扉だ。円形のハンドルで普段は厳重にロックされているのだろう。けれど今はそれがわずかに開いて猫幅に開いている。

「この中で猫を？」

「絶対違う。一見耐火金庫だが、これは――」

オスカーは言いながら開きかけたドアを手前に引く。顕わになった中は小さな部屋で、だが空っぽだ。何かあったと思しき棚だけが並んでいる。それだけで、二人がここに何があったか察するには充分だった。

「武器庫ですか。え、なんで武器庫。護身用って感じじゃないですけど」

「本当に反体制運動をしていたのかもな」

オスカーは妻を置いて中に入ると、綺麗に押収された武器庫を見回す。ここに隠し武器庫があると露見したのは、他の階と比べて床面積が足りないことを怪しまれたのだろう。

「ティナーシャ、念のために他の階にもこういうものがないか探してくれ」

「かしこまりました」

妻の姿はぱっと転移で消え去る。さっそくビル内に転移座標を取ってあるらしい。

そこから一時間かけてビル内を捜索した二人は、合計五つの武器庫を発見した。どの武器庫も巧妙に隠されてはいたが、全て発見され押収されている。各個人のデスクにも隠し引き出しと思しきものが散見された。

「これは全員連行もやむなしだな……」

「私ちょっと感心してます。かなり分かりにくい場所もあったんですけど、よく見つけたなって。憲兵隊すごいですね」

「一カ所見つけたから後は徹底して、という感じなのかもな。こういう状況なら猫を保護するところまでやりたかったんだが、憲兵が連れ帰ったかかな」

「その可能性もゼロじゃないとは思いますけど、猫を飼っていた形跡がないですよ」

ティナーシャは誰もいないビル内とあって、天井近くに逆さに浮いている。腕組みをしている彼女の指摘にオスカーは怪訝な顔になった。

「なんだ。社員が家で飼うことにしたのか？　さすがにこの規模の会社で社員の家までしらみつぶしに確認していくのは大変だぞ」

「それなら憲兵を押さえる方が早いです。誰が猫を飼ってるか聞き取りして調書に記載してるんじゃないですか？」

「軍基地に侵入しないといけないという以外は完璧だな。社員の住所を調べて一軒一軒訪ねるより楽そうだ」

「ちょうどいいじゃないですか。マルク・オーリクの在籍も調べられます」

「それはそうか」

今この近辺の人々に恐れられている憲兵隊は、汎西域同盟直轄の部隊だ。軍内部の規律違反なども取りしまる部隊とあって、所属している人間の名前が外に漏れていない。ミシリエ婦人の言う「元貴族の子弟で切れ者」がマルク・オーリクかどうか、基地で名簿を見ればいいだけだ。

「ちょっと真剣に検討するか。とりあえず今日は時間が時間だから帰るが」

「埃塗《まみ》れです。血塗れより始末がいいですけど。無血で制圧するって本当に憲兵たちの立ち回りがいいんですね。この間の様子だとなんかふわふわしてましたけど」

「ふわふわさせてたのはお前だ」

オスカーは宙に浮かぶ妻を抱き取ろうと手を伸ばす。

その時、廊下の方でパキン、と何かを踏む音が聞こえた。

無言でオスカーは駆け出す。倒れた椅子を乗り越えて廊下に出た時、通路の先をあわてて逃げ出す人影が見えた。オスカーは廊下に落ちている細いパイプを蹴り上げて摑む。それを、逃げる人影に向かって投じた。

くるくると回転する細いパイプは、人影の膝下に命中した。相手はつんのめって顔から転ぶ。歩いて追いかけてきたティナーシャがぱちぱちと拍手した。

「貴方、器用ですね。散々狩りをしたからですか？」

「半分は偶然だ。それよりちゃんと地面にいろ。見られていたら記憶操作が必要になる」

「不法侵入な時点で駄目じゃないですかね」

オスカーは床を這《は》って逃げ出そうとする相手の肩を掴んで起こす。男の体格だが薄い肩は憲兵などではなさそうだ。

「ここの社員……じゃなさそうだな。どこから入ってきたんだ？」

男が首から提げているものはカメラだ。記者の類だろう。男は焦った声で反駁《はんばく》した。

「あ、あんたたちこそどこから入ってきたんだ！　何者だ！」

「猫を保護しに来たんですよ、会社猫。連絡がつかないし社員がみんな連行されちゃったっていうから」

「猫……？」

予想外の答えだったのか男の気勢が削がれる。オスカーはカメラをどこかにぶつけないよう気をつけながら男を支えて立たせた。

「そちらこそ何者なんだ？　記者みたいだが」

「記者で合ってるよ。ここの社員の一人から手紙が来たんだ。通用口の鍵が同封されてた」

「ああ、そっちから来たんですね。じゃあそっちから帰りましょうか」

オスカーが男の腕を掴んだまま歩き出す。「痛い！」「一人で歩ける！」などと文句を言っていた記者は、けれどすぐにそういう駆け引きが通じる相手ではないと分かったのか口をつぐんだ。

「で、社員からの手紙にはなんて書いてあったんだ？」

「そんなもの教えられるか！　企業秘密だ！」

「じゃあ別にいいです」

「え？」

ティナーシャのあっさりとした相槌に、記者の男はぽかんとした顔になる。

「き、聞かないのか？　お前たちの調べてることに関係してるかもしれないぞ？」

「猫に？」

「猫には関係ない……」

「じゃあ別にいいです」

信じられないものを見るように、男は階段を降りながらティナーシャを見やる。ついで救いを求めるようにオスカーを見たが、オスカーはかぶりを振った。

「その社員が反体制派か巻きこまれただけかによって多少の差異はあるだろうが、俺たちは汎西域同盟と反体制派の争いに関わるつもりはないんだ。だから特に聞く意味はない」

「あんたらなんなんだ……」

「お互い関わらない方が楽だろう」

裏口が見えてくるとオスカーは男の肩から手を離した。あわてて距離を取る男に苦笑して見せる。

「俺たちは帰る。ここで会ったことを口外しないというなら、このまま別れて終わりだ」

「……そうでないなら？」

「口止めが必要ですね」

ティナーシャが口を挟むと、記者の男はびくりと怯む。

ここ百年ほど、勘のいい人間ほど彼女の異質を感じ取って恐れるようになった。人間だった頃よりもよほど、彼女の外見に気を取られて中身を見抜けない人間が減ったのだ。

これは敏《さと》い人間が増えたというより、彼女が見るからに人ではない気配を漂わせるようになったからだろう。豹《ひょう》はどれだけ美しくても人を襲える獣だ。それと同じ感覚をティナーシャに抱く人間が増えたのだ。

だからオスカーは、出会った最初の頃と同じく妻の頭に手を置くとぐりぐりと撫でる。

そうすることで、かつては彼女自身に「魔女であることを自分は恐れていない」と示していた。今は他の人間に「彼女を恐れなくてもいい」と示している。

ティナーシャは「むー！」と頰を膨らませて夫を見上げる。雰囲気が一変して和らぐ。記者の男はその変化に警戒を若干緩めた。

「べ、別に、誰に言うつもりもない。俺だって危ない橋を渡ってるんだ。憲兵にでもばれたら——」

その時、どこか遠くで鈍い衝撃音が響いた。

三人は顔を見合わせる。

「なんですか今の。ずーんって」

「……爆発音だな。相当大きいぞ」

それを聞くなり、記者の男が裏口に向かって駆け出す。誰よりも早い切り替えに、一瞬呆気《あっけ》に取《と》られていたティナーシャが飛び上がった。

「こら！　ちょっと！」

「鍵かけといてくれ！　何があったか見に行く！」

記者の男は言いながらティナーシャに合鍵を投げてよこす。それを空中で受け止めたのはオスカーだ。彼は裏口から飛び出していく記者の男を感心の目で眺めた。

「すごい気概だな。面白い」

「神経が太すぎますよ、もう。報道の人間っていうのはみんなあんななんですか？」

文句を言いながらもティナーシャは夫から鍵を受け取る。二人は裏口から出ると施錠して爆発音の聞こえた方に歩いて向かい出した。それがどこであるか、燃え盛る炎からすぐに判明する。

「あー、反撃が来たんですかね」

「みたいだな」

鳴り響くサイレンが向かっていく先は汎西域同盟の小さな軍事基地だ。

夜空に上がる炎が月よりも明るく街全体を照らし出す。

この夜の死者の人数は百人を超えたとも聞くが、汎西域同盟は結局正確な人数を発表しなかった。

12．願わくば

過去の風景を思い出すことは多くない。

自分のような人間がそれをすると、思い出が一回ごとに変質していってしまう気がする。

あれはもう遠い日の記憶で、今の自分とは関係ない。

そう日頃は自分に言い聞かせる。それでも夢の中などでは、我知らず記憶が浮き上がってしまうのだが。


「――お兄様！　最初の印象が肝心なんです！」

「わかってるよ……」

緑が美しい庭だった。今はもうない、大公家の城。

その庭の奥へと続く小道を、マルクは妹のアレットと二人で歩いていた。当時彼は九歳で、妹はまだ六歳だった。それでも否《いや》が応《おう》でも宰相家の人間だった。

今日は、末の公女エヴリーヌとの顔合わせの日だ。エヴリーヌはたった四歳。ようやくドレスを着て人前に出られるようになったという。もっともアレットはそれよりもずっと早くエヴリーヌと一緒に遊んでいた。年の近い同性ということで早くから遊び相手として選ばれていたのだ。

そのせいか今日のアレットは「自分が兄を指導するのだ」と張り切っている。三歳年下のそんな妹のやる気は真っ直ぐで、マルクはつい微笑ましく思ってしまう。

けれどそうして頬を緩めているのが見つかると「お兄様！　しっかりして！」とまた怒られてしまう。だから表情を崩さないで、真面目に、アレットの自慢の兄でいなければ。

マルクは自分の右目を軽く手で押さえる。

宰相家の次期当主は、後天的な瞳の色で決まる。今の彼はまだ両眼同じ色で、金目銀目は父親が持っているままだが、いずれはマルクが継ぐのだろう。或いはアレットか。

マルクは自分の前を歩いていく妹を見やる。

宰相家の厳しい教育を受けているだけあって、年齢よりもずっと頭の切れる妹だ。勇気と度胸がある。愛情深い。自慢の……大事な妹だ。

だからできれば妹には宰相家の当主など負わせたくない。それはきっと重すぎる役目なのだから。

非公式の対面とあって、アレットは弾むような足取りで小道を歩いていく。

「お父様が引退なさったら、次に宰相家を動かすのはわたしたちの番だわ。わたしとお兄様でエヴリーヌをお守りするの」

「エヴリーヌ様、だろ。それに大公家は公女だけじゃない」

エヴリーヌは末の公女で、彼女の上には姉と兄がいる。エヴリーヌはおそらく降嫁することになるだろう。だからこの顔合わせはただ、これからの十数年間を主従としてやっていくのだというだけのものだ。

「あら、お兄様、わたしはエヴリーヌ様のために生きるのよ」

「お前はそれでいいだろうけど」

それよりも自分を大事にして欲しいと思ってしまう。たまたまこの家に生まれたからというだけで自分を犠牲にする必要はない。もっと自由に生きることだってできるはずだ。

マルクは、アレットがお忍びで街を行くことが好きだと知っている。今まで何度も付き合わされたからだ。露店を見て回り、カフェに入ってケーキを食べ、街の人と会話することをアレットは楽しんでいる。屈託なく次の約束をする。そういうことが好きなのだ。

「アレット、もしお前が――」

「お兄様、ほら！　ちゃんとして！」

カーブを描く小道の終わりに、小さな白いガゼボが見えてくる。侍女たちが控えるそこに小さな公女がいるのだとすぐに分かった。

白いドレスを着た公女は、椅子に座って小道と反対側を眺めている。

マルクは礼儀として、その顔を見ぬよう進むと彼女の前に跪《ひざまず》き頭を垂れた。

エヴリーヌが彼を見る気配がする。幼い、壊れ物のような声がかかる。

「あなたがマルク？」

顔を上げる。その目を見上げる。

エヴリーヌ。この国でもっとも幼く高貴な姫。

彼は挨拶の言葉も忘れて――

「少尉」

遠慮がちにかけられた声に、マルクは飛び起きる。

夢の中から急に意識を戻したせいで、今がいつか、どこにいるのか咄嗟に分からない。

だがすぐに彼は、青ざめた部下の顔を見て、ここが自分の執務室で、ソファで仮眠していたことを思い出した。いつどんな報告が来ても対応できるようにだ。ここ数日、立ち入り調査を行った各街において、基地への襲撃事件が相次いでおり、基地内の空気は悪かった。

少しずつ広がった反体制派が反撃に出始めたのだろう。軍部は混乱に陥っているようだが、警備はマルクの仕事ではない。彼は彼に任された範囲の任務をするだけだ。それが、どんなに醜悪なものであろうともだ。

「少尉、これが現在集めたエギューラ症候群患者についての報告書です」

「ああ」

受け取った書類にマルクは目を通す。そこには全員の名前と測定されたエギューラ量が記載されていた。その全てを彼は確認する。

「エギューラ量の上位一割の人間は今回もこの中央基地まで移送してこい。他の人間はいつものように一週間が経過した順に解放だ」

「それが、警備局から『襲撃事件に関係しているかもしれないから勾留している人間の解放は一切認められない』と通告がありまして……」

「好きにしろ。僕の管轄外だ」

そう答えると、部下は恐縮しながらも部屋を出て行く。マルクは再びソファに横になった。

連日の襲撃に周囲はざわめいているが、汎西域同盟がここまで大きくなった以上、当然起こり得ることだ。汎西域同盟自体に恨みを抱いている者もいるだろうし、軍備拡大に不満や不安を覚えている層もいる。大陸東部の強国や財閥などは、テロリストに支援してでも汎西域同盟のこれ以上の拡大を抑えたいだろう。今まで何もなかったことが不思議なくらいだ。

マルクは地下で見た謎の扉のことを思い出す。

汎西域同盟があれを開けるために作られたというなら、その役目を任じられた自分はこれからどうなるのだろう。金も栄達も要らない。ただ唯々諾々と流されるだけの自分はどこに行きつくのか。

「もう、僕には何もない」

何もなくなってしまった。そういう選択をした。

だからできるだけ過去のことは思い出さないように。

今の自分が振り返る度に、過去の大事な思い出が汚れてしまう気がするのだから。

※

「これで基地襲撃も三回目だ。憲兵たちも殺気だっていやがる」

「大変ですね」

他人事《ひとごと》のような返答は、実際他人事なのだから仕方がない。

しらっとしている妻に代わって、オスカーがテーブルに広げられたメモを手に取る。

三人がいるのは、寂れた喫茶店の一角だ。他に客はいない。記者の男が「この店なら内密の話もしやすいから」ということで二人を連れてきたのだ。

事実、他に客はおらず、離れたカウンター内に耳の遠い店主が一人いてカップを磨いているだけだ。オスカーはメモにざっと目を通した。

「やられたい放題だな。反体制派が意外といい動きをしているというか。予想外のところを突くのが上手い。毎回的確に狙った箇所を破壊してるし、それを陽動に捕まった味方も救出してる。レジスタンスとして理想的だな」

「あんたらなんなんだよ……」

胡散臭《うさんくさ》げに言われても特に答える筋合いはない。そもそもあのオフィスビルで出会って別れていくだけの間柄だったはずなのに、「裏口を施錠しておいてくれ」などと鍵を投げてきたのは記者の方なのだ。言われた通り施錠した数日後、記者の素性を割り出して鍵を届けに行ったら慄かれた。

届けなかったらこの鍵はどうするつもりだったのか疑問だ。

ただそこで終わればよかったのに、「情報を交換しあおう」と言われてこの喫茶店に連れてこられた。「交換できる情報などない」と言ったのだが聞く耳持たずだ。それくらいの押しの強さがないと情報を探って売る仕事はできないのかもしれない。

「それで、俺たちに何が聞きたいんだ？」

「あんたたち、反体制の一派だろう」

「違う」

話が終わってしまった。

だが記者は鼻白んだだけで退こうとはしない。

「そういうことにしておきたいっていうなら別に構わないさ。俺を信用できるようになったらこっそり情報を流してくれればいい」

「流す情報がないんだが、せっかくだから聞いてもいいか？」

「いいぜ。何が知りたい？　猫を飼ってる社員のことか？」

「あ、それも知りたいです！　憲兵の調書取って来ようと思ったんですけど、反体制派と間違われそうで動きにくくって」

ここ数日、地道に社員を割り出そうとしていたが、埒《らち》が明かずにいたのだ。教えてもらえるならありがたい。男は懐から折りたたんだメモを出してくる。

「これで全員だが、全員家族と同居してる。取り残されている猫はいないから安心しろ」

「よかった！　ありがとうございます！」

これでミシリエには「心配ない」と報告できる。飼い主は心配だが、ひとまず猫は無事だ。

「あとは、旧セネージ公国の宰相家の人間が軍の中にいるかどうか知りたい」

「宰相家？　……ああ、オーリク家か」

記者の男が目に見えて苦い顔になる。彼はぼさぼさの頭を掻いた。

「これは裏を取ったわけじゃないから話半分に聞いてくれよ？　旧セネージを支配した時に、内情を知ってる人間を取りこんだって噂はあった。そいつが貴族で、当時まだ子供だったたって話もな」

記者の物言いは「胸糞《むなくそ》が悪い話」だという思いを隠していない。侵略後の支配を円滑にするために敗戦国の中枢にいた人間を使うというのはよくある手段だが、それが子供であるなら別の印象が加わる。

「子供だから旗色を変えさせても御しやすいって思ったのかもしれないけどな。あんまり気分のいい話じゃないだろう？」

「まあ、そうだな」

「ただ……これは今回の調査の中ででてきた話なんだが」

記者の男は声を潜める。彼は手振りでオスカーに顔を寄せるように指示した。

「その子供は、今は憲兵隊にいて、今回の立ち入り調査の指揮をしてるって話だ」

「立ち入り調査の？」

「ああ。相当切れ者らしい。これは憲兵隊の中からの情報なんだが、立ち入り調査の本当の目的はエギューラ症候群患者を集めることなんだと。それでも、ほとんどの患者は一週間くらいで帰されるが、最近は帰ってこられないやつがいるらしい」

「帰ってこられないって……殺されてるんですか？」

「あんた、本当に怖いな！」

ティナーシャが呆気に取られて言った言葉に、記者の男はそれ以上の大声で返す。さすがにカウンター内の店主がこちらを見た。記者はあわてて声を潜め直す。

「もっと気を付けて発言してくれよ」

「お互い様だと思いますよ」

店主は注文と思っているのかこちらを見たままだ。オスカーが軽く手を振って「関係ない」と示すと、ようやくカップ磨きに戻る。

「本当だとしたら物騒な話だな」

「本当だよ。こっちはあんたたちでもすぐ裏が取れるだろ。実際に帰って来てない人間がいるんだからな。そういうやつらはセージの軍基地に移送されるんだ。さっきの切れ者の指揮でな」

「セージ軍基地に？」

それは旧セネージ公国の首都の名だ。この辺りではもっとも大きな軍基地だが、エギューラが多い人間だけ移送するとはどういうことなのか。

「だから俺は、反体制派の一部がそういう人間の解放に動くんじゃないかって思ってる。あんたたちみたいなやつがな」

「あ、そこに繋がるんですか」

「繋がるんだよ」

「繋がりませんよ」

「二度はやめろ」

真っ向からぶつかりそうな妻と記者に、オスカーは先んじて釘を刺す。二人はそれで一旦無言になったが、すぐに記者が小声で切り出した。

「だってあんたらは……エギューラをおかしな風に使うだろう？」

二人は無言のままだ。ただ空気だけが変わる。

――やはり見られていたのだ。

記者に向かって手を伸ばそうとするティナーシャを、オスカーが留めた。

「それがどうして反体制派に繋がる？」

「どうしてって」

記者はその問いに、二人の表情を探りながら返す。

「反体制派にはそういう人間が何人かいるそうじゃないか。だから軍基地襲撃があそこまで成功している……違うのか？」

未知のものを窺う目。

囁くようなその確認に、二人はすぐには何も答えなかった。

この大陸には魔力を持った人間は生まれるものの、それを扱うための技術がない。

魔力はエギューラと呼ばれ、病として扱われている。そこまでがこの十二年間で二人が得た情報だ。ただどうやらそれは正確ではないらしい。

「魔力を扱う術を独自で身につけてる人間がいるんですね。よくよく考えると、これだけ人間の歴史があるんですから、いてもおかしくないですが」

「そうだな。確かに魔法に類した力があるなら軍の警備は簡単に抜けるな」

「魔法士側からしても銃火器に対応するのは大変なんですけど、相手が魔法の存在を知らないなら一方的に殴れるも同然ですね」

「空恐ろしい話だな」

「私は興味があります。一から人間が生み出した魔法興味があるなー！　興味しかないです！」

「圧が強いな……」

二人が歩いているのは、アレットと出会った食堂へ向かう歩道だ。

方針としてはマルク・オーリクを追うつもりだが、一応ここまで分かったことをアレットに報告することにした。向こうにはこちらの電話番号を教えているが、こちらは彼女の部屋の電話を知らないため直接部屋に行ったのだがいなかった。そのため、今度は食堂に向かっている。近所の人曰く、彼女は朝一から食堂の掃除や仕込みの手伝いをしているらしい。

「でも、アレットにとってはあんまり嬉しい知らせじゃないですよね」

「とは思うが。俺たちがどうにもできないところだからな。軍を抜ける手伝いくらいならできるが、それをマルク・オーリクが望んでいるかは分からない」

「結局は二人の問題ですか」

ティナーシャは肩を竦める。闇色の瞳が通りを見つめた。

夕暮れ時、行き交う人々は帰路へと急ぐ者や買い物に向かう者など様々だ。誰が見ても平和な光景と思う景色。魔女は感情のない声を漏らす。

「セネージ公国では突然の侵攻において、民間人の死者はほとんど出なかったそうです」

「防衛配備が間に合わずに敵軍をほぼ素通りさせたからだな」

「ええ。その代わり南部諸国連合の目的地であった中央区の惨状はひどいものになった……数少ない警備兵たちは投降する間もなく蹂躙され、大公家は遺骸を晒された……」

それらは伝え聞く話でしかない。当時中央区にいた人間で生き残りは少ない。もともと省庁ビルが多く、そこにいた人間がそう多い人数ではなかったというのもあるだろう。或いは居合わせても口を噤《つぐ》んだ者が多かったのか。セネージ公国の民は南部諸国連合に制圧された後、首都に住んでいた者は引っ越しを余儀なくされたが、それ以上の何かを強いられることはなかった。

「旧セネージ公国の人間は、祖国の滅亡について、失った者と失わなかった者で温度差があるのかもしれませんね」

「それは……仕方ないだろうな。忘れられるなら忘れた方が幸福に生きられる」

「幸福に、ですか」

ティナーシャは神妙な顔で頷いたが、オスカーは別に悪いことではない、と思う。

人は一度しか生きられない。失われたものを見続けて生きるには、それはあまりにも短い時間だ。

だから個人の幸福だけを考えるなら、忘れた方がいいことも多い。それでも「忘れたくない」と思うなら、その人間にとって己の幸福より失われたものの方が大事だったと言うだけの話だ。

アレットは見たところ、今をきちんと生きている。ただ彼女は同時に「忘れてしまっていいのか」を迷っているようにも見える。マルク・オーリクについて報告するかも二人で話し合ったのだ。

けれど結論としては「それはアレット自身が聞いてから判断することだ」というところに結着した。「もし自分だったら知っておきたい」と二人が思ったことも理由だろう。本格的にマルク・オーリクを追う前に、ここまでの話はするつもりだ。

食堂が見えてくる。夕食時にはまだ早い時間とあって、店の明かりはついていない。外に看板も出ていない。それでも二人は念のため店の前まで行って、ドアの貼り紙を読んだ。

「閉店してる」

「閉店してますね」

ドアに貼られているお知らせには、手書きで「一身上の都合により閉店いたしました」と書かれている。日付は昨日だ。

「立ち入り検査第二回とかが行われたんでしょうか」

「それだったら貼り紙が貼れないだろう」

貼り紙は、扉の内側から貼られているのだ。店の人間が連行されたなら位置的に貼れない。

二人は裏口にも回ってみたが、そこは施錠されていて中に人の気配は感じられなかった。諦めて彼らは通りに戻る。

「立ち入り検査のせいで評判が落ちて潰れちゃったんですかね」

「そうかもしれないが、ちょっと早過ぎる気もするな」

ともあれ、これでアレットと連絡を取る手段はなくなった。彼女には申し訳ないが、呪具を持っているかもしれないマルク・オーリクを探して出発するしかない。

「マルク・オーリクを目指す旅ですか。十年前と同じですね」

「また竜巻で全部吹き飛ばす気じゃないだろうな」

「時と場合次第ですね……絶対やらないとは保証できません」

二人は車を停めてある駐車場に向かいながら、何軒かの屋台で持ち帰りの夕飯を買いこんだ。

そうして駐車場に辿りついたところで、そこに探していた相手を見つける。

「あれ、どうしてここに」

ティナーシャの声に、青いバンの前でうなだれていた女ははっと顔を上げる。

「二人とも！　よかった！」

「何かあったのか？　こちらも探していたんだが」

オスカーの問いに、アレットは一瞬どう切り出すか逡巡《しゅんじゅん》したようだ。

けれどすぐに意を決して口を開く。

「二人は運び屋の仕事もしてるんだよね。なら私の依頼を受けてくれない？」

黒と緑の瞳が、切実な感情を湛える。

「どうか私を、セネージ公国の首都まで連れて行って」

滅ぼされた祖国を目指したいと願う依頼。

それは十年前から今に届く痛切な願いだった。


旧セネージ公国の首都セージ。

かつては整備されたビル街の中央区と、川を挟んで新旧入り混じる街だったそこは、今はまるごと汎西域同盟の軍事基地の一つになっている。

この基地の建設は、今は引退しているミッド・ラダフィール直々の決定だったという噂もあり、一般の人間は近づくことさえしない。軍の車が通るバイパスが放射線状に何本か延びているだけだ。

「どうして俺たちが運び屋だと知ったんだ？」

その首都へと向かう車中、オスカーは後部座席のアレットに尋ねる。緊張の顔で座っている彼女は苦笑した。

「電話番号を教えてくれたでしょ？　調べたら出てきたの。伝言も吹きこんどいたんだけど」

「あー。ここ数日帰ってなかった……すみません」

この大陸で一般市民が使える電話は有線だ。電話機のある場所に戻らなければ録音を聞くこともできない。アレットとはそのせいで入れ違っていたのだろう。

「依頼を受けるのは構いませんが、どうしてセージに行きたいんです？　食堂が閉店したことと関係あるんですか？」

アレットにはまだマルク・オーリクのことは話していない。アレットの事情も聞いていないのだ。街中でできる話ではないだろうと思い、とりあえず車に乗って移動している。移動方向がセージ方面なのは、どうせ移動するなら今からしておいた方がいいという判断だ。アレットを戻すだけならいつでも転移で戻せる。

ティナーシャは屋台で買いこんだ肉まんをちぎっては口に運ぶ。アレットは「食欲がないから」とおすそ分けを断った。そんな彼女は、ティナーシャの問いに言い淀む。

「それは……」

「あの食堂が、本当に反体制派の拠点だったからか？」

「っ、」

オスカーの指摘にアレットは顔を強張らせる。助手席からティナーシャが感心の目で夫を見た。

「そうなんですか？　どうして分かったんですか？」

「俺たちの電話番号が分かっても、調べてすぐ運び屋と分かるわけじゃないからな。今は基本的に紹介制だが、その情報を手に入れられるくらいの伝手はあるってことだろう」

「あー。でもそれだけじゃ反体制派とは限らないじゃないですか」

「一応他にもあるぞ。立ち入り調査の指揮は切れ者で、絶対に間違わないという評判があった。俺たちが調べたあのオフィスビルもかなり巧妙に隠蔽されてたが実際に反体制派だったしな。そんな切れ者の指示が間違ってなかったとしたら、あの食堂は本当に後ろ暗いところがあって、ただそれが見つかる前に、お前が精神をふわふわさせて帰らせたってだけだろう」

「それ、私のせいで事態がややこしくなったんじゃ」

「そうとも言う」

ティナーシャとしては無実の罪を着せられた一般市民を助けたつもりだったのだが、全然無実ではなかった。彼女は「そんなつもりはなかったんですけど……」とぼやきながら肉まんを一口大にちぎる。

「じゃあ、アレットはそれを知らなかったんですか？」

「……知ってた。私もその一員だったから。セネージが滅んだ後、私は助けてくれる人の間を転々としてたけど、その人たちも死んだり、裏切られたりして一人になった。そんな時にマスターが助けてくれたの。マスターは私を何者か知らないのに、助けて一緒に暮らしてくれた」

「その店主が反体制派だったのか」

「息子さんがセネージの省庁に勤めてたんだって」

つまりは十年前の復讐《ふくしゅう》者の一人だということだ。二人が慮《おもんぱか》って何も言わない代わりに、アレットはかぶりを振る。

「優しいひとだったの。子供を拾って反体制派の人員を増やそうとか、そういうひとじゃなかった。本当は隠そうとしてたけど私が気づいちゃって、私の方から『手伝いたい』って言ったの。だってセネージの人があの日のことを忘れずに今も頑張っているのに、私だけが忘れてしまうなんて……そんなこと許されないでしょう？」

二人はすぐには答えない。

オスカーは隣の妻を盗み見る。彼女は感情のない澄んだ目をしており、その口元はうっすら微笑んでいた。悠久の昔、失われた祖国のために四百年を生きていた彼女は、目を閉じて笑う。

「忘れてしまってもよかったと思いますよ。貴女の感情は貴女だけのものです」

遥か以前に、似た道を歩んだ女からの言葉は、オスカー以外には分からないほど重かった。アレットにもその全ては伝わらないだろう。けれど彼女は苦笑する。

「そうかも。だから置いていかれたのかも」

自嘲というには寂しげな言葉は、彼女がまだほんの若い人間であることを思い起こさせた。

「反体制派は、首都セージに向かったのか」

「そう。一緒に行くって約束してたのに」

「無茶ですよ。セージにある軍基地と、今まで襲撃していた軍基地は規模が違います」

これまでは成功していたといっても、せいぜい武器庫や軍用車を破壊する程度のことだ。いわば巨大な水甕に小さな穴を開けた程度のことで、その効果が出るにはまだまだ時間がかかる。おまけに相手は常に水が足され続ける水甕だ。

反体制派も、まさかそれが分からないほど無謀ではないだろう。それとも独自のエギューラ使用にそれほど自信があるのだろうか。

「私も無茶だと思う。だから止めたわ。けど捕まったままの仲間もたくさんいるし、見捨てられないってことになったみたい」

「まあ……分からなくもない。人間一人の価値は小さな勢力ほど大きいからな」

けれど、だからと言って仲間を救うことを第一に優先すれば、組織自体が立ち行かなくなる。この辺りの匙加減は難しい。補充が難しいならなおさらだ。

今回の反体制派の救出作戦は、アレットから見ても無謀なものなのだろう。ティナーシャは一口大の肉まんを頬張り終わると、彼女に問う。

「それで、追いついたら貴女は彼らを止めるんですか？」

「できたらいい……とは思うけど」

彼女は言い淀む。眼鏡をかけた色の違う目が自分の膝上をさまよう。

ティナーシャがしているのは酷な確認だ。何の力も持たない若いだけの人間に「何がしたくて、何ができるのか」を問うている。

理想だけあっても、力が及ばない人間の方が多い。或いは力があってもそれにふさわしいだけの理想がないことも。

アレットの場合は単純だ。彼女には圧倒的に力がない。もし彼女に充分な力があったなら、最初から反体制派は彼女を置いていけなかっただろう。

――けれどそれは、彼女が自分の元の身分を伏せているからだ。

セネージ公国の宰相家の生き残り、アレット・オーリクであることを明かせば、彼女の言うことに耳を傾ける人間もいるかもしれない。或いは、アレットはまだ知らないことだが、マルク・オーリクさえも動かせる可能性がある。

ただそれをしては、彼女の平凡で平穏な日々は変質することになるだろう。だからいわば最後の手段で、この札を切るには覚悟が要る。

アレットはしばらく考えこんだ後、首を横に振った。

「まだ自分がどうするか分からない。でも、一人だけ置き去りにされて関係ないところにい続けたまま終わるのは嫌」

膝の上できつく拳が握られる。色の違う瞳に意志がよぎる。

「十年前の私は、何もできない子供だったの。周りが何でもやってくれて、それに甘えていた。でも今は、ちゃんと一人の『アレット』として生きてる。この数年間私が生きて、人と話して、たくさんの約束をしてきた……そのことは決して無じゃないと思ってる。思いたいの」

――彼女は凄惨な生死の境を見てきた人間だ。そして一人生き延びた。

だからこそ二度同じ立場に自分がなることを「己が許せない」と思っているのだ。

前を向く彼女の眼差《まなざ》しは強い。全てを失った過去からここまで歩き続けてきた彼女は、その道程にも意味があると信じようとしている。

強い人間だ。それが懸命に張りつめた糸のような強さであっても、強さは強さだ。

ティナーシャはふっと息を吐くと、長い睫毛を伏せる。

「当然の感情ですね。私はこの依頼、受けていいですよ」

「お前がそう言うなら俺も構わない」

もとより二人にとってはそう大変な依頼でもない。マルク・オーリクはセージの軍基地でエギューラ症候群患者を移送しているという情報なのだ。彼を捕捉するにはどのみちセージの軍基地に向かわなければ。その途中までアレットを連れて行くのは、ついでの範囲だ。

アレットは、二人の肯定に不安げな視線を上げた。

「助けてくれるの？」

「依頼ですからね。貴女からは有益な情報も頂いてますし。でも、食事は食べられる時に食べた方がいいですよ」

ティナーシャは抱えている紙袋の中から、まだ温かい肉まんを新しく出して見せる。

アレットは座席の肩越しに見せられたそれに目を丸くした。

「ジゼの店のでしょ。それ、肉の下ごしらえに秘密があってとっても美味しいんだ」

「食べます？」

「頂きます」

アレットは包み紙ごと肉まんを受け取る。

「……ありがとう」

車はハイウェイを、北東のセージに向かって進んでいく。

※

エギューラ症候群の患者は、幼い時の兆候で判別され、投薬治療が開始される。

八百年ほど前にその薬ができるまでは悲惨なものだった。常に「エギューラ酔い」という症状に悩まされる者もいれば、周囲を傷つけてしまうため厚い壁の中に閉じこめざるを得なかった者もいた。エギューラを持って生まれた者は総じて短命で、子供の頃に命を落とす者も多く、長く生きられても四十代くらいまでだった。

薬が開発される以前は、人々は民間療法でエギューラと何とか折り合いをつけていた。特定の薬草や運動や生活の仕方で、エギューラと付き合っていこうとした。ただ彼らの一生は快適なものとは言えなかった。生きやすい土地を探して引っ越しを繰り返さねばならないこともあり、不遇で不治の病の代名詞だったと言える。

薬が開発されてから、彼らの生活は各段に改善された。薬は、体内にあるエギューラを動かさないように留め続ける。胃腸にいつももったりとした熱を感じることにはなるが、それさえ我慢して一生薬を飲み続ければいいだけだ。エギューラ量が多めの人間には効かないが、ほんの少しエギューラを持って生まれただけの人間には救いだった。

そんな彼らのうち、反体制派ではないにもかかわらず憲兵たちに連行された者たちは、どこかの小奇麗な病室に軟禁された。

何をするわけでもなく一週間その病室で過ごすだけの生活。食事は与えられ、部屋の中ではテレビを見ることもできれば本を読むこともできる。ただエギューラの薬だけは与えられない。

そのことに最初は彼らも動転したが、代わりに毎日の採血が彼らのエギューラを安定させた。

エギューラは人間の体内に充満しているが、その半分は血液に含まれると言われている。だから薬ができる以前、もっとも広まっていた民間療法は瀉血《しゃけつ》だ。衛生管理が難しかった昔は、この瀉血により感染症となって死亡する人間も多かったが、それでもエギューラを抜いて安定したいと思う人間は多かった。薬が開発されてからはすっかり廃れた治療法だ。

軟禁された彼らはその昔ながらの方法を、今の衛生管理で為された。それによって実際、彼らの体調は安定していたのだ。

彼らは一週間ほど血を取られ解放された。集められた血が何に使われているか知らないままに。

「これで全員か」

執務机に向かっていたマルク・オーリクは、提出された書類に目を通す。

規定量を超えるエギューラを持っているとされ、選出されたのは二十人だ。この中に例の扉を開けられる『管理者』がいるかどうか調べるのがマルクの仕事で、ただその見分け方が分からない。『管理者』は『本』を書き連ねているというので各人の身の回りも捜索させたが、それらしいものは見つからなかった。だからもう、彼らを扉の前に連れて行って様子を探るしかない。

「手枷《てかせ》を嵌めて自分で歩けるようにしろ。その上でエギューラ量の少ない順に並べておけ。僕が連行する。随行する憲兵を選出しろ」

「はっ！」

部下が敬礼して出て行くと、マルクは自分の足下を見下ろす。

この土地に軍基地が作られた理由が、おかしな扉を開けるためだというのだから、まったく笑えない。まるで御伽噺のような悪夢に巻きこまれている。

「……馬鹿げてる」

どうして、こんなことになったのか。

その岐路は彼の中では決まりきっている。十年前のこと、祖国に攻めこまれた日ではない。もっと前だ。十三歳の彼が省庁で執務をしていた時に、謎の竜巻でビルのエントランスが被害を被った。そこから避難する最中に、一人の男がマルクのところに駆け寄ってきたのだ。

同じ小国のティヨンから送られた使者。

あの男がマルクの前に岐路を持ってきた。あそこで「聞く」と「聞かない」の分岐が発生してしまったのだ。だから選んだ。

「あれさえなければ……」

なければ、今頃はどういう未来に行きついていたのだろう。

彼が分岐を選ぶ基準は一つだ。もしあの岐路が現れなかったら、その後の岐路でも同じ基準で選択をしていただろう。その結果は、果たして今と比べてどんな未来だったのだろうか。

「……っ、」

右目に鈍い痛みが走る。マルクは閉じた瞼の上を手で押さえた。こんなことは何にもならないと分かっているのに、温めて痛みを和らげようとする。

「オーリク家は、僕で終わりだ」

だからもうこの目を継ぐ者もいない。自分と共に終わるのだ。

それがせめてもの意趣返しだと思う。

ただこれが、誰に対しての意趣返しなのか……それだけは彼にもよく分からなかった。

※

アレットが反体制派について知っていることは多くない。

人数は、各地に散らばっている人員や支援者も足せば三千人ほどはいるらしい。ただし旧セネージ周囲にいた実働人員は二百人ほどで、今は憲兵の反体制派狩りで更に数を減じている。

「だから、セージ基地の軍とまともに戦えるような人数じゃ全然ないの」

青いバンの中で揺られながら、アレットは知っていることを運び屋の二人に話す。

新しいバンは快適なのだが、速度的にそう急いでいる様子はない。ハイウェイは渋滞もなく走りやすいが、これで本当に追いつけるのだろうか。

ティナーシャと名乗る女性の方は「大丈夫です。いつでも跳び越せます。むしろ闇雲に跳んでぶつかっちゃうとまずいんで慎重に」などと言うがよく意味が分からない。

だが二人には既に充分無理を聞いてもらっているのだ。移動に関しては信じて任せるしかない。

「基地襲撃に反対している他の反体制派はいないのか？」

「いるよ。東部の支援者の人たちとかは大体反対。犠牲が大きくなるだろうし得るものがないからって」

「正論だな。そういう意見があるような組織でなきゃとっくに潰れているとは思うが」

「でも今回は強行しようとしてるんですよね。勾留されてる人たちの解放が主目的ですか？」

「……うん。エギューラを持たない人たちは救出できたけど、セージ基地に移送された人たちがいるからって」

それを悪いこととは、アレットには言えない。捕らえられたのが父と慕う店主だったら、彼女もきっと救出に向かっただろう。それは分かっていて、でもやはり「分が悪い」と思ってしまう。

だがだからと言って彼らに「仲間を見捨てろ」と言えるのか、アレットにはまだ分からない。

止めなければいけないことは分かるのだ。このままでは彼らは絶対勝てない。きっとひどい犠牲が出る。

だが勝ってしまえば、今度は「次も勝てるかも」という幻想を抱かせるのだ。事実その幻想に乗って、彼らは今も動いているのだから。

つまりはアレットや彼らの道行きは「どこで喪失を受け入れるか、或いはどこで自分自身が終わるか」の違いでしかない。

今回失敗するか、次回失敗するか。今回諦めるか、次回諦めるか。

全てを得ることはできない。多くはない岐路で、本当に優先したいものを選ばなければ。

アレットにとって優先したいのは、父代わりの店主だ。

『君に、幸せに生きて欲しい』

そんな置き手紙を残して、店主は消えていた。

自分だけが嘘の出立日を教えられていたのだと、置いていかれたのだとすぐに理解した。手紙と一緒にまとまったお金が置かれていたのは、きっと彼が今までこつこつ貯めていたもので、死を覚悟して出て行ったのだと分かった。また置いていかれたのだ。自分一人だけ。あの日と同じように。

「――反体制派には、エギューラを武力として使える人間がいるらしいが」

「え」

自分の考えに沈みこんでいたアレットはぎくりとする。緊張したのが表情に出てしまったらしく、すぐにオスカーが付け加えた。

「記者に聞いたんだ。反体制派から情報をもらってる記者らしい」

「ああ……そうなんだ」

そういう繋がりの人間もいるのか、と納得する。本当に自分は何も知らないのだ。今までの基地襲撃も、店主や顔見知りの知人たちに何もなければいいと願いながらついてまわっていた。

「そういう人たちもいるよ。自分のエギューラを集中させて外に出すんだって。そうすると、何もないところに火をつけたり、離れたところからものを動かしたりできるの」

実際に見せてもらったが、あれは実に不思議だった。まるで子供の頃読んだ童話の、魔法のようだと思う。

「貴女もエギューラがありますよね。やり方を教えてもらったりしなかったんですか?」

「しなかった。やり方なんてあるの？　才能がないと駄目だって聞いたわ」

「ああ、そういう感じなんですか」

「どういう感じなんだ？」

男の運転は危なげがない。揺られていると少しずつ眠くなってしまいそうだ。ティナーシャが軽く指を弾く。

「おそらくエギューラをエギューラのまま放出してるんです。構成を組むという概念がない。だから技術として人に伝えることができなくて、ただ勘のいい人が何となく使える異能みたいな状態なんだと思います。遥か昔の魔法士にはそういう人もいましたよ。当時は構成の精緻さより、身一つで人を殺せるところが評価されたんです」

「そういうことか。確かに俺も構成が全然分からないからな。丸暗記で使ってるし、何となくで感じ取ってるところはある」

「そんなところに共感しないでください」

きっぱり言うティナーシャは小さな欠伸を一つする。汎西域同盟が一帯を支配してから、この辺りには国境がない。いつの間にか車は旧セネージ公国内へと入っている。先ほどは全然進んでいないと思っていたのに、驚くほどの速度だ。気づかないうちに近道でもしたのだろうか。

「じゃあやっぱり反体制派はそんなに戦力にならなそうなんで、行って足止めをしてが第一段階。二度と無茶な突撃しないように、移送された人たちを探して解放するが第二段階でいいですかね」

「また歴史に荒事を残しそうだな……」

「ついでですよ、ついで。中途半端は落ち着かないですし。それくらいで汎西域同盟も揺らがないでしょう？　歴史的には支障がないはずです」

「あの……何の話をしてるの？」

「貴女の依頼をどう遂行するかの話です。――ナーク、おいで」

ぽん、と小さな音が鳴る。

ティナーシャの膝上から聞こえたが、何かは角度的に見えない。買いこまれた食事は大体食べ終わったはずだ。謎めいた女は助手席の窓を開けると、そこから赤い鳥のようなものを外に放った。

「この先の基地を襲撃しようとしている一群がいる。見つけて座標を報告して」

キュッ、と可愛い声がして、鳥影は夜空に消える。窓を閉めたティナーシャは、また欠伸をした。

「私はちょっと寝ます。貴女も今の内に仮眠した方がいいですよ」

「え、でも……」

「俺は割と寝なくても平気な体質だから気にしなくていい。座席の後ろに毛布があるから、二枚取って一枚こいつにやってくれ」

「あ、はい」

アレットは後部座席の後ろを覗きこむ。確かにそこにはふかふかの毛布が何枚か積まれていた。言われた通り彼女は二枚取って、一枚を助手席に渡す。ティナーシャは礼を言ってそれを受け取ると、さっさと毛布にくるまって寝息を立て始めた。

アレットは自分も膝上に毛布を広げながら、小声で運転席の男に問うた。

「本当にいいの……？　危険な仕事なのに」

「俺たちにとってはそうでもないんだ。あと、妻はおそらくあなたの境遇に思うところがあるんだろう」

「思うところろって……彼女もセネージの人だったとか？」

「違うが、妻も子供の頃に祖国を失ってるんだ。それも一人だけ生き残った人間だから、あなたには無心でいられないんだと思う」

アレットは色の違う目を見開く。

助手席で眠っている彼女の印象は、「人間味をあまり感じない人」というものだ。表情に乏しいわけでもなく冗談を言わないわけでもないが、どこか遠さを感じる。造り物めいた美貌もそれに拍車をかけているだろう。だから、彼女が「無心でいられない」などとは全然気づいていなかった。

アレットは唾をのみこむ。

彼女が自分と同じ道を通ってきた人間だというなら、聞いてみたいことがある。

つまり――彼女は過去を遺恨なく捨て去ることができたのか、と。

「あ、の、」

問いたいことが喉につかえる。十年前の光景がよみがえる。

瞼を閉じて、でも消えることはない。二人が死ぬ音が、引きずられた血の跡が、いつまでも残る。追ってくる。どうして、あんなことに、
ふっと風が前髪を撫でていく。車の窓が薄く開けられたのだ。

空気の音にティナーシャの寝息が重なって聞こえる。嗚咽に似た熱がいくらか鎮まる。

――自分は今、父になってくれた人間を追いかけているのだ。

そのことを、思い出した。

アレットは毛布を胸まで引き上げる。濡れてしまった睫毛を伏せる。

「……おやすみなさい」

「おやすみ」

後部座席に横になり、窓の外の夜空を見上げる。

満天の星は、とても遠かった。

13. 扉

かつての首都セージに築かれた軍基地は、今では三本の川に挟まれた立地に厳重な警備を敷いている。四本あった橋は、一本落とされて三本だ。その橋には検問があり、更に川の外周部は見通しの良い更地にされ、鉄条網のバリケードが張り巡らされている。

この基地を襲うのは至難の業だ。それに襲う意味がない。

汎西域同盟の要所はもっと別のところに複数あり、何故ここにこんな基地が置かれているのか皆知らない。知っているのは、ミッド・ラダフィールと彼の周囲の人間たちだけだ。

けれど、その理由を知らなくても攻め入ろうとする人間たちはいる。

「橋を強行突破する。中央区についたら各自散開して捕まっている人間を探す。いいな」

隊長格の男の確認に、居並ぶ者たちは決意の表情で頷く。

橋半ばの検問からぎりぎり見えない岩山の陰に停まっているのは三台の大型輸送車だ。軍用に匹敵する装甲は中古車を補強したもので、銃撃くらいなら耐えられる。検問を突破するには充分だ。

「大丈夫だ。おれたちはついている。今までも勝ってきた」

軍にはない「エギューラを異能として使う力」。これのおかげで、今までの作戦でも敵の虚をついてきたのだ。

「なんとしても奪われた仲間たちを助け出す、いいな」

戻れない覚悟を決めた男の声音は静かだ。彼についてきた三十人足らずの人間たちは、それぞれの決意の表情を以て頷く。今回の無謀な作戦についてこなかった人間もいるが、これまでの基地襲撃で要となった異能者二人は来ている。

双子の異能者、銀髪の少女二人のうち一人が元気よく手を挙げた。

「任せてー！　ぜんぶ燃やしちゃう！　世界を原初に！」

「全て吹き飛ばしましょう。ミッド・ラダフィールたちをこれ以上自由にはさせません」

爛爛《らんらん》と青い瞳を輝かせる二人の少女は、厳密には反体制派の人間ではない。ミッド・ラダフィールが南部諸国連合を作った頃から、彼と敵対している組織があるのだという。そこから来たという二人の少女は、自分たちの組織について詳しいことは語らなかったが、戦力としては充分だ。集まった人間たちは意気を高くする。その中の一人がふっと青い空を見上げた。

「鳥？」

やけに大きな影は、岩山の上を旋回している。

ついそれに見入っていた男は、近づいてくる車のエンジン音に気づいてぎょっとした。

振り返ると道のない荒れ地を青いバンがやってくる。オフロード用の車にはまったく見えないのに、器用に岩を避けてくるのは何者なのか。

他の人間も気づいて緊張が走る中、バンは離れたところで停まった。その中から一人の若い女が転がり出てくる。眼鏡をかけた金髪の女。それが誰かすぐに分かったのは、食堂で店主をしていた男だ。彼女の親代わりでもある男は、用心する仲間たちを手で留めながら前に出る。

「アレット！　どうしてここに……！」

「この作戦は無茶よ！　みんな死んじゃう！」

「――同志か。その件については散々話し合ったはずだ。そして賛同できぬ者は置いてきた。今更何を言う」

隊長は冷然と言う。

――それに、これまではどの作戦も上手くいっていたのだ。

今更何を変える必要もない。駄目だと思っている者は行かなければいい。それだけだ。

揺るがない空気、侮蔑さえ漂う中、店主の男はアレットに歩み寄る。

「アレット、いいんだよ。僕たちは覚悟の上だ」

「でもそれじゃ、連れていかれた人も助けられないでしょう」

セージの軍基地に移送された人間は二十人前後だ。そしてその中に反政府の仲間は五人いる。その五人を助けるために三十人が突入して、おそらく全員が助からない。

「お願い、考え直して。もっと別のやり方があるはずだから……」

父代わりの男の両腕を摑んでアレットは訴える。その目は切実だ。

これ以上の喪失をしたくないと願う目に、店主の男はうなだれた。

「分かってくれ……僕はどうしても忘れられないんだ。どうして息子があんな風に死ななきゃいけなかったのか、未だにこの怒りが忘れられない。君に幸せになって欲しいと思いながら、自分の恨みが捨てられないんだ」

五十歳になろうという男の声。

そこに滲むのは、積み重なった地層のような、何度も打ち寄せる波のような苦悶《くもん》だ。どろどろと腹の中に渦巻いて、今が幸せであればあるほど熱を持つ地獄。どうして、といつまでも空虚に向かって問い続ける己の声だ。

「僕は……君の家族でいる資格がない」

アレットの手の中から、店主の腕が引き抜かれる。男は視界を潤ませながら笑った。

「ごめんよ、アレット」

その笑顔は、十年前に彼女にスープを差し出した時と同じものだ。

相手を気遣いながら、どこか自分への引け目が消せない目。それでも目の前の相手を慈しんでいる、複雑な人間そのものの目だ。

娘の目を見られず店主はうつむく。彼女に背を向けようとした時、安らかな声が言った。

「それでいいよ」

店主は振り返る。

かつて全てを失って震えていた少女は、今は澄んで穏やかな目で彼を見ていた。

「それでも私は助けてもらった。おかげでずっと幸せだったよ。でもやっぱり私も忘れられないものがあるから……ずっとそれを抱えたまま、一緒に生きるの」

「アレット」

「だから――」

アレットは言いながら薄い色眼鏡を取り去る。前髪を上げ、色の違う瞳をさらけ出す。

黒と緑の、色の違う瞳。それを見て何人かが息をのんだ。彼らの反応を見て、店主があわててアレットを背に庇う。

「違う！　これは病気でこうなったんだ！　僕の娘だ！」

「いいの。もう決めたことだから」

アレットは自分を庇う父の背から、一歩隣に出る。そして朗々と響く声で言った。

「私が何者か、察しのついた人もいるでしょう。とうに死んだはずの人間です。幸運が重なって生き延びられましたが、今まで隠れていてごめんなさい」

「……あなたは」

隊長格の男が絶句する。ちらほらと顔色を変える者たちがおり、だが中には彼らのそんな反応を不可解そうに見やる人間たちも少なくなかった。

アレットは自分の胸に右手を当てる。

「そして私が誰か分かった人は、それぞれセネージ公国への思いがある方なのだと思います。ですから、私から言わせてください。これ以上セネージの血を流さないで欲しい。あなた方が今、生きていることが救いなのです。……十年前のあの時、何もできなかったからこそ、私は今ここであなた方を失いたくない。どうか堪えてくださいませんか」

彼女のそれは切実な願いだ。

そして祈り。人々の上に立つ高貴なる者が、そして今は何の力も持たない者が絞り出す懇願。

少し掠れて聞こえるそれに、一人の女が目を潤ませた。どこからか啜《すす》り泣《な》きが聞こえる。

だがそれは決して多数派ではない。困惑の空気が色濃い中、二人の少女が歩み出た。

同じ顔をした銀髪の双子は皮肉げにアレットを見る。

「あなたがそうでも、ワタシたちには関係ないよ？」

「連れ去られた人たちを見捨てろと？」

己の力に自信のある者の目。四つの青い瞳がアレットを射ぬく。

彼女たち双子が、異色な異能者であることは反体制派に与する人間なら皆知っている。だから彼女たち双子は腫物のように扱われているのだ。

もちろんアレットもそれを知っていて、けれど彼女は少しも退かなかった。

「連れ去られた人は助けます。ただし私と、私が依頼した人たちでです」

「アレット……？」

何の話をしているのか、店主が隣の娘を見る。

それを待っていたように、離れたところに停まっている青いバンから二人の男女が下りた。男の方は銀のケースを提げており、女は手ぶらだ。黒髪黒目の非現実的なまでに美しい女は、口を手で覆って欠伸を噛み殺した。

「充分です。アレット、貴女もここで待っていていいんですよ」

「いいえ。私も行く。私が依頼したんだもの」

「無理はしなくていい。危ないと思ったらこちらの判断で離脱させる」

二人の男女は、一団の方ではなく直接橋の方へ歩き出す。隊長格の男があわてて声をかけた。

「待て！　そちらへ行くと見つかる！」

「大丈夫です。あ、車を巻きこみたくないんで停めていきますけど気にしないでください」

黒髪の女は気だるげに手を振る。緩いその態度に、双子の一人が舌打ちした。

「私たちの使命を愚弄するつもりですか？」

彼女のかざした右手が白い焔《ほのお》で燃え上がる。

鋼鉄をも溶かす焔。今まで軍基地の襲撃において振るわれてきたそれを、黒髪の女は振り返ってまじまじと見つめた。

猫を思わせる好奇心の目。大きな目がまるで底なしの穴のようで、焔を生んだ少女はぎょっとする。後ずさりかけて何とか踏みとどまった少女に、女は微笑んだ。

「へー、やっぱり。構成がないに等しいのにそこまで出力できるなんてすごいですね。ただ、軍と戦うにはちょっと弱いかな」

「……馬鹿にしてるの？」

「してないです。すごいけど救出作戦が可能なほどじゃないなって思ってます」

「それを馬鹿にしてるって――」

「言うんだよ！」

白い焔が放たれる。それは双子の片割れが生む風に乗って広がると、二人の男女をのみこもうと迫る。見ていた者の間から悲鳴が上がった。

だがその焔は二人までは届かない。何かにぶつかったようにふっと消え去る。

そこに何があるのか、見えたのはほんの数人だけだ。

「……何それ」

青く光る糸を複雑に編んだような。

巨大な壁が宙に聳え立っている。エギューラによって一瞬で組み上げられた防壁。

どうやったらこんなものが生み出せるのか、慄然とする双子に女はひらひらと手を振った。

「あ、魔力視あるんですね。有望有望。じゃあ実力差も分かったと思うので大人しく待機しててください」

気負いなく歩いていく二人を追おうと、
店主はその背に手を伸ばした。

「アレット！　いや……」

娘だった女の、本当の素性を悟って濁らせた言葉。

だがそれでも消えない情に、アレットは振り返って笑う。

「大丈夫！　ありがとう、お父さん！」

そうして彼女は駆けていく。

十年前、逃げ出さざるを得なかった自分の国に向かって。

中央区へ至る橋の手前側には憲兵がいない。ただ鉄条網が互い違いにあるだけだ。

オスカーは隣を行く妻に問うた。

「あの様子じゃ追ってくるやつが出るんじゃないか？」

「大丈夫です。立ち入り禁止結界を張りましたから。それより、不安にさせないようにさっさと済ませましょう」

「分かった」

「ねえ、どうやって入るの……？」

不安げなアレットに、ティナーシャは悪戯《いたずら》っぽく笑う。

「こうやってです」

右手の白い指が真っ直ぐに橋向こうを指差す。橋の半ばには憲兵の詰め所があり、更に反対端に見えているものは鉄門だ。ティナーシャは左手で上げた右手の肘を下から支えた。

「貫け」

刹那で何本もの魔力線が縒《よ》られる。

それは青い巨大な火線と成ると、彼女が指差す方角へ走った。

宙を撃ち抜く青い焔は、橋半ばの詰め所をのみこむ。そのまま真っ直ぐに走ると鉄門に命中した。

一瞬遅れて爆音が聞こえる。

あまりのことに呆然とするアレットの前で、ティナーシャはぽんと両手を打ち鳴らした。

「じゃあ行きましょう」

周囲の景色が変わる。次の瞬間、三人が立っていたのは道路の只中だ。

幸い車は走っていない。オスカーが呆れ顔で妻に言った。

「急に道路に出て撥《は》ねられたらどうするんだ」

「一応防御結界張ってますよ……ただうっかり道路上しか転移座標取ってなくて」

「十年の間にここに建物建てられなくてよかったな」

「こんな整備された道路のど真ん中に建物建てるの、完全に対転移の嫌がらせじゃないですか」

嫌そうな顔をしながら歩道に避けながら、ティナーシャは手を広げる。

再びそこを基点に、青い網のようなものが辺りに広がった。

「一帯の魔力を探知します。少し時間をください」

「ん、よろしく頼む」

ティナーシャは集中するために両目を閉じる。常識を揺るがす事態の連続でついていけていなかったアレットが、ようやく口を開いた。

「彼女、変わったことができるのね……」

「エギューラも、使う人間の技術次第では色々なことができるんだ。さっきの双子も技術さえあればもう少し違うことができるはずだ」

「そういうものなの？」

「ああ。ただ俺たちから見ても分からない能力はある。話に聞くマルク・オーリクの異能とかな」

それを聞いてアレットは複雑な表情になる。彼女にとって子供の頃から知っているものの方が、転移より正体の知れない力だと言われても、なかなかのみこみづらいのだろう。

燃え上がる門の方へ奥の通りを警備車が何台も走っていく。

うちの一台がオスカーたちに気づいたらしく急ハンドルで曲がってきた。車の屋根に取り付けられた拡声器から警告が発せられる。

「侵入者に告ぐ。持っているものを置いて両手を挙げて投降せよ。従わない時は攻撃する」

「たくさん集まってきそうだな」

「投降した方がいい？」

「いや、しない」

オスカーは銃を抜く。それを敵対的姿勢と見て取ったのだろう。警備車の助手席が開き銃口が覗く。だがその銃口が狙いを定める前に警備車は大きく右にスリップした。オスカーの撃った弾丸がタイヤの一つを爆散させたのだ。警備車は大きく揺れながら歩道脇の壁にぶつかって止まる。

オスカーは自分でしたことに呆れ顔になった。

「また威力が増してないか？　段々気軽に撃てない弾になってきたぞ」

「——火器なんて破壊力があった方がいいじゃないですか」

探知を終えたティナーシャは顔を上げる。彼女は前方の斜め下、地面を指差した。

「見つけました。この中央区の中心、更に地下深くにエギューラ持ちが集められています」

指の角度から言って、地下二階や三階ではなさそうだ。オスカーは眉を寄せる。

「地下か。降りる場所を探すのが大変だな」

「ここから直通で穴を開けましょうか」

「それだと追ってくるやつらが斜めに詰まって大変なことになるだろう」

オスカーは指で肩越しに背後を示す。ちょうど何台もの警備車が角を曲がって現れた。違う拡声器から、先ほどと同じ警告が発せられる。

「侵入者に告ぐ――」

包囲されつつある状況を夫婦はまったく気にしていない。だから今は、アレットもつられたように考えこんでいた。色の違う目がティナーシャの指した路面を見つめる。

「私……聞いたことがあるかも。地下の話」

「どんな話ですか？」

向けられる銃口は二十近い。警告の声が同じことを繰り返す。

「従わないなら――」

一発の銃弾が放たれる。

アレットの足を狙って撃たれたそれは、けれど何もない空中で止まって、落ちた。

防弾ガラスに阻まれたかのような現象を、見ていた者たちは気のせいと思い、見えなかった者たちは気づかなかった。

だからこそ、更なる銃弾の雨が降り注ぐ。

けれどそれらは一発たりとも届かない。打ち破れない。

驚くことをやめたアレットが続けた。

「この土地のずっと地下深くに扉があるって……確か、城の地下に秘密通路があるって」

「扉？　何ですか、それ」

「さあ……それは教えてもらわなかったから……」

首を傾げるティナーシャと合わせ鏡でアレットも首を傾げる。オスカーが妻の肩を叩いた。

「決まりだな。城の跡を探して地下に降りるぞ」

「分かりました」

ティナーシャはパン、と手を叩く。

途端、眩《まばゆ》い閃光が辺り全てを焼き尽くした。

※

深く、どこまでも深く暗い場所へ降りていく階段は、嫌な記憶を想起させる。

似たことが以前にあったわけではない。ただ広がる暗闇は何も見えない分、そこに何かを見出してしまう。悪夢の始まりのように思い出したくないことばかりがよぎる。

マルク・オーリクのそれは、侵攻されていく首都の光景でも、晒された肉親の遺体でも、跪かされた時に見た床でもない。十年前のあの日見た分岐の、選ばなかった方だ。

決して忘れられない景色だ。だが忘れぬ方がいいとも思う。あの光景を思い出す度、今を肯定できる。どれほど空虚な現在でも、あの未来よりはましだと思えるのだ。

「これで全員か」

長い階段を降りた先の円形の広場。壁も暗闇に没してよく見えないそこには既に、二十人のエギューラ症候群患者が並べられていた。

後ろ手に手枷を嵌められた彼らは、長い階段を降りてくるのも大変だっただろう。白い病衣姿の彼らは、銃を持った数人の憲兵たちに怯えの視線を向けながら、びくびくと立っている。自らの身にこれから何が起こるか分からないのだ。だが分からないのはマルクもだ。

広場の床全体には複雑な模様が描かれている。これは床に溝を彫って銀で埋めたものだ。なんでも銀はエギューラを伝導しやすい性質らしい。

マルクは、二列に並べられた患者たちの前に立つ。

「これから君たちには、あの扉を開けてもらう」

大陸の地下中央部にある巨大なエギューラ溜まり。それに続く古い扉とはまるで得体の知れない神話だ。こんな神話をセネージ公国が擁していたとは少しも知らなかった。汎西域同盟がこれを目的にしていたなどとは、もっとたちの悪い話だ。

「扉を開けると言っても、どうすればいいか分からない人間の方が多いだろう。だがこれはエギューラに関係する扉だ。開けられるとしたらエギューラを多く持って生まれた君たちしかいない」

とんだ詭弁だと思う。この扉を開けるには鍵が必要だという話だが、その鍵がなんだか分からないのだ。

だが一人一人に「お前が『管理者』か」とやるのはもっと悪手だ。関係ない人間に要らぬ疑心暗鬼を生む。だから地道に、いつか『管理者』にあたることを期待してやっていくしかない。まるで砂漠の中で一粒の砂金を探し回るように。

「では、一人目だ」

マルクの指示で、憲兵が前列端の若い男を小突く。男は困惑し、うろたえながらも、突きつけられた銃口に押されて扉の前まで歩いていった。

「手枷を外せ」

拘束が解かれる。男は巨大な扉を一度見上げた後、怯えた顔でマルクを振り返った。

「わたしは何をすれば……」

「扉を開ければいい。自分の命を賭けてだ」

付き添っている憲兵の銃口が、男の頭に向けられる。

男は「ヒッ」と悲鳴を上げるとあわてて扉に向き合った。震える両手をそっと扉に向ける。

両開きの扉はどれほどの厚みがあるのかも分からない。男は両手をそれぞれの扉に触れさせると力を込めた。張りつめた空気の中、男は体重をかけて扉を押す。

だが――扉はびくともしない。

それが手を抜いている結果でないのは、踏みしめられた両足と歯を食いしばった表情で分かる。

マルクは男を憐《あわ》れに思った。

とは言え、憐れに思っても無駄に思えてもやらなければならない。マルクは銃を抜くと、男の背に照準を合わせた。息を切らせて振り返った男は、それを見てぎょっと後ずさる。

「この扉は開けられなければならない。できない人間は不要と看做《みな》される」

見せしめは必要だ。最低でも一人は。

残る十九人に更なる動揺が走る。「嘘でしょ」と誰かが呟いた。

扉の前にいる男は、より一層力を込めて扉を押し出す。

「開け、開け、ひらけ、ひらけ……っ」

床を蹴って滑る音が乾いて響いた。何人かは予想できる結末を見たくないのか顔を背ける。

マルクは何も感じない。最初の一人はこうなるだろうとは思った。だからエギューラ量のもっとも少ない人間が最初になるよう並べていたのだ。

「残念だ」

その言葉は嘘でもなんでもない。本当に残念だ。そう思いながら、感情はもはや摩耗している。

マルクは引き金を引こうとして——

その時、無線機の呼び出し音が鳴った。

非常時を知らせる電子音に、マルクは銃を下げぬまま左手で応答する。

「何があった」

『それが、西門が爆破され、中央区内に侵入者が……』

「侵入者？」

そんな分岐は見えなかった。今までの軍基地襲撃は、他の士官の管轄下であるため彼に分岐は見えなかったが、ここは違う。今この状況で連絡が来るなら、地下に降りる前に「襲撃が起こるが、扉に向かうか否か」の分岐と演算結果が出てもよかったはずだ。

だが今日見えたのは「西門にレジスタンスから攻撃が来る」というものだけだ。「こちらから橋を渡って先制をすると死者は五十二人、怪我人は三十七人」「通常警備で迎撃すると死者は二十五人、怪我人は百十一人」で、マルクはその他の被害も比べた結果、後者を選んだ。この基地の最高責任者は彼ではないが、実働の指揮を執るのは彼だ。

だが今はそのどちらでもないことが起きている。何故これが見えなかったのか。この目に見えないものは同種同格の力が介在している時くらいのはずだ。マルクはその可能性に思い至ってぞっとしかけたものの、すぐに例外を思い出す。

十年前、ティヨンの使者が来た時の竜巻も、彼は分岐として事前にあれを見てはいなかったのだ。災害に類するものは範囲外なのかもしれない。

「侵入者の数と現在地は？」

『第五ブロック路上でしたが、現在見失っております。閃光手榴弾を使われ、その隙に離脱したようです』

「すぐに探せ。西門の警戒レベルも上げるんだ」

マルクは銃を下ろす。予定外のことが起きている時に強行するのはよくない。彼は周囲の憲兵たちに、患者を連れて上に戻るよう指示しかけた。

その時、扉の反対側、何もない暗闇にふっと小さなもう一つの扉が現れる。

「え？」

何故、そんなところに扉があるのか。

今まで確かに存在しなかったはずの扉。普通の大きさのその扉の方には、見覚えがあった。

扉に刻まれた、二本の旗が交わる紋章。

それは、今はもう失われたセネージ公国の紋章だ。

「どうして」

この扉と広場は、ミッド・ラダフィールが勝手に発掘したものではないのか。

慄然と凍りつくマルク・オーリクの見つめる先で、扉は向こう側から開かれる。

扉の向こうに見えたのは長身の男だ。スーツを着た端整な顔立ちの男は、広場を一瞥すると後ろに言う。

「正解だな。というかこの扉も転移扉だな」

「転移は転移でしたけど、すごい力技でしたよ。魔力だけで強引に人間を移動させるの初めて見ました」

男の陰から小柄な女が顔を出す。長い黒髪の女は、並ばされている患者たちを見つけて眉根を緩め、次いでマルク・オーリクの背後にある大きな扉に気づいて顔を顰めた。彼女は暗くて見えない背後を振り返る。

「あれが扉ですか？」

「そう、みたい」

硬さのある声。

それは記憶にあるよりもずっと大人のものになっていた。

当たり前だ。あの時から十年も経っている。ちゃんと彼女は生きていたのだ。

生きて、何故ここに。

「……マルク？」

彼女の声が自分を呼ぶ。

彼女も、何故ここに彼がいるか分からないのかもしれない。

その顔を見られない。彼女が、自分に何を言うか分かっているからだ。

それでも――

彼は顔を上げる。鏡写しのように、左右の色の違う瞳を見つめる。

彼女は、綺麗な顔を歪めてマルクを注視していた。

「マルク」

誰よりも彼が守ろうとした少女。

彼女は誰よりも傷ついた目で、彼を見据える。

「あなたは、どうして国を売ったの？」

その問いに返す答えは、彼にはなかった。

※

旧セネージ公国の城は、国が滅んだ際に焼かれて瓦礫《がれき》の山になった。

中央区から見て川を挟んだ北側にあるそこは、今でも放置され廃墟のままだ。

憲兵たちの目を晦《くら》ませ廃墟に移動した三人は、アレットの案内で瓦礫の中を歩き回った。

「多分、この辺りだと思う」

アレットが悩んだ末に指差したのは一際厚く瓦礫が積もっている箇所だ。

「瓦礫……というか壁の下に見えるぞ」

「そうなんだけど、もともとそうだったの。隠し通路だったから。多分気づかれずに埋まっちゃったんじゃないかな」

「ああ、じゃあ瓦礫をがっとえぐりますか。地表くらいまでえぐれば見つかりますよね」

「ま、待って！」

手を振り上げかけたティナーシャをアレットがあわてて留める。力を振るうことに躊躇いのない女は、不思議そうに首を傾げた。

「大丈夫ですよ。音を立てないようにやりますから」

「そうじゃなくて……不思議な感じの隠し通路だったの。地下への階段なんだけど、歩いている段数と実際の距離が違うみたいな、いつの間にか数段跳んでるみたいな……。ちょうどあなたたちの車みたいに」

それを聞いて、ティナーシャが「うっ」と苦い顔になる。

「もしかして、転移仕掛けなのかも……だとしたら変に削っちゃうと正しく動かなくなっちゃいますね……」

「地道に瓦礫をどかすしかないか。念のため俺がやるからどいてろ」

時間はかかるだろうが仕方がない。オスカーが瓦礫に手をかけた時、アレットが前に出た。

「……私がやるわ」

「いや、危ないぞ。指示だけくれれば動かせる」

「ううん、これは私が適任なの」

アレットは眼鏡をかけていない目で瓦礫を見下ろす。

彼女は一瞬喉につかえたらしい言葉を、意思の力で吐き出した。

「マルクは『絶対に間違えない力』を持っているって、前に言ったでしょ？　……あれは、本当は二つで一つの力なの」

緑と黒。彼女のその色は、マルクと左右逆だ。

「絶対に分岐を間違えない力があっても、その時選べる分岐が限られていたら結果的に間違ってし

まうことだってあるでしょう？　だからそうなった時のために『今あるものをなかったことにする力』と対になってる
「なかったことって。……え？」

「ほら。――《なければいいのに》」

アレットが指差した瓦礫。それが一瞬にして消失する。

吹き飛ばしたのでも蒸発したのでもなく「なかったことになった」。

オスカーは無言で妻の表情を窺う。魔法に関して人類の到達点とも言える彼女は、美しい顔を無表情に染めて瓦礫のなくなった場所を見ていた。

そこにあるのは罅割れた石床とわずかに残る壁で、壁の一部が他と微かに色が違っている。押しこむと床部分に隠れていた穴が開く仕組みだろう。

だが今の問題は、瓦礫を消した力の方だ。

「……この力、出所はどこです」

「私たちの家に伝わってる。いつからかは知らないの」

「今までの基地襲撃が成功していたのは、貴女がこの力を介在させていたからですね」

「そう。こっそりだけど柵を消したり戦車を消したりなかったことにした。ああいうのって『その一点がなければ突き崩せる』って場所があるでしょう？　それを消して、後はみんなに任せたわ」

「道具を使ってるわけじゃないんですね。力の核はその目ですか」

「ええ」

それを聞いてティナーシャは、深い、深い溜息をつく。

魔力を動かさずに振るわれた力。妻の反応。この二つはオスカーに理解を生むに充分なものだ。

「ティナーシャ」

「当たりです」

ティナーシャが手で顔を覆ったのは、己の表情をアレットに見せたくなかったからだろう。

――この世界の法則に反した力。外部から持ちこまれたもの。

今までそれらの多くが施設や道具の形をとっていた。

だが、そうでないものもあった。

宿主と一体化している呪具。アレットがそうだ。そしておそらく、これと対になるというマルク・オーリクも。

それを破壊したら宿主はどうなってしまうのか。思考の全てをそこに割いているのだろう妻の頭に、オスカーはぽんと手を置く。

「後でいい」

呪具の在りかが分かったのなら、どう壊すかは後回しでもいい。虚無大陸の呪具はそうして今も置き去りにしたままなのだ。

ティナーシャは目だけで夫を見上げると頷く。ようやく手を下ろした彼女は、アレットに向き直った。

「貴女のその力について、後で話をさせてください。あともう一つ――本当は今回の救出作戦が終わってから言おうかとも思っていたんですが、事情が変わったので今言います」

ティナーシャが何を考えているかは明白だ。

——兄に会うか会わないか、アレット自身に選ばせようとは思っていた。

だが彼女が店主を父と慕っているのを見るうちに、二人は全て終わってから話すのでもいいかと思い始めていたのだ。アレットは過去の妄執よりも現在の家族を選べる。だから過去に属する問題は、ある程度解きほぐしてから彼女に渡すことも考えていた。

けれど彼女が兄と一対の力を持っているというなら、やはり先に選ばせなければならない。

二つで一つの呪具なら、片方に何かがあった時、もう片方に影響が出る可能性もあるのだ。

ティナーシャは、かつて己が通ってきた道を彼女に問う。

「私たちが救出しようとしているエギューラ症候群患者、彼らの捕縛と拘束を任務として請け負っているのは……おそらく貴女の兄です」

「え？」

呪具の力を宿す目が限界まで見開かれる。

川向うの基地からぱらぱらと軽い銃声が聞こえる。

「アレット、貴女は十年ぶりに会う兄に何を求めますか？　それとも、何も求めませんか？」

※

未来演算と結果置換。

一対となっている二つの力は、おそらくそういった性質のものだろう、と長い階段を降りながらティナーシャは彼女に説明してくれた。

二重になっている円柱の中、大きな螺旋《らせん》を描いて地下に下っていく階段は、子供の頃一度途中まで降りただけだが、あの時と同じく夢の中を降りて行くような不思議な感じだ。

『十年ぶりに会う兄に何を求めるか』

そう聞かれて、彼女が答えたのは一つだ。

「聞きたいことがあるの」

どうしても知りたかった。

失われた国に未練はないと思う。人々は、今も普通に暮らせている人間の方が多い。自分も家族を手に入れた。消えない傷はあるが、それは抱えて生きていくしかない。

だが、知りたいことには変わりがないのだ。

「マルク、あなたはどうして、国を売ったの？」

長い階段が終わって出た広場は、どこともつかぬ不思議な場所だった。

巨大な両開きの扉の前で、青年はうつむきかけた頭を上げて彼女を見る。

「……国を売ったわけではない。最善と思う選択をしただけだ」

その返答に、かっとアレットの目の前は真っ赤になる。

感情で焼き尽くされそうな己を、彼女はぎりぎりで留めた。震える拳を握りしめる。

「当時、外務省にいた警備兵が家族に言っていたそうよ。『ティヨンから使者が来たのに、マルク様はあわてた様子で聞かないで追い返した』って。本当はその時に、セネージにどんな岐路が訪れるかあなたは見たんでしょう。なのにどうして、ミッド・ラダフィールに国を明け渡したの？」

彼であれば、あの事態は避けられたのではないのか。

その疑問を十年間噛み締め続けてきた。だからどうしても聞きたかった。

マルク・オーリクは彼女を見つめる。

「君が生きられる道が、これしかなかったからだ」

返された答えには、迷いがなかった。

そしてそれが、一番聞きたくない答えだった。

「もう一つの未来は、ティヨンと連携し南部諸国連合に和睦を申し入れていた。それは叶って国民は誰も死ななかった。けれど君は秘密裏に誘拐され、殺害された。だからそちらを選ばなかった」

「わ、私のために？　他の人は無事で済むはずだったのに？」

彼女一人のために、彼女一人を生かすために、国を放棄した。

それどころか――

「あ、アレットは、あなたの妹は、私の身代わりになって死んだのよ？」

「知っていた。それでも君の方が……いや、貴女の方が大事だからだ。エヴリーヌ」

懐かしい、己の本当の名。

滅んだ大公家の末娘としての名。

それは時を巻き戻していくようだ。苦労しながらも幸福だった五年間をまたたく間にさかのぼり、人目を避けて逃げ回っていた五年間の間を戻っていく。

八歳の、何もできなかったエヴリーヌに戻る。叢の中でただ震えていただけの少女に。

己への怒りがこみ上げる。

「アレット、が、どんなに惨《むご》い殺され方を、したか……っ、あなたは、見ていないでしょう！」

アレット・オーリクは、声を上げてしまったエヴリーヌを庇って外に出た。

自分こそが公女だと偽って、兵士たちによってたかって襤褸布《ぼろぬの》のように殺された。

その全てをエヴリーヌは叢から見ていた。今度こそ声を出さぬよう、自らの喉を両手で固く握りしめながら。あの光景を一生忘れることはない。忘れてはいけない。今も目の奥に血の臭いと共に焼きついて消えない。

けれど、それを世界でただ一人分かち合うべきマルク・オーリクは、信念の眼差しで言った。

「アレットがそうすることは見えていた。だから僕は、その未来を選んだ」

「あなたは……っ！」

分かっていて妹を犠牲にしたのか。心優しく聡明《そうめい》で、マルクのこともエヴリーヌのことも愛してくれていたアレットを。

「他の提示された分岐で貴女が生きられる未来はなかった。貴女は必ずその目を継ぐ。だからどうしてもどこに逃げても、密かに捕まって殺された。貴女を死んだことにする以外に道はなかった」

十年前、マルク・オーリクは妹を公女につけて離宮にやった。それは全部、妹を公女の身代わりとして殺させるためだった。最初からそこまでを彼は分かっていた。

分かっていて、それでも思うのだ。どうして、と。

「そんなの……私だけ生き残ったって意味がないでしょう！」

「意味はある。貴女は五年間、孤独と絶望に打ちのめされながら逃げ回る。でもその五年の後、貴女を助けてくれる人間と出会える。必ず幸せな日々に辿りつく」

マルク・オーリクの、色が違う瞳。「もっとも大公家に仕えるにふさわしい者が継ぐ」という金目銀目は、確固たる意志で主君に向き合う。

「市民たちの多くは生き延びて、貴女は人知れず幸福になり家族を得て血を残すだろう。それで充分だ。それでセネージは滅ばない」

青年の顔はいつの間にか蒼白で、ただ吐く言葉にだけは嘘がない。

彼は、この十年間エヴリーヌとは違う艱難《かんなん》をのみ続けていたのだろう。

そうかもしれない、と思っていた。

そうなのだろうと思っていた。

それくらい彼のことを信じていた。

きっと全ては国とエヴリーヌ自身のためで、彼には他に選択肢がなかったのだろうと。

エヴリーヌの緑色の右目から、ぽたりと涙が零れる。

「……マルク、それは違うでしょう」

だから仕方ないのだと、言ってしまえるほどアレットの命は軽くなかった。侍女の命も。あの侵攻で命を落とした人間皆もだ。

「私たちは、二人とも罪人だわ」

そしてもう取返しはつかない。あるものを失くすことはできても、なくなってしまったものを戻すことはできない。二人の指の間をすり抜けていった。

エヴリーヌは声もなく泣く。主君のその様を、マルクはじっと見つめる。

全身を渦巻くこの感情を、捨てて生きればいいのだとは分かっている。これらは全て過去に帰するものだ。だから、エヴリーヌが彼に辿りつくのがあと十年遅ければ、そうできたかもしれない。

そうできなかったかもしれない。だから彼女はぽつりと、隣の黒髪の女に問うた。

「あなたは……自分の国を滅ぼした人間を許せましたか？」

今は幸福そうに穏やかに生きている女は、かつてどうやってこの絶望を超えたのか。

エヴリーヌは滲む視界で女を見る。

ティナーシャは軽く息を止めて、けれどすぐに答えようとした。だがその口を夫が覆う。

「言わなくていい」

夫の言葉にティナーシャは目だけで彼を見上げる。白い手が、口を覆った夫の手に添えられると、そっとその手を外した。

透き通って強い声は、運命を語るにふさわしいものだ。

「私は、どちらも許しませんでした。滅ぼした兄も、そうさせた私も」

「……やっぱり」

エヴリーヌは微笑む。

その答えが彼女の聞きたかったものだ。自分は己の罪と憎悪を抱え続けていていいのだと。

エヴリーヌはマルクに問う。

「あなたは、今のこの状況まで見えていた？」

「見えていない。同種同格の力が関わった時点で演算が働かなくなる。貴女が来たからだろう」

「ならよかった。——目を返しなさい」

黒と緑の瞳。

それはエヴリーヌも知らぬ遥か昔から、血によって継がれてきたものだ。

だがはじめは両眼ともに大公のものだった。一人で負うには心身に負担がかかり過ぎたから二家で分けたのだ。

マルクは跪く。

彼に向かって歩き出すエヴリーヌを、オスカーとティナーシャは止めたそうな顔で、だが止めなかった。憲兵たちが彼女に向かって銃を構えようとするのをマルクが留める。

ゆっくりと歩いて、彼の前に立つ。頭を垂れた彼を見下ろす。

その距離感は、初めて彼と出会った時を思い起こさせた。あの時はアレットも一緒だった。

少年だったマルクは驚いた顔でじっと幼いエヴリーヌを見上げて、言ったのだ。「一生を貴女にお仕えします」と。笑ってしまえるくらい幸福な日々だった。

子供の幸せから遠く離れた今、マルクは穏やかな声で言う。

「長らくお借りしておりました。今、お返しします」

マルクは己の、黒い右目に二本の指を突き立てる。

本当に力を持っているのは――黒い目の方だ。

本来は大公家も宰相家も緑の目で、黒く変じるのは外から来た力の影響だ。

そうして彼が声一つ上げず自分の眼球をえぐり出すのを、エヴリーヌは目を逸らさず見つめる。

彼は、血濡れた右目を両手で持つと恭しく彼女に捧げた。

「どうぞ、お受け取りを」

エヴリーヌは微笑んで眼球を手に取ると、そのままに口に含んで――のみこむ。

ぬるい血の味がする。

憲兵やエギューラ症候群患者たちの間から、押し殺した悲鳴が上がった。

それを聞きながら、エヴリーヌは己の右目が熱くなるのを感じる。

色が変じる。

父が亡くなった時も、この目の痛みで分かった。

だから大公家が滅んだ時に思ったのだ。――ミッド・ラダフィールは、この目をこの世から消し去りたかったのではないかと。

けれどマルクが生きていたということは、汎西域同盟は目のことを何も知らなかったのだろう。

代わりにここにはエヴリーヌの知らない扉がある。結局のところ、自分たちは足元の見えない舞台で踊っていたのだ。

「マルク、今までありがとう。でも私たちは十年前の罪を贖《あがな》わなければならないわ」

「はい」

「自決なさい」

彼は頷くと、己の銃を抜いてこめかみに当てる。

短い一瞬、片目を失った青年と黒い両眼を持つ公女は見つめ合う。

あの日の木漏れ日を思い出す。


一発だけの銃声。

良く響くそれは乾いていた。

エヴリーヌは最後まで目を逸らさなかった。

14. 願いの終わり

跪いていた青年が倒れ伏した時、円形の広場には誰も動く者がいなかった。

十年前の清算を行う場。その外周に立っているオスカーは、隣の妻の様子を窺う。

彼女は表情を変えぬまま亡国の二人を見つめている。その薄い背を彼は軽く叩く。

「お前のせいじゃない」

アレット――否、エヴリーヌはおそらく最初から決めていたのだろう。ただ今までは彼女に近しい立場から何かを言える人間がいなかった。だからティナーシャのことを知って期待したのだろう。他にこの結末を肯定してくれる人間は、きっといないのだろうから。

ティナーシャは夫を見上げる。その目は少し寂しそうだ。

「ごめんなさい。せっかく貴方が庇ってくれたのに」

「いい。余計なことだった」

オスカーはかぶりを振って、絶命した青年を見やる。

――かつて彼自身も、同じ岐路に立ったことがある。

四百年の時間を巻き戻して、十三歳の妻の前に立った時のことだ。

いずれは必ず幸福に辿りつけるのだから、と彼女に訪れるであろう悲劇を見逃すか迷った。その選択が今でも合っていたか間違っていたか分からない。ただ何度繰り返したとしても、あの時の彼女の前に立ったなら、自分は同じ選択をするだろう。

ただもし彼女が自分の恋人ではなく主人であり、彼女が幸福に辿りつくまでの時間が四百年ではなく五年であったならどうしただろうか。売国の汚名を負い、自分の妹を犠牲にしてでも主人の命を優先しただろうか。

マルク・オーリクは己の信念に基づいてそれを為した。

そんな彼の遺体の傍にエヴリーヌは膝をついている。彼女はマルク・オーリクの目を、優しく指で閉じさせていた。

オスカーは、とある音に気づくと小声で妻に問う。

「患者たちを転移させられるか？」

「できます。ここ座標指定が通りますから。外部者絡みの場所じゃないみたいですね」

ティナーシャが軽く手を振ると、病衣姿の人間が皆消えうせた。

それと前後して、カン、カン、と階段を降りる靴の音が大きくなる。

「――セネージ公女か。生きていたのか」

その声は、ニュースの中で聞き覚えがあった。

オスカーは階段を見やる。広場に降りてきたのは軍服を着た老人だ。紙面で見た時よりも老いているが間違いない。

「ミッド・ラダフィールか」

「ああ、やはり秘密の通路があったのか。大公家の人間は誰も口を割らなかったがね。マルク・オーリクも主君筋を逃げ延びさせていたとは大した度胸だ。自分の命惜しさに家族を売ったのかと思ったがね……。いや、そういう可能性もあるかと思って彼にこの仕事を振ったのだが」

「あの扉は何だ？」

エヴリーヌは、扉に繋がる隠し通路の存在は知っていたが、扉そのものについては知らなかった。だが隠し通路とは別に階段が作られているということは、ミッド・ラダフィールはこの扉が何か知っているはずだ。

老いた男は肩を竦める。

「マルク・オーリクから聞かなかったのか。これは、大陸地下に眠るエギューラの核へと繋がる扉だ。神代の終わりと共に閉ざされてしまったものだよ。おかげで私たちに力は行きわたらず、エギューラ症候群などという不完全な形でしか力を受け取ることができなくなった」

「何の話だ？」

「ただの神話だよ。ただ私たちにとっては意味のある神話だ」

階段を複数の足音が降りてくる。たちまち武装した一個小隊ほどの憲兵たちが現れ、ミッド・ラダフィールの周りにずらりと並んだ。残っていた憲兵が急いで味方と合流する。

残されたのは、扉の前で膝をついているエヴリーヌと、隠し通路の前にいるオスカーとティナーシャだけだ。ティナーシャが夫に囁く。

「あの大きな扉、おそらく大陸の地下にあるエギューラ溜まりに繫がってるんでしょう。場所的にはずれていますが、魔法的には可能です」

「ああ、隠し通路と同じ仕組みか」

「ただ問題は、あの規模のエギューラ溜まりに繫がる扉を何の準備もなく開けたら、まず間違いなく辺り一帯は消し飛びます。少なくとも汎西域同盟の三分の一くらいは」

オスカーはさすがに無言になる。

魔法大陸でも過去その手の事故はあったが、未然に防がれたものも多い。魔法技術を持っていた大陸でそうなのだ。エギューラを扱う術を知らないこの大陸でどれほどの惨事になるのか。

だがミッド・ラダフィールは当然の権利のように、エヴリーヌに言う。

「その扉を開けてもらおう。そうしたら君にはもう用がない。どこへでも好きに行けばいい」

「……こんな扉のことなんて知らない」

「そんなはずはあるまい。扉には代々《管理者》がいる。君がそうじゃないのかね」

「違うわ。何も知らなかった。これのためにセネージを滅ぼしたの？」

「ああ。私たちはずっとこの扉を探していたからね。ようやく集めた伝承からここに辿りつけたのは、私の功績だよ。この扉はどうやら、周辺のエギューラを少しずつ吸い上げているらしい。だから旧セネージ公国では重度のエギューラ症候群患者がいなかったし、代わりに副作用として彼らの寿命は短くなっていた。この真上から住居を排してオフィス街にしたのも、元はそういう早世を防ぐためのものじゃなかったかね？」

自慢げにミッド・ラダフィールは語る。彼は返事を待たず続ける。

「だが、ようやく見つけたと思ったら今度は開けることができない。これさえ開けば、もう他のエネルギーに頼る必要もない時代がやってくるというのに」

ミッド・ラダフィールはおおげさに溜息をつく。

エヴリーヌは顔を上げて白い扉を見上げた。

「……あなたは、絶対にこの扉を諦めないのね」

「その通りだ。この扉は人間に与えられた神の祝福だ」

エヴリーヌは白い扉を見上げる。その眦《まなじり》に赤い涙が滲む。

彼女の口元がきつく歪んだ。ティナーシャが魔法構成を展開する。

「オスカー！」

それを聞いた時にはもう、彼はエヴリーヌの方に駆け出していた。

彼女は白い扉を見上げる。

「ならこんな扉――《なければいいのに》」

世界外からもたらされた、結果置換の呪具。

その発動を受けて、扉が消失する。

元から存在しなかったかのように巨大な扉が消え去る。

代わりに溢れ出したものは、膨大な魔力の奔流だ。

高すぎる密度のせいで、真白い光そのものとなった魔力。

その魔力がエヴリーヌをのみこむ。

ミッド・ラダフィールが歓喜の笑い声を上げた。

「変換装置を起動させろ！」

床一面に仕込まれた複雑な紋様が赤く光り出す。それは魔法構成に似て複雑な障壁を線上に生み出した。押し寄せるエギューラの波が、そこにぶつかり吸いこまれていく。

衝撃越しに、老人は恍惚《こうこつ》と奔流を眺めた。

「エギューラ症候群患者から集めた血液で動かしている装置だ。この装置でエギューラをエネルギーに変換して各地に送る。今に全ての武器もエギューラで動くようになる。戦場が一変するぞ……」

興奮を隠しきれない声音。周囲の憲兵たちは恐怖の目で障壁にぶつかりつづける白光を見つめた。

うちの一人が震える声でミッド・ラダフィールに言う。

「か、閣下……退却を……」

「何を言う。こんな特等席はない。同志たちの悲願だ」

ミッド・ラダフィールは憲兵たちを振り返って笑う。

障壁は上にも高く伸びていて、どこまで続いているかは暗闇の中で見えない。次々上がる飛沫を受け止め続けている。

その壁に、薄い罅《ひび》が入った。

「閣下！」

障壁が砕け散る。

それは一瞬で、振り返ろうとしたミッド・ラダフィールごと憲兵たちをのみこんだ。

白い魔力の奔流はたちまち広場に満ち、地上へ向けて水位を上げ始める。

その只中、もっとも早くのみこまれた扉前で、オスカーはアカーシアをかざして魔力を退け続けていた。

押し寄せる魔力の量は尋常ではない。かつて一度、大規模禁呪を前に王剣で立ち向かったことがあるが、その時とは比にならない圧力だ。

それでも彼が立ち続けていられるのは、ティナーシャが結界を張って魔力の多くを左右に流しているからだ。彼女はオスカーと背中合わせになる形で結界を操作すると、奔流の中で小さな半球状の安全地帯を作っていた。

ティナーシャはミッド・ラダフィールの消失を確認して眉を寄せる。

「消し飛びましたか。ああやって禁呪にのみこまれる魔法士よくいるんですよね」

当然と言えば当然の末路だ。未熟な技術で扱える力の量ではない。

だが問題は、いつまでも止《や》むことのない奔流の方だ。

額を汗が伝っていくのを感じながら、オスカーは足元に座りこんでいるエヴリーヌを見る。

「ティナーシャ、彼女を連れて離脱できるか」

「結界に全力を注いでるんで難しいです。できたとしても貴方一人だけじゃ残れませんよ」

それはただの事実だ。アカーシアは魔力を無効化拡散できるとは言っても範囲に限度がある。おそらくそう長くかからないうちに彼の方が持たなくなる。

「なら彼女だけでも――」

「あなたたちは……演算できない未来を作れる人たちなのね」

エヴリーヌの声。

それは落ち着いて穏やかなものだ。

オスカーは彼女を見返してぎょっとする。

大きな黒い両眼からは、とめどなく血の涙が零れていた。ティナーシャの声が飛ぶ。

「それ以上その目を使っては駄目です。両眼使用は負担が大きすぎます」

「そうかしら。もっと早くこうしていればよかったと思うわ」

エヴリーヌは床に手をついて立ち上がる。

マルク・オーリクの体は既に消失している。

それでも彼の体があった方に、エヴリーヌは一歩踏み出す。

「マルクは必ず幸せになれるなんて言っていたけれど、そんなもの、きっと公女には要らなかった。むしろ私一人で皆の幸福を贖うべきだったわ」

「……貴女はまだ十八です。国が滅んだ時は八歳だった。全部捨てて逃げたってよかったんです」

「でも、あなたもそれはできないでしょう？」

エヴリーヌは魔女を振り返る。

オスカーは動けない。魔力の奔流は止まる気配がない。もうあと少しで地上に達するだろう。

「さっきは嘘をつかないでくれてありがとう。私はあれでよかった」

彼女の緑の目はどちらにも残っていない。両眼が呪具によって塗り潰されている。

その目を閉じて、エヴリーヌは微笑んだ。

「だから、お父さんには……優しい嘘をついてあげて」

「エヴリーヌ！」

彼女は後ろに跳ぶ。

「――全部、《なければいいのに》」

その体が白い濁流に投げ出され、またたくまに魔力の奔流にのみこまれる。

直後、エヴリーヌが消えた場所を中心に、閃光が炸裂《さくれつ》した。

膨大な魔力と、呪具がぶつかりあう。

広場に充満していた魔力が、ふっと音もなく消失する。

エヴリーヌが己と引き換えに為した、最後の結果置換。

視界が晴れる。

巨大扉のあった場所には、同じ形のうっすらと光る壁が出現していた。

「……止まった？」

オスカーはアカーシアを下ろして息をつく。

だが、代わりに自ら終わりを選んだ公女の痕跡は、何一つ残っていない。彼女が消えた場所には、
砕けた黒い石の破片だけが散らばっていた。

ティナーシャはその破片に歩み寄る。白い指が、一際大きな欠片《かけら》を拾い上げた。

それは未来演算の欠片か、結果置換の欠片か。

「エヴリーヌ……」

今となってはもう分からない。

割れた破片を彼女は目の上にかざす。

「壊れて、います」

魔女はそれきり言葉を切る。闇色の目をきつく閉じる。


己の道を選びきって退場した公女。

彼女を思うために許された時間は長くない。扉の代わりに現れた壁は再び少しずつ光を増していく。先ほどのように魔力が濁流となって溢れ出すのも時間の問題だろう。

ティナーシャは破片を手の中に握りこむと顔を上げた。

「……あれは封印しないとまずいですね」

「できるのか？」

「今ならなんとか」

魔女は辺りの床を見回すと、中心近くに立ち直す。

「ここの床、面白い細工がされてるみたいなんでそれを流用して構成を組みます。貴方は階段の方まで下がっていてください。貴方がいると魔法弾いちゃうんで」

「アカーシアなら消しとくぞ」

「貴方とアカーシアは一体なので。不確定要素になるんで下がってください」

「……分かった」

妻一人にあの膨大な奔流を任せるのは心配だが、魔法に関しては門外漢なので従うしかない。

オスカーは代わりに妻の華奢《きゃしゃ》な体を抱きしめる。ティナーシャが腕の中で力を抜くのが分かった。

その髪を撫で、額に口付けて手を放す。

「大丈夫。余裕で勝ちますよ」

彼女は夫に微笑んで見せると、下がる彼に背を向け光の壁に向き直った。

下ろした白い左手首にすっと裂傷が走る。そこから滴る血が床の上、銀の線に落ちた。

線はまたたく間に青白く光りだす。その光が、血を、線を伝って広場全体を染めていく。

ティナーシャの詠唱が始まる。

「閉じて縫りよ。育ちて広がれ。固く。どこまでも硬く」

それは歌に似て広がる。複雑な構成が生み出される。

いくつも生まれては繋がる円と線。描かれるものはきっと魔法の神髄だ。ミッド・ラダフィール
の降りてきた階段にまで下がったオスカーは、その光景を見守る。

精緻極まるレース編みのように組み上げられた、巨大な青銀の鳥籠。

ティナーシャを中心に入れたその構成が完成した直後、光る壁は音もなく決壊した。

再び濁流が押し寄せる。

それはけれど、鳥籠に触れるなり白濁して硬化していく。広間に聳え立つ鳥籠を絡めとろうとして、その外側で固まっていく。蠟のように固まっていく魔力に、更に奔流がぶつかった。砕けては固まる。飛び散った破片がきらきらと輝く。

童話の中の一頁のように。まるで非現実的で美しい光景だ。

けれどそれが壮絶な衝突であることは空気を震わせる魔力の圧で分かる。

「閉鎖せよ。固く。硬く。零れ得ぬように」

ティナーシャは詠唱を続けている。見える横顔に汗が伝っていく。

白濁し止まった魔力の塊がみるみる大きくなっていく。衝突した端から飛沫を上げて更に固まるそれらは、少しずつ扉のあった方へと近づいていく。

ただ同時に、固まりきれぬ魔力がじわじわと床の上に染み出し、鳥籠の底を侵食し始めていた。光る水の如《ごと》きそれは床に嵌めこまれた銀を削り、小さな溝を流れてティナーシャの足下へと達する。固まっても固まってもその下から溢れてくる魔力は、彼女が左手から滴らせる血に引き寄せられているようだ。まるでそこが広場を支配する力の源泉だと察しているかのように。

ティナーシャは詠唱で動けない。

彼女の足下を浸す魔力が、垂れる血に触れる。ぱっと青白い光が上がり、それは今まさに、床へと落ちて行く血滴にも伝染した。ふわりと床から青白い光が立ち上る。

「ティナーシャ！」

血を伝う光は彼女の左手首の傷口から入りこんでいく。彼女はそれに気づいていないわけではないだろうに、表情を変えず詠唱を続けている。オスカーは空の両手をきつく握りこんだ。

――今、彼女の邪魔はできない。下手に割りこめば、それが全部の崩壊に繋がる。

ここから見守るしかできない。かつて一度だけ、十三歳の彼女がそうして祖国を滅ぼそうとする禁呪に立ち向かうのを見ていたように。

それは己が前線で戦うよりもずっと魂を削られるかのようだ。

「閉じよ、閉じよ、閉じよ」

美しく、どこまでも遠く響くように彼女は詠唱する。

鳥籠を中心に何重もの構成が円環となって広がっていく。

円環は大きさを増し新たな奔流にぶつかっては消える。その度に奔流は硬化していく。

「我が血によって――其を、封ずる」

ティナーシャが息を吐ききる。

同時に左手の傷口が瞬時に白く固まった。伝っていた血全てが連鎖し固まっていく。それは隙間から染み出していたものも同様で、またたく間に硬化が伝っていく。

扉のあった場所を、巨大な白い魔力塊が塞ぐ。鳥籠をのみこもうとする形で固まっているそれは、もはやぴくりとも動かない。光りもしない。ただあるだけだ。

魔女は目を細めてそれを仰ぎ見ると……その場に崩れ落ちた。

「ティナーシャ！」

鳥籠の構成が消える。

オスカーは妻に駆け寄ると細い体を抱き起こす。

彼女の意識はない。

開いた左手からは、黒い呪具の破片が零れ落ちていた。

※

セージの軍基地は一時の混乱に見舞われたものの、問題の全てが限られた者しか知らぬ地下で起こったということで、外からは何の変化も観測できぬまま元の体制に戻った。

足止めされていた反体制派は、救出目標であった人間たちが突如近くに出現したことに驚き、当面の目標を失って帰っていった。いずれ改めて反体制派として動く日も来るだろうが、全滅覚悟で突撃する必要はなくなった、という話だ。

エヴリーヌの父代わりであった店主には、「彼女は兄と再会して、反体制派とも汎西域同盟とも離れて暮らすことにした。あなたにお礼を言っていた」と説明した。それが自分のための優しい嘘だと店主は気づいているのかもしれない。彼は黙って話を聞き終わると、頭を下げて帰っていった。

「――それであなたは、どこの陣営だったんですか？」

全てが終わって一カ月後、ミシリエ婦人の屋敷を一人訪ねたオスカーは問う。

猫を膝の上に抱いた婦人は、いきなりの質問にも驚かなかった。くすくすと笑う。

「どの陣営って？　どうしてそんなことを聞くのかしら」

「立ち入り調査された会社に猫を譲渡したというのは口実でしょう。私たちが調査に行ったのは立ち入り調査が行われた翌日です。あなたが心配に思うのには早すぎる。事実、あの会社はあなたから譲渡を受けていない。あなたが私たちを巻きこむためについた嘘です」

ミシリエの依頼を不審には思っていたが、反体制派の差し金かと思って大して気にしていなかった。だが蓋を開けてみれば、反体制派の誰もミシリエのことを知らなかった。加えて彼女はマルク・オーリクについても噂で聞いたと言っていたが、彼女にまで届くほどの噂などなかった。記者が憲兵の内通者からようやく聞き出せた話なのだ。

ミシリエは微笑むと膝の上の猫を撫でる。

「わたしはどこの陣営でもないわ。神代から役目と記録を継いでいくだけの存在よ。あの扉と、その奥にあるものについて管理しているだけ」

「……扉」

その答えは予想した中でもっとも現実味のなかったものだ。

セネージ公国の地下深くにあった謎の扉。あれが何であるのかエヴリーヌもマルクも知らず、ミッド・ラダフィールだけが断片を摑んでいるようだった。

「あの扉は、神が人間に残したものなの。けれどまだそれを開ける時ではない。だからずっと前のわたしがセネージ公国に委ねたわ。本当はそのまま管理も任せるつもりだったけれど、あの大公家はいつの間にか異質な力の宿主になっていたからできなかった」

「――世界外から来た呪具ですね」

「そう。あなたたちが大陸外から来たのは、ひょっとしてあれを追っていたの？」

どこまでお見通しなのか、オスカーは皮肉げに笑う。顧客相手のものだった口調を変えた。

「俺たちが何者か気づいていたのか」

「普通の人間ではないということは。水の檻を破ってきたでしょう？　あの時から監視していたわ。目的が分からなかったから放置していたけれど」

「アイティリスから来た。目的は世界外の呪具の破壊だ。……お前は、《楔》か？」

神が大陸に残した遺志。

人間に別位階の力を与えるための固着点。

ミシリエは、オスカーを見上げて微笑む。

「《楔》。アイティリスではそんな風に呼ぶのね。なら、わたしもそうなのでしょうね。主神レメントリの意志に基づいて、人間を見守り扉を管理する者。この大陸レイジルヴァでは違う名がついているけれど」

「どんな名だ」

「古いものだわ。今はもう誰も知らない」

ミシリエは、パン、と膝上の本を閉じる。

そこにいたはずの猫はおらず、黒い表紙の古い本が代わりに置かれていた。

「あなたたちのおかげで助かったわ。まさか世界外の力で扉が消されてしまうとは思わなかったから。でもあそこに扉を置いておくのはもう駄目ね。時間はかかるかもしれないけれど、移動させておくわ」

「……扉を処分できないのか」

「できないわ。あの扉は、神の力から人間を守るために置かれたものなの。レメントリは誰よりも人間を愛し、守られるべき生き物だと思っていたのよ」

懐かしく愛しいひとを思い出すように。ミシリエの声音は穏やかで、それでいて強いものだ。

この大陸において神が何を思い、人間に何を残したのか。

それを追及するのは逸脱者の仕事ではない。彼らの役目は外部者の呪具の破壊で、それは確かに叶ったのだから。

オスカーは口にしたい多くの言葉をのみこむと、代わりにミシリエに問う。

「お前が楔だというなら、セネージ公国に宿っていたのと同種の、世界外の力を他に知らないか？」

「残念だけど知らないわ。あの力は私にもよく分からなかったから」

「そうか」

同じ楔でもナフェアは自分の大陸の呪具を把握していたが、それは良くも悪くもナフェアが全ての人間に関わるように作られた楔だったからだろう。

ミシリエはそうではない。楔はそれぞれ神の意志により違う役目を負っている。

「話はそれだけだ。俺たちはアイティリスに戻る」

出されたお茶に手をつけぬままオスカーは立ち上がる。その背にミシリエは言った。

「そう。奥方様にもよろしくお伝えください」

それだけの挨拶に、オスカーは答えることができなかった。


家に帰るとオスカーは寝室に向かう。

そこには彼の妻が小さな寝息を立てて眠っていた。窓際のナークが主人に頷く。

オスカーは枕元に座ると、妻の艶やかな黒髪をそっと撫でる。それで気づいたのかティナーシャはうっすら目を開けた。

「……オスカー？」

「ミシリエのところに行ってきた。話は済んだ。アイティリスに帰ろう」

もう他の全ては引き払った。船の準備も済んで、魔法大陸へと帰る道中の転移座標の記録も出してある。オスカーは妻の体を掛け布で包むと抱き上げた。

ティナーシャは定まらない視線を夫に向ける。

「無理して……帰らなくても……いいですよ……」

「いや、平気だ。俺にもそれくらいの転移門は開ける。ナークもいてくれるしな。やらせてくれ」

あの扉の暴走を封印したティナーシャは、その後遺症で魔力が動かせなくなった。意識を保つのも難しいらしく、日がな一日深い眠りについている。点滴で栄養補給はしているが、もともと細い体はやせ細って枯れ枝のように軽い。このままではあと半年も持たないというのが医者の見立てだ。ミッド・ラダフィールはあの扉について「エギューラ症候群患者のエギューラと生命力を吸い上げる力がある」と言っていたが、あれは事実だったのだろう。十年前もティナーシャはセネージ公国内ではやたらと眠気を感じていた。

そんな扉を自分の血を媒介に封じたことで、彼女の魔力はあの扉と繋がったままになったのだ。

ティナーシャは浅い息を吐く。

「……魔法大陸にわたるなんて、危ないです、戻っても治るか分からないし、だから……」

「それはしない。俺がお前を殺すことはない」

後遺症を得た後、ティナーシャが真っ先に提案してきたのがそれだ。「いつ治るか分からない、戦えもしない自分に手を尽くすより、殺して次を待って欲しい」と。

だがそれは彼が決して選ばない選択だ。どんな状態であっても、彼女は彼女だ。決して手を離すことはしない。「次がある」ということは「次に送ってもいい」という意味ではないのだ。

だから、彼は妻を連れて故郷の大陸に戻ることを決めた。

あの扉からできるだけ引き離すために。アイテアの庇護する大地に戻るために。

「オスカー……あの、前の大陸の呪具……壊さないでいてください……」

「どうした。言われなくても約束しただろう、あれはお前に任せると」

ナフェアのいた大陸にあった水盆。あれはティナーシャが管理下に置いた呪具なのだ。彼が勝手に破壊することはない。ティナーシャはそれを聞いて頷く。

「あれは、私たちの今の命綱なんです……次にもきっと出会えるように……」

「次にも？」

けれどティナーシャの意識はそこで落ちる。再び眠ってしまった妻を彼はじっと見つめると、力をかけぬよう抱きしめた。

小さな家を出た彼の肩に、ナークが飛び乗る。オスカーは妻と数年を過ごした家を振り返った。

彼は一つだけ手放せなかった、青いバンを眺める。ティナーシャが散々迷って注文を出してようやく買った車だ。これと、同じ色をした前の車で二人はどこにでも行った。他愛のない雑談ばかりをしていた。

「……楽しかったな」

ままならないこともたくさんあった。助けられなかった人間もいた。

それでも彼女と二人で一から試行錯誤で生活していくのは幸せだった。だから、この記憶を思い出として自分たちはまた悠久を生きて行くのだろう。

そのためにも「今の彼女」とできるだけ先へ行けるように。

オスカーは詠唱をすると転移門を生み出す。

そして彼らは、四番目の大陸を後にする。

穏やかな代わり映えのない、愛情で埋める日々に戻っていく。

魔法大陸に帰った二人は、そこから一年間を共に生きた。
その日々は、偽りなく幸福なものだった。

あとがき

この度は『Unnamed Memory -after the end-Ⅳ』をお手に取ってくださりありがとうございます！

ついに四巻目です。ローマ数字で六とぱっと見間違えやすいことに定評がある四です。

そして今までは、多かれ少なかれwebでの再録が入っていたのですが、この巻は全て書き下ろしのエピソードになりました。呪具破壊と新たな二つの大陸にまつわるお話となり、時代や場所が変わって一気に違う空気の舞台となりました。思えば遠くに来た感がありますが、楽しんで頂ければ幸いです。


この巻では二つの新大陸を取り扱っております。

前半が虚無大陸。後半が二つある檻中大陸のうち、埋没の大陸です。これにより未出の大陸は残り一つとなりました。時代も飛び、舞台も転々と変わっていくこの話ですが、緩やかに終わりが見えてきたことと思います。どうぞ最後までお付き合い頂ければ幸いです。


ではでは、この度も謝辞を。

いつもいつも細やかにお世話になっている担当様方、ありがとうございます。このシリーズも十冊目になり、そろそろ何を注意されそうか分かってまいりました。遅い。イマジナリー担当さんの注意を受けつつ、リアルな打ち合わせでは「な、なるほど確かに」と言いながら、これからも頑張って参りますので見捨てないでやってください。

また、今巻でも美しい情景を描きだしてくださったchibi先生、本当にありがとうございます。剣と魔法のファンタジーから、ついにchibi先生に船や車をお願いするところまで来てしまった……！　当初のシリーズ傾向から大分ずれてきたのに、より一層の鮮やかな世界を描いてくださってありがとうございます！　でも本編でも巨大イカとか描いてもらってましたね。本当にすみません。

そして、シリーズスタートから見守ってくださっている長月達平《ながつきたっぺい》先生、いつもありがとうございます！　おかげさまでメディアミックスをするまでにシリーズを続けられ、日々先生の応援を頂いたおかげだと感謝でいっぱいです。

最後に、このシリーズに付き合ってくださっている読者の皆様、ありがとうございます。皆様がいらっしゃるからこそ、この戦いと喪失の旅路も「存在していた」という意味を持つことができています。皆様の応援に支えられ、アニメ化の企画も頂けました。本シリーズでもご厚情にお返しできるよう残りを書いてまいります。

ではまた、いつかの時代、どこかの場所にて。

ありがとうございました！

古宮《ふるみや》　九時《くじ》

章外：停滞岐路

「ティナーシャ、入るぞ」

小声で声をかけて部屋に入る。声を大きくしないのは、彼女は最近、常に眠っているからだ。

大陸レイジルヴァから帰還した彼女は、森の中の屋敷に帰ってなお眠り続けている。

今も彼女は寝台の上で仰臥して目を閉じていた。安らかな寝息は規則的なもので、オスカーはその響きにいくらか安心する。彼は寝台の傍に立つと、長い妻の髪に触れた。

「ティナーシャ」

彼女は目覚めない。レイジルヴァで謎の扉を封じて以来、一日のほとんどを眠って過ごしているのだ。魔法大陸アイティリスにまで戻ってきたことで体にかかる負担はやや軽減したようだが、それでも元の通りとはいかない。彼女の眠る寝台の下には生命維持の魔法陣が描かれており、そのおかげで衰弱はほぼ止まっているが、回復するわけではない。

オスカーは、そっと妻の白い頬に触れる。柔らかな温度は愛情と、同じだけの後悔を抱かせる。

結局のところ、自分たちは呪具以外の原因で痛手を被ることも充分多いのだ。この世界には得体の知れないものがたくさんある。人と人の思わぬぶつかりあいに巻きこまれることも。

それを「仕方のないことだ」と受け流すには、オスカーにとって妻は重すぎる。彼は親指で長い睫毛にそっと触れた。

その時、扉が軽く叩かれる。リトラの声が聞こえた。

「お客様がおいでです。ルクレツィア様です」

「……今行く」

ルクレツィアには、魔法大陸に戻ってから一度会った。オスカーが居間に戻ると、そこにはルクレツィアが立ったまま待っていた。

「あの子はどう？」

「相変わらずだ。お前のおかげで状態は悪くなってない」

「よくもなってない、でしょう」

ルクレツィアの声音には自嘲が含まれていた。ティナーシャの寝台下に、生命維持の魔法陣を描いてくれたのは彼女なのだ。自分の両肘を腕で抱いているルクレツィアは、責めるような目でオスカーを見上げる。

「あんたはいつまで続けるつもりなの」

「いつまで、と言われてもな」

「もうすぐ一年になるわ。そろそろ分かったでしょう。あの子はこれ以上回復しない。よくてずっと眠っているだけだわ。それはいないのと同じよ」

「同じじゃない」

オスカーは即座に断言する。それは少しも同じではない。目覚めなくても、戦えなくても、ティナーシャはティナーシャだ。他にかえられるものではない。

ルクレツィアは憐れむ目でオスカーを見やる。

「あんたの気持ちが分からないわけじゃないわ。でもいつまでもこのままってわけにはいかないでしょ。あんたには終わりがないじゃない。それまでずっとあの子を寝かしておくつもり？　あんたが出先で死んだらどうするの？」

最古の魔女の指摘は、耳の痛いものばかりだ。

オスカーも当然それを考えた。考えて、けれど答えを出せないでいる。

いつまでもこのままではいられない。それはティナーシャにとっても意に沿わぬ選択だろう。

それでも、彼女を失わせるという判断がどうしてもできない。「これ以上は仕方がないから」という決定的な区切りがないからだ。留まり続けているか、緩やかに終わりへ向かって落下しているか。いずれにせよ分岐点が見つからない。

それとも、あの外部者の呪具ならこのような状況でも分岐が見えたのだろうか。

押し黙ってしまったオスカーに、ルクレツィアは深い溜息をつく。

「まあ、言わなくても分かってることだろうけど。ちゃんと考えておきなさいよ。今のあんたたちは時間の感覚も普通の人間より緩いから」

「ああ……すまない」

それだけ言うと、ルクレツィアは「じゃあね」と言い残してふっと消え去る。

ティナーシャに会っていかないのか聞く暇もなかった。本当にオスカーへ釘を刺しに来ただけなのだろう。或いは、今のティナーシャを見ることができないか。ルクレツィアは妹のようにティナーシャを可愛がっているのだ。今のティナーシャの状態に忸怩たる思いを抱いていることは想像に難くない。

それでも一緒にいたオスカーを責めることはない。「自分たちのことは自分たちで何とかしろ」と言われている思いだ。

彼は、妻の眠る寝室へと戻る。

長い黒髪を広げて安らかに眠るティナーシャは、一枚の絵画のようだ。

その姿にオスカーは以前の記憶を思い出す。ずっと昔、幽閉されて育った妻と結婚した頃だ。

――彼女の心は、永く生きるのに向いていないのかもしれないとは思っていた。

だからいつか、全てに疲れ果てて休眠する日が来たとしてもそれでもいいのだと。そうなったのなら、毎夜彼女の眠る寝台を訪れて顔を見られればいいと思っていた。

今は一番それに近いのかもしれない。彼女と言葉を交わせるのは二日に一度ほどだ。

オスカーは寝台の縁にそっと座る。ふと見ると、眠ったままのティナーシャの姿勢は、さっきとほんのわずか変わっていた。やせ細った手の下、敷布をきつく握りしめたような痕跡が残っている。ほんの一瞬離れた隙に目を覚ましていたのかもしれない。

何か痛みでもあったのだろうか。オスカーは固く握られたままの手に自分の手を重ねた。ゆっくりと解きほぐすように手を緩めさせた時、長い睫毛が動く。白い瞼の下からぼんやりとした目が覗いた。

「……オスカー」

「起こしてしまったか」

起きて欲しかったのに、そんなことを言ってしまう。眠りの深い妻を自由にさせてやるために身に染みついている言葉だ。ティナーシャは微笑む代わりに目を細める。

「誰か……来ていました……？」

「ああ。ルクレツィアが少しな」

屋敷にかけてある結界を、誰かが通り抜けたとティナーシャは感づいたのだろう。オスカーは妻の髪を優しく撫でる。

「お前の様子を確認しに来ただけだ。すぐに帰った」

「ルクレツィア……怒っていた、でしょう……」

「俺はいつも怒られてるから気にするな」

ティナーシャの口元が緩む。闇色の瞳は軽く潤んで、そこには全ての感情が詰まっているように思えた。オスカーは青白い手の甲に口付ける。

「大丈夫だ」

彼女をここに、自分の傍に留めておきたいと思うのはただの我儘だ。

いつか考えた状態と違うのは、彼女がそれを望んでいないということだ。

だからいずれは終わらせなければならない。この停滞した幸福に岐路を。それができるのはオスカーだけだ。

うっすらと目を開いたままの妻を、彼は見つめる。

「すまない、ティナーシャ。付き合わせて」

彼女が「自分を殺して次を待ってくれ」と言ったのは、レイジルヴァを発つ時が最後だ。それから一度も彼女は同じことを言っていない。それは考えが変わったというより二度言う必要がないというだけのことだろう。彼女の心は同じままだ。

ティナーシャは頷く代わりに目を閉じる。

「……いいんですよ……時間は……いくらでもありますから……」

そこでふっと彼女の体から力が抜ける。抗えない眠りに戻ったのだろう。オスカーは彼女の髪に触れ、その顔を見下ろす。いつかのことを考える。

いくらでもある時間を、彼女を眠らせたまま過ごさせる欺瞞について。

考える。考える。

今日も答えは出ない。

※

終わりは、それから数日後突然にやってきた。

オスカーは自失しながらも一人で全てを片付けて、空になった寝台の下を見て息をのむ。

床に描かれていた生命維持の魔法陣は、いつの間にか一部が黒焦げて焼き切られていた。

『また、次に』

そんな風に笑って手を振る妻の愛しい姿が、閉じた瞼の裏に浮かんだ。

Unnamed Memory年表（アイティリス大陸共通暦）

正史『Unnamed Memory — after the end』

2152年	大陸間戦争。
2199年	ノイディアの政変。
2209年	アディリランス帝国樹立。
2303年	逸脱者が虚無大陸に到達。
2312年	逸脱者が水の檻を突破。 レイジルヴァに到達。
2314年	セネージ公国滅亡。
2324年	【扉】との接触に失敗。 逸脱者、魔法大陸に帰還。

Memory』
メモリー
コミック版
コミックで
新たに語られる
オスカーと
ティナーシャの
愛と呪いの一大叙事詩——。

『Unnamed
アンネームド
月刊コミック電撃大王にて大好評連載中!!
オスカーの活躍が！
俺《おれ》の達成者《たっせいしゃ》としての望《のぞ》みは
お前《まえ》がここを下《お》りて俺《おれ》の妻《つま》になること
でいこう
こいつは俺《おれ》と一緒《いっしょ》にいたぞ
ラザルも見《み》てる
ティナーシャの魅力が!!
寝てない顔してます
コミックでさらにアップ!!!
アンネームド
メモリー
06
Unnamed Memory
原作 — 古宮九時
作画 — 越水ナオキ
キャラクターデザイン — chibi
原作 古宮九時 作画 越水ナオキ
キャラクターデザイン chibi
電撃コミックスNEXT
Unnamed Memory
01〜06
好評発売中
発行：株式会社KADOKAWA

Story

物語は『Unnamed Memory』の三百年後へ――。

《異世界》へ迷い込んだ少女は

大陸を変革し、世界の真実を暴く。

現代日本から突如異世界に迷い込んでしまった女子大生の水瀬雫。
剣と魔法が常識の世界に降り立ってしまい途方に暮れる彼女だったが、
魔法文字を研究する風変わりな魔法士の青年・エリクと偶然出会う。

「――お願いします、私を助けてください」

「いいよ。でも代わりに
一つお願いがある。
僕に、君の国の
文字を教えてくれ」

エリク
魔法文字を研究する
魔法士の青年。
雫
現代日本から
やってきた女子大生。

日本へと帰還する術を探すため、
魔法大国ファルサスを目指す旅に出る二人。
その旅路は、不条理で不可思議な謎に満ちていて。
――そうして、運命は回りだした。
これは、言葉にまつわる物語。
二人の旅立ちによって胎動をはじめたばかりの、世界の希望と変革の物語。

電撃の新文芸

Unnamed《アンネームド》 Memory《メモリー》
-after《アフター》 the《ジ》 end《エンド》-Ⅳ

著者／古《ふる》宮《みや》九《く》時《じ》
イラスト／chibi《チビ》

2024年４月17日　初版発行
2024年12月10日　再版発行

発行者／山下直久
発行／株式会社KADOKAWA
〒102-8177　東京都千代田区富士見2-13-3
0570-002-301（ナビダイヤル）
印刷／株式会社KADOKAWA
製本／株式会社KADOKAWA

【初出】……………………………………………………………………………………
本書は、著者の公式ウェブサイト「no-seen flower」にて掲載された『Unnamed Memory』の続きを、書き下ろしたものです。

ISBN978-4-04-915604-1　C0093　Printed in Japan　◆◇◇

ファンレターあて先
〒102-8177
東京都千代田区富士見2-13-3
電撃の新文芸編集部

「古宮九時先生」係
「chibi先生」係

この物語はフィクションです。実在の人物・団体等とは一切関係ありません。